Veröffentlicht von
DREAMSPINNER PRESS

5032 Capital Circle SW, Suite 2, PMB# 279, Tallahassee, FL 32305-7886 USA
www.dreamspinnerpress.com

Dies ist eine erfundene Geschichte. Namen, Figuren, Plätze, und Vorfälle entstammen entweder der Fantasie des Autors oder werden fiktiv verwendet. Ähnlichkeiten mit lebenden oder verstorbenen Personen, Firmen, Ereignissen oder Schauplätzen sind vollkommen zufällig.

Jack gesucht, König gefunden
Urheberrecht der deutschen Ausgabe © 2018 Dreamspinner Press.
Originaltitel: From a Jack to a King
Urheberrecht © 2018 Scotty Cade.
Original Erstausgabe. Juli 2018
Übersetzt von T. N. Brooks.

Umschlagillustration
© 2018 Paul Richmond.
http://www.paulrichmondstudio.com
Die Illustrationen auf dem Einband bzw. Titelseite werden nur für darstellerische Zwecke genutzt. Jede abgebildete Person ist ein Model.

Deutsche ISBN. 978-1-64080-893-5
Deutsche eBook Ausgabe. 978-1-64080-892-8
Deutsche Erstausgabe. Juli 2018
v 1.0

Gedruckt in den Vereinigten Staaten von Amerika.

JACK
GESUCHT
KÖNIG
GEFUNDEN

SCOTTY CADE

Für meinen Ehemann, Kell. Ohne deine Liebe, Ermutigung, Unterstützung und Geduld könnte ich das nicht tun. Meine Liebe für dich ist tiefer als das Meer und ich bin jeden Tag dankbar, dass du entschieden hast, mit mir den Rest deines Lebens zu verbringen. Ich liebe dich.

Ich würde meine sozialen Pflichten vollkommen vernachlässigen, wenn ich mich nicht ordentlich bei Kimberly „Kimmers" Sewald dafür bedanken würde, dass sie mich Annie Maus vorgestellt hat, die mir geholfen hat, das sehr heikle Thema Sex-Sucht zu behandeln. Vielen Dank an euch beide für die Hilfe und Unterstützung. Ich hoffe, ich habe alles richtig gemacht.

Außerdem möchte ich Ned Miller dafür danken, die Originalversion von „From a Jack to a King" aufgenommen zu haben, die diesen Roman inspiriert hat. Es war eines der Lieblingslieder meiner Großmutter und ich erinnere mich daran, wie sie es mir viele Male vorgesungen hat, als ich ein Kind war. Das Lied wurde 1957 zum ersten Mal aufgenommen, war jedoch nicht erfolgreich, bis Ned sein Label fünf Jahre später erneut überzeugt hat, es zu veröffentlichen. Bei seiner Veröffentlichung wurde das Lied ein Crossover-Hit und landete in den Top Ten bei *Billboard US* in den Kategorien Country, Pop und Adult Contemporary. Danke, Ned Miller, für die Inspiration.

VORWORT

JACK GESUCHT, König gefunden ist eine leichte, zeitgenössische Liebesgeschichte, die mit zwei sehr ernsten Themen in Berührung kommt, die ich nie auf die leichte Schulter nehmen würde. Das eine sind die Folgen von Mobbing unter Kindern und wie Erwachsene davon beeinflusst werden. Kell und ich wurden beide als Jugendliche gemobbt, daher bestand meine Recherche aus zwanzig Jahren der Gespräche zwischen uns, in denen wir unsere Erfahrungen verglichen haben und wie wir mit den Folgen umgegangen sind – und noch heute umgehen. Wir haben beide deutliche Narben, die tief gehen, und heftige Gefühle mit sich bringen. Mobbing ist eine Epidemie und obwohl in den letzten Jahren viel Aufmerksamkeit darauf gerichtet wurde, wird unserer Meinung nach längst nicht genug getan, um es zu beenden.

Zweitens erholt sich eine der Hauptpersonen dieses Romans von einer Sex-Sucht. Der Großteil meiner Recherche beschäftigte sich hiermit. Ich habe alles gelesen, was ich online finden konnte, habe mit einem Spezialisten gesprochen und mein Bestes gegeben, die Folgen dieser Sucht während der Genesung, Sex Addicts Anonymous (SAA), ihr 12-Schritte-Programm und den Besserungsprozess korrekt zu beschreiben.

Aber bitte nehmt zur Kenntnis, dass ich die beiden Themen nur oberflächlich behandle und wenn ich etwas falsch darstelle, entschuldige ich mich aus tiefstem Herzen. Es war nicht meine Absicht und ich habe den größten Respekt für jeden, der mit den Folgen von Mobbing oder einer Suchterkrankung umgehen muss.

Eine letzte Sache: Wenn Sie nach dem Lesen dieses Buches irgendein Zeichen einer Sex-Sucht in sich selbst oder einer Person, die Ihnen wichtig ist, erkennen, gibt es Hilfsangebote. Ich habe Kontaktdaten von Sex Addicts Anonymous eingefügt.

USA/Canada: 1-800-477-8191
International: +1-713-869-4902
Postadresse: ISO of SAA, PO Box 70949, Houston, TX 77270 USA
E-Mail: info@saa-recovery-org
https://saa-recovery.org

PROLOG

SCHWEIß RANN an King Slaters Körper hinab, während er den engen Arsch des Mannes vögelte, der auf der Kühlerhaube eines schwarzen Jaguars lag. Der Fremde stöhnte laut, hatte seine Augen geschlossen und seinen Kopf in den Nacken geworfen und seine Arme lagen ausgebreitet auf dem Auto, sodass es beinahe aussah, als würde er gekreuzigt. King hörte die seltsamen Laute und lächelte in sich hinein. Der arme Mann klang eher wie ein verwundetes Tier als wie jemand, der den außergewöhnlichen Fick genoss, der ihm zuteilwurde.

King seufzte. Er machte das schon seit langer Zeit und für gewöhnlich begann er an diesem Punkt einer Szene das Interesse zu verlieren. Dieser Dreh war keine Ausnahme, aber er war Profi und musste dafür sorgen, dass es auf den Aufnahmen gut aussah. Er verlagerte das Gewicht auf seine Knie, drückte sie gegen die Stoßstange, um mehr Halt zu haben und öffnete seinen Mund, um etwas zu sagen, hielt dann jedoch inne. Wie war noch gleich der Name seines Drehpartners? *Jim? Jared? Was zum Teufel, King? Denk nach!* Er war kurz davor, sich irgendetwas Generisches auszudenken, um irgendetwas zu sagen, als ihm der Name des Mannes endlich einfiel. *Josh? Ja, Josh. Das war's.*

Mit tiefer, sinnlicher und samtweicher Stimme sagte King: „Ja, genau so. Nimm es, Josh. Nimm meinen großen Schwanz tief."

„Ja", stöhnte Josh. „Gib's mir hart."

King griff nach Joshs Knöcheln und spreizte die Beine seines Drehpartners weit, damit die Kamera eine gute Aufnahme von Kings Schwanz bekommen konnte, während er ihn in Joshs Arsch rammte. Kreuzigung oder nicht, King musste zugeben, dass sein Filmpartner jeden Stoß wie ein Profi nahm.

In einem Versuch, die Langeweile zu bekämpfen und nicht über die Sonne nachzudenken, die seine Haut verbrannte, konzentrierte King sich auf Joshs Adamsapfel, der sich mit jedem Schlucken auf und ab bewegte. Als das seine Aufmerksamkeit nicht länger fesseln konnte, zählte er die Schweißtropfen, die seine Nase hinabliefen und auf Joshs Brust fielen. *Nur noch ein paar Minuten und dann hast du es geschafft, King. Nur noch ein paar Minuten.*

King hatte das schon hunderte Male getan und es gab nichts Romantisches oder Inniges an diesem Job. Die Kamera davon zu überzeugen, dass es anders war, war der Weg zu seinem Erfolg. Man musste sehen können, wie sehr er es genoss. Natürlich war es nicht mehr als ein Fick mit einem Fremden auf der Kühlerhaube eines Autos, aber er erinnerte sich an seine Zeit in der High School und am College und die Schauspielkurse. Vom Klang seiner Stimme bis zu seinen Gesichtsausdrücken – und besonders seine Körpersprache – hatte er alles

1

perfektioniert. Wie auf Knopfdruck beschwor er seinen Orgasmus herauf und es war, als würde er einen alten Freund anrufen. Er ließ seinen Kopf in gespielter Ekstase in den Nacken fallen.

Obwohl das Auto im Schatten eines zwölf Fuß großen Kaktus' geparkt war, half das wenig dabei, die Nachmittagshitze zurückzuhalten. Inzwischen keuchten beide Männer unkontrolliert. Josh pumpte seinen eigenen Schwanz enthusiastisch, während King in ihn stieß, und stöhnte noch lauter, als er seine Ladung über seinen Bauch spritzte.

Wenn dieser Junge es in der Industrie zu etwas bringen will, muss er an seiner Tonspur arbeiten.

King zog sich zurück, streifte das Kondom ab, massierte seine Erektion ein paar Mal und ergoss sich, um seine Ladung mit Joshs zu vermischen. Als er sich vollständig verausgabt hatte und nur noch auf Autopilot lief, brach King auf Josh zusammen und küsste ihn für die Kamera leidenschaftlich.

„Cut! Großartige Arbeit, meine Herren."

King löste den Kuss, richtete sich auf und streckte seinen Rücken. Die Nachwirkungen des Orgasmus hielten ihn noch immer gefangen. Er fühlte sich definitiv wie der Spitzenkandidat für Dehydrierung, Hitzeschlag – oder beides.

„Sind alle deine Orgasmen so intensiv?", fragte Josh und sah mit einem Welpenblick zu King auf.

„Ziemlich", sagte King und zitterte ein wenig.

„Ich meine – ich habe es online in deinen Videos bemerkt", schwärmte Josh, „aber es in der Realität zu sehen ... Mann, ich wünschte, meiner wäre so lang."

King lächelte, wischte sich mit dem Handrücken den Schweiß von der Braue und sah sich dann um. „Wessen Idee war es, nachtmittags um zwei Uhr in der verfickten Wüste von Nevada zu drehen?", fragte er neckend, während er noch immer keuchte.

„Sorry, Mann", sagte der Regisseur. „Das war der einzige Termin, an dem wir die ganze Crew zusammenbekommen konnten."

King und sein Filmpartner nahmen die Flaschen mit kaltem Wasser und die feuchten Handtücher, die ein Assistent ihnen anbot. Sie leerten beide das Wasser und wischten sich dann ihre Gesichter und Hälse ab und entfernten das vermischte Sperma von ihren Bäuchen.

King warf das benutzte Handtuch dem Assistenten zu und hielt dem Mann, den er gerade vor einer Kamera gefickt hatte und der einen Gastauftritt bei Falcon Studios gehabt hatte, seine Hand hin.

Josh nahm Kings Hand und dieser zog ihn in eine sitzende Position und dann vom Auto herunter. Joshs Arsch quietschte und dann sprang er von der kochend heißen Kühlerhaube. „Autsch!", sagte er und hüpfte von einem Fuß auf den anderen, als seine Füße den heißen Sand berührten. „Verdammt, das ist heiß."

King öffnete seine Arme. „Hier, lass mich helfen."

„Danke, Mann. Zumindest durftest du Stiefel tragen."

King sah auf seine Füße hinab. „Ja. Glück gehabt." King hatte mit seinen beinahe zwei Metern keine Schwierigkeiten damit, Josh in seine Arme zu heben und den ganzen Weg zum Studio-Van zu tragen, wo ihre Kleidung auf sie wartete. „Besser?"

„Viel", sagte Josh. „Danke noch mal."

King lächelte. „Guter Job da drüben übrigens."

Josh sah erneut mit diesem Welpenblick zu ihm auf. „Danke. Es war eine Ehre, mit so einer Legende zu arbeiten."

King runzelte die Stirn. „Hey! *Legende* lässt mich echt alt klingen. Und tot!"

„Nun, für mich bist du eine Legende", sagte Josh. „Und vertrau mir, du bist nicht alt ... oder tot. Wie hast du es so lange ausgehalten? Ich dachte, du würdest nie kommen."

King lächelte. „Betriebsgeheimnis, mein junger Freund." King sagte dem Mann nicht, dass es Langeweile oder zumindest Desinteresse war, was seinen Orgasmus zurückhielt. *Das wird er noch früh genug selbst herausfinden.* „Wie viele dieser Drehs hast du eigentlich schon gehabt?"

„Mit diesem?"

King nickte.

„Zwei."

„Zwei?" King sah zum Regisseur hinüber.

Der Regisseur lächelte. „Hey! Er hat die höchsten Bewertungen für einen Neuling bekommen, also gib ihm eine Chance. Jeder muss irgendwo anfangen."

King schüttelte den Kopf. Er musste zugeben, dass der Mann verdammt heiß und gut gebaut war, aber es war wirklich schwer, sich auf Sex mit jemandem einzulassen, wenn ein Regisseur jede einzelne Bewegung inszenierte. Aber er *wurde* hervorragend für den Dreh bezahlt und außerdem übernahm das Studio sämtliche Ausgaben für die Reise nach Las Vegas und zurück. Wenn sie also wollten, dass er den engen Arsch eines Neulings fickte, dann würde er das tun, ohne sich zu beschweren.

Sein Drehpartner schlüpfte in seine Shorts und verzog das Gesicht. „Mann, ich glaube, ich werde eine Woche lang nicht richtig laufen können."

„Ich hoffe, das war es wert", sagte King.

„Fuck, ja. So was von wert. Ernsthaft, wenn du jemals in der Stadt bist und einfach ... ah, du weißt schon, etwas Spaß haben willst, melde dich bei mir."

King wusste, dass die Wahrscheinlichkeit, dass das geschah, null war, aber er war dennoch höflich. „Werde ich machen." Er zog seine Unterwäsche an und wollte gerade nach seiner Jeans greifen, also sein Handy klingelte. Er zog sein privates Handy aus seiner Jeanstasche, sah drauf und schob es wieder hinein. Erwartungsvoll holte er sein anderes Telefon heraus, das er für seinen Escort-Service benutzte.

Am Morgen hatte er getwittert und auf seinen anderen Social Media Accounts gepostet, dass er für einen Dreh ein paar Tage in Las Vegas sein würde, falls jemand Interesse an seiner Gesellschaft hatte.

„Sorry. Da muss ich rangehen." Er entfernte sich vom Studio-Van und nahm das Gespräch entgegen.

„King Slater."

„Hi. Ähm. Mein Name ist Paul und ich habe mich gefragt, ob du heute Abend Zeit hast."

King lachte leise. „Möglicherweise bin ich verfügbar. Aber meine Zeit ist nicht kostenlos."

„Oh richtig. Nicht, was ich meinte. Sorry, ich bin ein bisschen nervös", sagte Paul.

„Tatsächlich", fügte King hinzu, „ist meine Zeit nicht nur nicht kostenlos, sondern kostet fünfhundert die Stunde. Wenn du das Geld und Interesse an etwas Spaß hast, gibt es keinen Grund, nervös zu sein."

„Äh … ja", sagte der Anrufer. „Das habe ich auf deinem Profil gesehen. Und keine Sorge. Ich habe das Geld."

„Ich mache mir keine Sorgen", sagte King. „Du bezahlst im Voraus, indem du mir deine Kreditkarte gibst, bevor wir uns überhaupt treffen."

„Nimmst du Bargeld?", fragte der Mann.

„Wenn wir uns treffen, kann ich das tun", erklärte King. „Aber für den Fall, dass du das Geld nicht wirklich hast, sichere ich mich damit ab und gebe die Karte wieder frei, sobald du bar bezahlt hast."

„Okay. Das kann ich tun."

„Also. Steht heute Abend?"

„Ja."

„Okay. Warte einen Moment, während ich meine Kreditkartenapp öffne", sagte King.

„Bereit, wenn du es bist."

Paul gab ihm seine Zahlungsinformationen und King tippte sie in sein Handy.

„Okay. Das sind zwei Stunden für je fünfhundert. Wo treffe ich dich?"

„In meinem Hotel?"

„Sicher. Welches?"

„MGM Grand. Ich habe noch nicht eingecheckt, aber ich schicke meine Zimmernummer, sobald ich dort bin. Sagen wir Mitternacht?"

„Mitternacht", sagte King. „Hey, stehst du auf irgendetwas Spezielles, das ich wissen sollte?"

„Nee", sagte Paul. „Nur das Übliche."

„Aktiv oder passiv?", fragte King beiläufig. „Übrigens", fügte er hinzu, „nehme ich mehr, wenn ich passiv sein soll."

Sekunden vergingen, in denen am anderen Ende der Leitung Stille herrschte. King wollte gerade die Frage wiederholen, als Paul schließlich etwas sagte. „Ich werde passiv sein."

„Perfekt. So wie ich es mag. Wir sehen uns um Mitternacht."

1

BAY WHITMAN stand im Foyer seiner Suite im MGM Grand Las Vegas Hotel & Casino und blickte in den goldumrahmten Spiegel. Mit zitternden Händen richtete er ein letztes Mal seine Fliege und streifte seine maßgeschneiderte mitternachtsblaue Smokingjacke über. Er zog seine Umschlagmanschetten nach unten, sodass genau zweieinhalb Zentimeter weiß am Ende seiner dunklen Ärmel zu sehen war und nur eine Spur seiner Manschettenknöpfe aus schwarzem Onyx, der mit Diamant überzogen war, hervorlugten.

Adrenalin rauschte, wie vor jedem großen Pokerspiel, durch seine Adern. Er liebte dieses Gefühl. Glücksspiel war wie Kokain für ihn und im Moment pulsierte sein Blut so schnell, gleichmäßig und mächtig durch seine Adern, wie das Wasser der Niagara-Fälle über den Abgrund stürzte. In den ersten Jahren, als er nicht viel Einkommen zur Verfügung gehabt hatte, waren es Spielautomaten gewesen, die ihm Gänsehaut bereitet hatten, aber obwohl das Spiel sich geändert hatte und das Risiko jetzt viel höher war, war der Nervenkitzel unverändert geblieben. Glücksspiel war das einzige, was dafür sorgte, dass er sich lebendig fühlte. Und wie ein Drogenabhängiger sehnte er sich verzweifelt nach dem Hoch, das er fühlte, wenn er seinen Gegner niederstarrte und sich zu einem siegreichen Blatt bluffte.

Bay trat vom Spiegel zurück, atmete nervös ein, hielt die Luft an und schloss seine Augen. Er konzentrierte sich auf die Innenseite seiner Augenlider, bis seine Lungen zu explodieren drohten. Er atmete aus und die Luft zischte durch seine minimal geöffneten Lippen. Sozusagen ein Mantra, das ihm half, das Leben, das er sich unerwartet geschaffen hatte, zu meistern. *Mit einer schwitzenden Braue und zitternden Händen kannst du nicht bluffen, mein Junge. Du musst ruhig und sicher sein. Immer!*

Als Bay seine Augen öffnete, begann er endlich ein Zeichen seines ruhigen, selbstbewussten und gesammelten Alter Egos zu sehen. „Nicht schlecht für einen Nerd."

Er lachte leise. *Nerd?* Das stimmte nur zum Teil. Ja, er war zweifellos ein Nerd, aber er war auch ein Mystery-Autor, der bereits eine ganze Reihe von *New York Times* Bestseller-Kriminalromanen geschrieben hatte.

Im Zuge seiner aktuellen Veröffentlichung hatte Bay mehrere persönliche Auftritte und Signierstunden in Las Vegas geplant, also hatte er entschieden, einen Tag früher in ein Flugzeug zu steigen, um sich ein wenig Spaß in seinem liebsten Revier zu gönnen.

Dieser kleine Ausflug war nicht grundlos, sondern eine Belohnung dafür, dass er eine sehr wichtige Deadline nicht nur eingehalten hatte, sondern er sogar vorher fertig geworden war. Am vergangenen Nachmittag, einen Tag vor dem Plan, hatte er *Ende* unter den zweiten Band einer Trilogie für seinen Verlag geschrieben, die von seiner liebsten Hauptperson handelte – den Playboy und Privatdetektiv Jack Robbins. Er hatte schnell gelernt, wie schwer es war, die Anforderungen einer Promotiontour zu erfüllen, während sein Kopf in einem unfertigen Roman steckte, weshalb er immer sein Bestes gegeben hatte, seine Deadline mit einem gewissen Abstand zu einem Veröffentlichungsdatum zu setzen, sodass er seinen Kopf frei hatte, wenn der Presserummel begann, der jedes neue Buch begleitete. Die Filmrechte der drei Romane waren bereits verkauft und das Studio plante Jack Robbins als Mischung zwischen Jason Bourne und einer amerikanischen Version von James Bond. *Überhaupt kein Druck!*

Ein Schauder lief Bays Wirbelsäule entlang, während er darüber nachdachte, was auf dem Spiel stand. Die große Leinwand. *Jack Robbins wird auf die große Leinwand kommen.* Ein Medium, das Bay vollkommen fremd war und eines, bei dem er sich nicht würde verstecken können. Sobald die Gedanken, die ihm *du bist nicht gut genug* sagten, versuchten in sein Bewusstsein zu kriechen, schob er sie gemeinsam mit allen anderen Gefühlen der Unzulänglichkeit von sich und konzentrierte sich auf etwas anderes. Genauer gesagt auf das besonders risikobehaftete Spiel, an dem er gleich teilnehmen würde. Eines mit ziemlich harten Gegnern. Bay wusste, dass er in guter Form sein musste.

Er sah ein letztes Mal in den Spiegel und konzentrierte sich auf seine Augen. Er seufzte erleichtert, als er keine Zeichen des sehr erfolgreichen, aber sonderlichen Autors sah, der jeden Tag von schrecklicher Unsicherheit und Selbstzweifeln geplagt wurde.

In seiner Vorstellung sah er nur Jack Robbins. Die Persönlichkeit, die seine bewundernden Fans von ihm kannten und die seine Gegner am Pokertisch einschüchterte. *Ich bin bereit.*

Er sah auf seine Uhr. Viertel vor fünf. *Zeit zu gehen. Das Spiel beginnt um fünf und ich will nicht zu spät kommen.*

Bay verließ seine Suite und ging den Gang entlang zum Aufzug. Bis die Tür sich öffnete, hatte Bay Whitman seine mentale Veränderung vom schüchternen Bücherwurm zu einem charmanten Playboy beendet. Er war gebildet, wortgewandt, charmant und auf jede mögliche Art unvollkommen perfekt geworden. Ein Mann von einem Mann, der den Stolz von Tom Cruise, James Bond und George Clooney auf einmal in sich vereinte. Bay Whitman war jetzt in jeder Hinsicht Jack Robbins.

Natürlich machte Bay sich nichts vor. Zum Beispiel hatte er nicht die geringste äußerliche Ähnlichkeit mit seinem Hauptcharakter. Jack war außergewöhnlich gut aussehend. Knapp zwei Meter große, sehr muskulöse 100 Kilogramm, haselnussfarbene Augen – das Grün erinnerte beinahe an Smaragde – ein ordentlich gestutzter Bart und mittelbraunes Haar mit einzelnen blonden Strähnen.

Aber in der Öffentlichkeit lieh Bay sich Jacks legendäre – Personalität. Und wieso auch nicht? Er hatte den Charakter geschaffen und er konnte sich hinter ihm verstecken, wenn er das wollte. Es war seine einzige Möglichkeit, die Welt außerhalb seines New Yorker Apartments zu überleben.

Die Aufzugtüren glitten auf und Bay trat hinein. Er schenkte den Personen im Fahrstuhl ein breites Lächeln, warf einen kaum merklichen längeren Blick auf eine attraktive Frau, die allein unterwegs zu sein schien und als er sich umdrehte, um nach vorne zu blicken, musterte er ihre Gesichtsausdrücke in dem glänzenden Spiegel an der Aufzugstür. Ein Mann stieß einer älteren Frau, vermutlich seiner Mutter, neben sich einen Ellbogen in die Seite und ein anderer flüsterte seiner Begleitung etwas zu, als er den berühmten Autor erkannte. Das war nichts, was Bays Ego sich einbildete. Tatsächlich hasste er es unglaublich, wenn er erkannt wurde. Er war nur fasziniert, dass die Leute wussten, wer er, der schüchterne, sonderliche Bay Whitman, war.

Sein Unwohlsein wuchs, als die anderen Personen im Aufzug ebenfalls erkannten, dass er berühmt war und endlich das Gesicht in den spiegelnden Wänden mit dem Portraitfoto seiner Autorenbio verbanden. Er konnte ihre Blicke spüren und ihre Freude, ihm – oder dem Mann, für den sie ihn hielten – zu begegnen, war unübersehbar.

Während der Aufzug seinen Abstieg begann, verglich Bay sich mit der Rolle, die er vorübergehend angenommen hatte. Wenn die Leute die Wahrheit kannten, würden sie den schüchternen, unsicheren und introvertierten Mann, der Bay Whitman wirklich war, ebenfalls bewundern? Der Einzelgänger, der sich wohler fühlte, wenn er allein in einem schwach beleuchteten Büro saß und seine Mystery-Romane schrieb, statt die Welt zu bereisen, um Interviews und Fernsehauftritte abzuleisten und im Mittelpunkt der Aufmerksamkeit bei Signierstunden zu stehen.

Bay hatte den gut aussehenden, selbstbewussten und starken Jack Robbins erschaffen, weil der Mann so war, wie er es sich wünschte, ebenfalls sein zu können. Es war ein Ventil für ihn. Eine Möglichkeit ... nun, *mehr als er tatsächlich war* zu sein. Aber als Bays erster Roman über Jack Robbins unerwartet großen Erfolg gehabt hatte, hatte er sich plötzlich im Auge der Öffentlichkeit wiedergefunden. Jacks Charakter war eine Notwendigkeit für Bays Überleben geworden. Die einzige Möglichkeit, mit seiner plötzlichen Berühmtheit und seiner Schüchternheit umzugehen. Eine Maske sozusagen oder ... beinahe eine zweite Haut. Er hatte sich selbst davon überzeugt, dass es nicht anders war als ein Clown oder eine Drag Queen, die sich hinter einem Kostüm oder einem geschminkten Gesicht versteckten.

Bay musterte sein Spiegelbild in den Türen. Er war mehr als einmal als gut aussehend bezeichnet worden, aber er konnte es nicht nachvollziehen. Er sah nur den großen, dünnen und extrem unbeholfenen introvertierten Mann. Der Nerd mit den großen Ohren, der Hornbrille und dem widerspenstigen Haar, der jeden Tag von mobbenden Mitschülern nach Hause verfolgt wurde. Der Junge, der seiner Realität flüchtete, indem er Sherlock Holmes und Lew Archer las oder vor dem Fernseher saß und sich auf TV Land Wiederholungen von *Ironside* und *Perry Manson* ansah.

Aber an diesem Abend fühlte Bay seltsamerweise einen Schub des Selbstvertrauens und erlaubte sich selbst, wenn auch nur für einen Moment, zu sehen, was der Rest der Welt in ihm sah. Er musterte seinen beinahe zwei Meter großen, schlanken und muskulösen Körper und die kristallblauen Augen, die von farbigen Kontaktlinsen betont wurden. Das Licht der Halogenlampen wurde von einer Spur Silber an seinen Schläfen reflektiert und lenkte seine Aufmerksamkeit auf sich. Sie schafften einen dramatischen Kontrast zu seinem pechschwarzen Haar, das hervorragend von LeDoux Kiesling, dem bei den Stars höchst beliebten Friseur, frisiert worden war. In Kombination mit seiner künstlich gebräunten Haut und dem umwerfenden Designer-Smoking, auf den sein Stylist bestanden hatte, machte es definitiv etwas her. Selbst *wenn* alles nur eine Fassade war.

Der Aufzug wurde langsamer und hielt an und Bay atmete erneut tief durch. Als er das Pling hörte und die Tür sich öffnete, war Bay Whitman bereit.

Er durchquerte das Casino und versuchte nicht auf die Köpfe, die sich nach ihm umdrehten, zu achten. Er hatte keinen Funken Eitelkeit in sich und diese ganze Aufmerksamkeit sorgte dafür, dass er sich schrecklich unwohl fühlte. Es war alles so unglaublich. Aber tief drin wusste er, dass nichts davon mit ihm zu tun hatte. Es war alles wegen des Mannes, für den sie ihn hielten. Man hatte ihm gesagt, dass seine Haltung Respekt forderte und dass die meisten Männer sein Selbstvertrauen bewunderten, während die meisten Frauen ihn dafür anschmachteten. Die Arroganz seiner Schritte war unverwechselbar. Aber dennoch, das war nicht er. Nichts davon war er.

Bay ging auf die Samtkordel zu, zeigte dem Sicherheitspersonal seinen Ausweis und wurde in einen privaten Raum begleitet, in dem drei Männer und ein Croupier warteten. Bays Herz raste, als er durch die Tür trat. Als erstes sah er einen extrem gut aussehenden Mann, der auf ihn zukam, um ihn zu begrüßen.

„Guten Abend, Mr. Whitman", sagte der Mann. „Willkommen im MGM Grand. Mein Name ist Marco Tonucci und ich bin heute Abend Ihr Croupier. Es freut mich, dass Sie sich zu uns gesellen konnten."

Bay zwinkerte und lächelte warm. „Ich würde es nicht verpassen wollen. Danke."

Bay erkannte Rich Devlin und Zeke Cambridge, zwei Academy Award-Gewinner aus den berühmten Hawkings Boys Action-Filmen, die im echten Leben zufällig beste Freunde waren und im Moment in Vegas ihren nächsten Film drehten. Als Zeke und Rich ihn sahen, hörten sie auf zu sprechen, warfen ihm ein breites Lächeln zu und gingen ihm entgegen.

Zeke erreichte Bay als erstes und streckte seine Hand aus. „Ich bin Zeke Cambridge. Ich liebe Ihre Arbeiten, Bay. Jack Robbins ist *großartig*."

Bay nahm die ausgestreckte Hand und erwiderte das Lächeln. „Danke für die freundlichen Worte. Ich bin ebenfalls ein großer Fan von Ihnen."

Rick streckte ebenfalls seine Hand aus. „Werde ich etwa ignoriert? Und was ist an den Gerüchten dran, die ich gehört habe? Es soll einen Jack-Robbins-Film geben? Ich denke, Sie werden uns Konkurrenz machen, wenn es so weit ist."

„Das bezweifle ich stark", sagte Bay mit einem leisen Lachen, während er Richs Hand nahm und fest schüttelte. „Und fürs Protokoll, Ihre Arbeit liebe ich ebenfalls."

Rich schlug ihm auf den Rücken.

Als der dritte Mann sein Telefonat beendete und herüberkam, dachte Bay, dass er ihm bekannt vorkam.

„Ich bin Paul Gilman", sagte er und lächelte.

Bays Stimmung hob sich, als er erkannte, dass er recht gehabt hatte. „*Der* unvergleichbare professionelle Poker-Spieler?"

Paul lachte leise. „In Fleisch und Blut."

„Sie sind hier eine Legende", neckte Bay.

„Da wäre ich mir nicht so sicher", antwortete Paul. „Aber ich bin ein großer Fan von *Ihnen*. Ich mag Jack, aber Ihre frühen Sachen liebe ich noch mehr."

Bay hatte etwa ein halbes Dutzend Kriminalromane geschrieben und selbst veröffentlicht, bevor er seinen Durchbruch mit Jack Robbins gehabt hatte. Und natürlich waren sie vor den Robbins-Romanen erneut veröffentlicht worden und ebenfalls ziemlich beliebt.

„Danke", sagte Bay. „Es ist gut zu wissen, dass jemand die Oldies mag."

Bevor Paul antworten konnte, trat Zeke einen Schritt zurück und musterte Bay.

„Netter Smoking übrigens."

Bay strich die Vorderseite glatt. „Dieses alte Ding?"

Zeke lächelte. „Hey! Jemand sollte diesem Mann einen Drink besorgen, damit wir loslegen können."

Bay sah über seine Schultern. „Flanagan on the rocks, bitte."

„Hugo Boss?", fragte Zeke, der immer noch Bays Smoking bewunderte.

„Armani", verbesserte Bay.

„Großartiger Geschmack bei Kleidung und Scotch", fügte Rich hinzu. „Ein Mann ganz nach meinem Herzen."

„Sollen wir?", fragte der Croupier und deutete auf den Tisch.

Bay warf einen Blick auf die anderen drei Männer und nickte. „Ich bin soweit."

Bay nahm am linken Ende des Tisches neben Rich Platz, auf dessen anderer Seite Zeke saß, während Paul sich am rechten Ende des Tisches niederließ.

Die Kellnerin stellte Bays Getränk vor ihm ab, lächelte, zwinkerte und verschwand dann schnell.

„Was darf es sein?", fragte der Croupier.

Rich rieb seine Hände aneinander. „Wie wäre es mit Texas Hold'em?"

„Ich bin dabei", sagte Zeke.

10

„Ich auch", fügte Bay hinzu.

Paul nickte nur.

„Los geht's, meine Herren."

Der Croupier verteilte die Karten auf dem Tisch und jeder Mann nahm eine zufällige Karte, um sie umzudrehen. Rich hatte die höchste Karte, also schob der Croupier ihm den Dealer-Button zu. „Mr. Devlin wird in unserem ersten Spiel der Dealer sein. Und Mr. Whitman wird den Small Blind setzen und Mr. Gilman den Large Blind."

Der Croupier nahm die Karten wieder auf, legte sie beiseite und zog einen weiteren Stapel aus dem Kartenschlitten. „Meine Herren, wir haben bereits festgelegt, dass der Small Blind bei zweitausendfünfhundert Dollar liegt und der Large Blind bei fünftausend Dollar. Viel Glück."

Der Croupier verteilte den Preflop, was bedeutete, dass jeder Spieler zwei Karten bekam. Bay legte seine Hände über seine Hole Cards und hob kaum merklich seinen Blick. Er sah sich am Tisch um, während Rich, Zeke und Paul ihre Karten betrachteten. Keiner von ihnen zeigte eine merkliche Emotion, also hob er die Ecke seiner ersten Karte an und riskierte einen Blick. *Nicht schlecht!* Ein Pik-Ass.

Bay sah seine zweite Karte an und lächelte innerlich. *Ja!* Eine Pik-Zehn. Er musterte die anderen Spieler erneut und alle trugen noch immer denselben ausdruckslosen Gesichtsausdruck. Es hieß nicht umsonst *Pokerface.* Der Croupier sah Bay an, sagte jedoch nichts. Da er links von der Person mit dem Dealer-Button saß, war es seine Aufgabe, zu halten, zu erhöhen oder aus der ersten Runde auszusteigen.

„Ich erhöhe", sagte er, was bedeutete, dass er das doppelte des Big Blinds bzw. zehntausend Dollar setzte. Er schob die angemessene Menge Chips in die Mitte des Tisches und lehnte sich zurück.

„Verdammt, Bay", sagte Rich. „Gleich von Anfang an?"

Bay lächelte nur zuversichtlich.

Als nächstes war Paul an der Reihe. Er sah seine Karten erneut an. „Ich gehe mit." Er schob dieselbe Zahl an Chips zum Croupier und wandte sich an Zeke.

Zeke sah sich am Tisch um. „Ich gehe mit", sagte er und setzte damit ebenfalls zehn Riesen.

„Mr. Devlin?", fragte der Croupier.

Rich grinste. „Ebenfalls."

Der Pot war jetzt vierzigtausend Dollar wert, Bays Herz flatterte wie wild und er konnte beinahe spüren, wie die Haare auf seinen Armen sich aufrichteten.

Bay sah zu, wie der Flop begann, indem er die Burn Card, also die oberste Karte des Stapels, verdeckt auf den Tisch legte. Dann verteilte er drei aufgedeckte Karten vor sich. Die erste war eine Pik-Neun, dann ein Herz-Ass und schließlich eine Pik-Sechs. Jetzt musste jeder Spieler die bestmögliche Hand aus den beiden

Karten, die sie bereits hatten und den drei Karten des Flops bilden. Es war Zeit für die zweite Wettrunde.

Mit geübter Leichtigkeit hielt Bay seinen Gesichtsausdruck neutral. Die Chancen, dass er einen Flush bekam, standen gut, da er bereits zwei Pik-Karten auf der Hand hatte und zwei weitere im Spiel waren.

Der Croupier sah Bay an. Da noch keiner der vier Spieler ausgestiegen war, war es an ihm, zu erhöhen, erst einmal abzuwarten oder auszusteigen. „Ich erhöhe noch einmal", sagte Bay zuversichtlich.

Rich kicherte nervös, während Zeke und Paul Bay ausdruckslos musterten und scheinbar eine Schwachstelle in seiner Rüstung suchten. Bay schob die Chips in die Mitte des Tisches und lehnte sich erneut in seinem Stuhl zurück.

Der Croupier wandte sich an Paul. „Sie sind dran, Mr. Gilman."

Paul sah seine Karten erneut an und musterte den Flop. „Ich gehe mit."

Bay lächelte, während Paul seine Chips dem Croupier hinschob.

„Mr. Cambridge?", fragte der Croupier.

„Ich gehe ebenfalls mit."

Bevor der Croupier fragen konnte, schlug Rich auf den Tisch. „Ich steige aus. Meine Karten sind scheiße."

Dritte Wettrunde. Der Croupier legte die Burn Card erneut verdeckt auf den Tisch und eine weitere aufgedeckte Karte neben die anderen drei.

Verdammt! Herz-Zwei.

Aber Bay fühlte sich zuversichtlich. Und bisher lief es gut für ihn, also war es Zeit, seine Fähigkeiten im Bluffen zur Schau zu stellen. „Ich erhöhe."

„Oh Mann", sagte Rich. „Ich bin froh, dass ich rechtzeitig ausgestiegen bin."

Paul und Zeke sahen Bay erneut an, sagten jedoch nichts.

Bay schob weitere zehntausend Dollar in Chips über den Tisch.

„Ich gehe mit", sagte Paul und schob seine Chips hinüber.

„Ich auch", sagte Zeke und folgte Pauls Beispiel.

Bay grinste in sich hinein. *Ja. Komm schon, Glücksgöttin.*

Es war Zeit für die letzte Runde und die River Card. Der Croupier legte erneut eine verdeckte Karte ab und dann eine offene Karte neben die anderen vier.

Pik-Sieben. *Halleluja!*

„Ich erhöhe", sagte Bay und schob weitere zehntausend in Chips zum Croupier hinüber.

„Ich gehe mit", sagte Paul und schob ebenso viele Chips über den Tisch.

„Fuck", sagte Zeke. „Ich bin raus."

Bay hob die Ecke seiner ersten Karte, begegnete Pauls Blick und drehte sie dann langsam um. Jetzt wurde es interessant. Während Paul zwischen Bays Karte und den Karten in der Mitte hin und hersah, war es sein Gesichtsausdruck oder das Fehlen davon, was Bays Aufmerksamkeit fesselte. Was hinter Pauls Augen geschah, erzählte die wahre Geschichte – und an diesem Abend enttäuschte Paul nicht. Sobald Paul Bays Karte sah und die Möglichkeiten seiner Hand erkannte, bemerkte Bay etwas Kleines in Pauls Augen. Und dieses einfache *kleine Etwas* sorgte dafür, dass Bays Arme von Gänsehaut überzogen wurden und sein Herzschlag sich beschleunigte.

Bay lächelte zuversichtlich, während er die zweite Karte umdrehte und seinen Blick noch immer auf Paul fixierte. Er wäre beinahe in seine Shorts gekommen, als er den genauen Moment erkannte, in dem Paul wusste, dass er erledigt war.

„Ein Flush", sagte Bay.

Paul lächelte schwach. „Nette Hand." Er schob seine Karten zum Croupier, ohne sie überhaupt umzudrehen.

Ein Spieler, der ein Spiel verlor, war nicht gezwungen, seine Karten aufzudecken, aber Bay hätte gern gewusst, welche Hand er geschlagen hatte. Er würde sein Leben darauf verwetten, dass Paul drei einer Sorte oder sogar einen Flush gehabt hatte, aber Bays Flush enthielt ein Ass, was ausreichte, um zu gewinnen. So oder so war es egal. Bay hatte vierzigtausend Dollar erspielt.

„Verdammt, das war heftig", sagte Zeke.

„Kein Scheiß", stimmte Rich zu.

Der Croupier stapelte die Chips, schob sie über den Tisch und legte sie vor Bay.

Bay nahm einen Chip, der fünfhundert Dollar wert war, vom Stapel und warf ihn zum Croupier hinüber. „Danke."

Der Croupier nickte und verteilte die nächsten Karten.

ES WAR kurz vor elf und sie spielten seit beinahe sechs Stunden. Rich und Zeke hatten sich vor einer Weile entschuldigt und Bay und Paul hatten sich auf eine letzte Runde geeinigt. Der Abend war größtenteils zu Bays Vorteil verlaufen und er hatte über eine halbe Million Dollar in Form von Chips vor sich liegen. Zu Paul war der Abend nicht so freundlich gewesen. Wenn Bay richtig gerechnet hatte, war der arme Mann so sehr in den Roten wie Bay in den Schwarzen und er hatte noch vier Tausend-Dollar-Chips übrig.

Bay und Paul waren in der letzten Wettrunde der Hand. Im Pot lagen achtzigtausend Dollar und Bay wusste, dass Pauls Hand beeindruckend sein musste, da er weiterhin wettete, obwohl seine Mittel so erschöpft waren. Aber Bay hatte ebenfalls eine beeindruckende Hand. Sehr beeindruckend.

Bay begegnete Pauls Blick, als der Croupier die Burn Card entfernte und sich darauf vorbereitete, die River Card umzudrehen und sie in die Mitte zu legen. Auf dem Tisch lagen bereits eine Kreuz-Sechs, eine Pik-Sieben, eine Kreuz-Zehn und eine Herz-Drei. Bay sah die Voraussetzungen für eine Straße und vermutete, dass Paul darauf hinarbeitete. Der Croupier drehte die Karte und legte sie auf den Tisch.

Kreuz-Drei. Bay sah ein selbstsicheres Blitzen in Pauls Augen und vermutete, dass er die Straße geschafft hatte.

Dieses Mal war Paul an der Reihe, zu erhöhen, auszusteigen oder zu halten. Bay war sich sicher, dass Paul nicht aussteigen würde, da er so weit gekommen war, aber um zu erhöhen brauchte er fünftausend Dollar. Er hatte nur viertausend Dollar auf dem Tisch und wenn er nicht gerade Chips in seiner Tasche versteckt hatte, konnte er nur mitgehen.

„Ich erhöhe."

Der Croupier sah Paul an. „Entschuldigen Sie, Mr. Gilman, aber Sie brauchen fünftausend Dollar, um zu erhöhen."

Paul schob die vier Chips in die Mitte des Tisches und sah Bay an. „Ich habe in einer Stunde jemanden von einem Escort-Service gebucht, der einen Riesen wert ist. Akzeptieren Sie das als Ersatz für die letzten Tausend?"

Bay dachte eine Sekunde darüber nach. Er hatte keine Verwendung für bezahlten Sex. Er war ziemlich unerfahren in diesem Gebiet, aber was zur Hölle. Er war in Las Vegas – was in Vegas passiert, bleibt in Vegas. Richtig? Außerdem konnte er sich nicht erinnern, wann er zuletzt Sex gehabt hatte. Er bekam Angebote, natürlich, aber er hatte sie bis auf wenige Male alle abgelehnt, da er nie wusste, ob er sie bekam, weil er berühmt war, oder, noch schlimmer, wegen seiner Rolle als Jack Robbins. Eine Begegnung mit einer Person von einem Escort-Service sollte ziemlich eindeutig sein. *Rein, raus, fertig.*

„Sicher", sagte Bay, bevor er sich zurückhalten konnte.

Da Paul keine Chips mehr hatte, gab es für Bay keinen Grund, erneut zu erhöhen, also ging er mit.

Paul drehte seine beiden Karten um. Eine war eine Kreuz-Neun und die andere eine Pik-Acht. „Straße", sagte er lächelnd.

Bay lächelte zurück und drehte seine Karten um. „Vier Dreien."

Das Blut wich aus Pauls Gesicht und einen Moment lang ließ er seinen Kopf hängen.

Als er ihn erneut hob, lächelte er. „Definitiv nicht meine Nacht", sagte er und stand auf. „Aber hey. Man kann nicht immer gewinnen."

Er bot Bay seine Hand an. Bay nahm sie entgegen und die beiden Männer schüttelten die Hände. „Es war mir ein Vergnügen, Paul. Ich hoffe, wir wiederholen das."

„Gleichfalls", sagte Paul. „Oh! Ich hätte es beinahe vergessen. Wie ist Ihre Zimmernummer?"

„Dreitausendeins", sagte Bay. „Wieso?"

„Weil Ihr Besuch um Mitternacht zu Ihnen kommen wird."

Bay wollte gerade protestieren, entschied sich dann jedoch dagegen. Er war noch immer nicht überzeugt, bedankte sich jedoch einfach.

Paul wandte sich ab und verließ den Spielraum ohne ein weiteres Wort.

„Können Sie die Gewinne mit mir überprüfen, Mr. Whitman, bevor ich den Kassierer rufe, damit Sie einen Scheck bekommen? Oder würden Sie eine Überweisung bevorzugen?", fragte der Croupier.

„Selbstverständlich. Ein Scheck ist in Ordnung."

BAY WAR gerade in seine Suite zurückgekehrt und hatte den größeren Scheck in sein Safe gelegt, als er ein Klopfen an der Tür hörte. Er ging durch das Foyer und blieb dann abrupt stehen. *Scheiße! Die Escortdame.* Er strich nervös seine Jacke glatt und öffnete dann die Tür. Als er die Person sah, die auf der anderen Seite stand, klappte sein Mund auf und ließ sich nicht wieder schließen. Er blinzelte zweimal, um sicherzugehen, dass er sich nichts einbildete. Das tat er nicht und er konnte sich weder bewegen noch sprechen.

2

WAS ZUR Hölle? Jack? Jack Robbins? Der Mann auf der anderen Seite der Tür war das Ebenbild des Charakters, den Bay geschaffen hatte. Er lehnte an der Wand auf der gegenüberliegenden Seite des Ganges, trug einen modischen dunklen Anzug, hatte die Arme vor der Brust verschränkt und die Füße an den Knöcheln überkreuzt, während er strahlend lächelte. *Das muss irgendein Witz sein. Jack ist nicht real.*

Bay musterte den Mann ungläubig. Er war natürlich unglaublich gut aussehend. Und so wie Bay aufblicken musste, um dem Mann in die Augen zu sehen, war er definitiv so groß wie Jack. Nicht zu vergessen, dass er dasselbe Haar, dieselben Augen, denselben ordentlichen Bart und denselben muskulösen Körper hatte, den Bay beschrieben hatte. Und dieses Lächeln? Es war definitiv das durchtriebene erotische Lächeln, das Bay Jack auf den Leib geschrieben hatte, wann immer dieser eine neue Eroberung verführen wollte. *Dieser Mann ist Jack Robbins. Warte! Eine neue Eroberung. Bin ich die Eroberung?*

Bays Besucher räusperte sich, was Bay bis zu einem gewissen Grad in die Realität zurückholte. Er konnte nicht aufhören, zu starren, aber er versuchte, etwas zu sagen. „Wie … kann ich Ihnen helfen?"

„Verdammt, du bist heiß. Bitte sag mir, dass dein Name Paul ist?"

Paul? „Äh. Nein. Sorry", sagte Bay.

Das Lächeln des Mannes verblasste. „Scheiße."

Der Fremde sah auf sein Handy, dann auf die Nummer an der Tür und schüttelte dann mit einem angewiderten Gesichtsausdruck den Kopf. „Bitte entschuldige, Mann. Muss versetzt worden sein."

Bay war kurz davor, die Tür zu schließen, als es ihn traf. *Paul. Paul Gilman. Der Escort-Service. Oh Scheiße!*

„Warten Sie!", rief er. „Hatten Sie um Mitternacht einen Termin mit Paul?"

Der Mann hielt inne und sah fragend zurück. „Tatsächlich hatte ich das. Und wenn du nicht Paul bist … woher weißt du das?"

Noch immer schockiert darüber, dass er Jack Robbins lebend und atmend vor sich hatte, winkte Bay den Mann nervös zurück. „Weil ich Sie in einem Pokerspiel gewonnen habe."

Ein Mundwinkel des Mannes verzog sich zu einem kleinen Lächeln und seine Augen funkelten schelmisch. Er trat ein paar Schritte zurück und lehnte sich dann wieder an die Wand. „Hast du? Das ist lustig. Ich wusste nicht, dass ich übertragbar bin."

„Oh Himmel." Bay realisierte, was er gerade gesagt hatte. „Es tut mir so leid. Ich rede, als wären Sie ein Stück Fleisch oder so."

Der Mann lachte und sein ganzes Gesicht hellte sich auf. „Zur Hölle, ich bin nicht beleidigt. Ich wurde schon mehr als einmal als Stück Fleisch bezeichnet."

Bay wünschte sich auf einmal, dass er wieder in der Sicherheit seines New Yorker Apartments wäre und über Jack schrieb, statt im Gang eines Hotels in Las Vegas zu stehen und mit seinem Doppelgänger zu sprechen.

„Mit wem habe ich das Vergnügen meine nächsten beiden Stunden zu verbringen? Wenn ich fragen darf?"

„Oh sorry. Ich bin Bay." Bay streckte seine Hand aus.

„Bay?"

Bay nickte.

„Seltsam, aber nett."

„Danke. Der Name hat Familientradition", sagte Bay. „Hören Sie, Sie müssen nicht bleiben. Der Mann dachte, dass er ein gutes Blatt hat, aber ich habe erhöht und er hatte kein Geld mehr, also hat er Sie angeboten, um den Pot auszugleichen."

Statt Bays Hand entgegenzunehmen, verschränkte der Mann wieder die Arme vor seiner Brust, lächelte und musterte Bay von oben bis unten. „Und sein Verlust ist definitiv mein Gewinn."

Bay lächelte schwach und Wärme kroch sein Gesicht hinauf. „Ja. Nein … Ich meine –" Er erkannte, dass der Mann mit ihm flirtete, so wie Jack es mit so vielen seiner Eroberungen tat. *Das ist unheimlich.*

Bay zog seine Hand zurück und der Mann trat einen Schritt auf ihn zu. „Ich bin King Slater."

Er war jetzt so nah, dass Bay sein würziges Rasierwasser riechen konnte. „Schön, dich kennenzulernen, King." Ihre Blicke begegneten sich und King schien auf ein Zeichen des Erkennens zu warten. Aber sein Name sagte ihm nichts.

King schien amüsiert auf Bays Nervosität und Unwohlsein zu reagieren. „Ich lasse mich selbst hinein", sagte er und lächelte Bay noch immer verführerisch an.

Bay sah überrascht zu, wie King direkt an ihm vorbeiging. Sogar Jacks Arroganz hatte er perfektioniert.

Nachdem er kurz in beide Richtungen den Gang entlang gesehen hatte, schloss Bay die Tür und folgte King ins Wohnzimmer. King blieb abrupt stehen und Bay wäre beinahe in ihn hineingelaufen. Als King sich umdrehte, noch immer grinsend, sah er Bay in die Augen, umfasste seinen Nacken und zog ihn an sich, um seine Lippen für einen langsamen, zärtlichen Kuss auf Bays zu drücken.

Eine Menge Reaktionen fluteten Bays Gedanken. *Halt ihn auf* war die erste. Dann vertiefte King den Kuss, bevor Bay sich bewegen konnte. Seine Lippen waren feucht und warm und Bays Unterleib kribbelte. Er erstarrte, geistig und körperlich. *Was zur Hölle?* Er war noch nie von einem Mann geküsst worden. Sex war nie ein großer Teil seines Lebens gewesen. Er hatte immer gedacht, dass niemand ihn wollen könnte, wieso also die Mühe machen? Seit seine Berühmtheit aufgeblüht war, hatte er einige Begegnungen mit Frauen gehabt und bei beiden

Gelegenheiten hatten sie mit Jack Robbins geschlafen, nicht mit Bay Whitman. Er konnte sich vorstellen, dass weder er noch seine Partnerinnen dieses Erlebnis überstanden hätten.

Als der Kuss endete und King zurücktrat, sah er ziemlich zufrieden mit sich aus und Bay war sprachlos. Er berührte instinktiv seine Lippen und rief sich den Druck ins Gedächtnis, den er gespürt hatte.

King lächelte erneut. „Du musst dich nicht schämen. Ich habe diese Wirkung andauernd auf Männer."

Jesus, Bay! Denk nach! Was würde Jack tun? Aber das war einfacher gesagt, als getan, während Jack direkt vor ihm stand. Live *und* in Farbe.

Bay senkte seine Hand, schob sie in seine Hosentasche und versuchte, eine lässige Haltung einzunehmen.

King legte einen Arm über seine Brust, hob seinen Finger an sein Kinn und musterte Bay neugierig. „Bay, du bist ein attraktiver Mann. Bist du sicher, dass ich im richtigen Raum bin? Die meisten meiner Kunden sind älter, untrainiert und relativ unattraktiv."

„Es tut mir leid, King. Ich bin …" Die Worte verließen seine Lippen, bevor er sie aufhalten konnte.

„Hetero?", beendete King seinen Satz. „Das sind viele meiner Kunden –" King malte Anführungszeichen in die Luft. „Hetero."

King trat einen Schritt auf Bay zu und war wieder nah genug, dass Bay sein Rasierwasser riechen konnte. Er griff nach Bays Arschbacken und drücke sie, dann neigte er seinen Kopf, beugte sich vor und biss sanft in Bays Hals.

Ein Schauer lief Bays Wirbelsäule hinab, während King an seiner Haut knabberte, seine Lippen waren warm und fest. Er wusste, dass er King aufhalten sollte, aber die körperliche Aufmerksamkeit war wundervoll.

Schließlich hob Bay beide Hände, legte sie auf Kings Brust und schob ihn sanft zurück. „Ernsthaft."

„Was ernsthaft?", fragte King atemlos und sah ein wenig schockiert aus.

„Ich bin wirklich hetero", sagte Bay erneut.

„Wirklich?", fragte King, trat einen Schritt zurück und sah verwirrt aus.

Okay, zugegeben, Bay hatte sich nie als hetero oder schwul bezeichnet. Aber wenn man die Ereignisse der letzten paar Minuten und die Wirkung analysierte, die Kings Berührungen auf ihn gehabt hatten, war er vermutlich mindestens bisexuell. Über diese Möglichkeit würde er später nachdenken müssen. Seine letzten sexuellen Kontakte, so wenige es auch gewesen waren, waren mit Frauen. Sie waren befriedigend, aber jetzt stand ein Mann vor ihm, küsste ihn und knabberte an seinem Hals und verdammt, es fühlte sich wirklich gut an.

„Typisch für mich", sagte King und rieb seine Hände aneinander, als hätte er genug von der Scharade. „Da habe ich endlich mal einen umwerfenden Kunden und dann will er mich nicht."

„Du findest mich umwerfend?", fragte Bay und hörte die Überraschung in seiner eigenen Stimme deutlich.

„Hast du mal in den Spiegel gesehen?", fragte King. „*Du* bist ein verdammt gut aussehender Kerl."

Bay wusste, dass er King gehen lassen sollte, aber er war fasziniert. Plötzlich wollte er mehr über ihn wissen. Jack Robbins war ein Charakter, der seiner Fantasie entstammte und diese Fantasie hatte ihre Grenzen. Wenn Bay Zeit mit dem echten Jack Robbins, in Form eines Callboys namens King Slater, verbringen konnte, waren die Möglichkeiten endlos. Verdammt, er konnte die Figur auf ein ganz neues Level bringen.

„Sieh mal", sagte Bay, bevor er sich eines Besseren besinnen konnte. „Geh nicht. Ich habe dich für zwei Stunden, richtig?"

King musterte ihn misstrauisch. „Ja … theoretisch."

„Dann möchte ich, dass es das Geld wert ist."

„Das klingt schon besser." King wackelte mit den Augenbrauen.

„Warte", sagte Bay. „Nicht für Sex."

Die Enttäuschung in Kings Gesicht war offensichtlich. „Wofür dann?", fragte er. „Ein Kartenspiel?"

„Vielleicht."

King strahlte ein anziehendes Jack-Robbins-Lächeln. „Nur wenn es Strippoker ist."

„Deal", sagte Bay. Er war ziemlich sicher, dass er gut genug bluffen konnte, um ein Spiel mit einem schwulen Callboy zu gewinnen.

„Ein Kleidungsstück pro Einsatz", sagte King, „oder es ist kein Deal."

Bay lächelte. „Ich denke, hierfür werde ich mehr Scotch brauchen."

„Ich muss pinkeln."

Bay deutete auf das Badezimmer, während er zum Telefon ging und eine Flasche Flanagan beim Zimmerservice bestellte.

Eine Stunde später hatte King sein Hemd verloren. Zusammen mit seiner Anzugjacke, seiner Krawatte, seinen Manschettenknöpfen und seinem Unterhemd. Bay trug noch immer alle Kleidungsstücke abgesehen von seiner Anzugjacke, die er bewusst verloren hatte, weil ihm warm wurde.

„Ich halte deinen Schuh und erhöhe um einen weiteren", sagte King.

„Ich gehe mit." Bay legte vier Zweien ab.

„Verdammt", sagte King und warf seine Karten auf den Tisch. Er öffnete seinen linken Schuh, zog ihn aus und tat dann dasselbe mit seinem rechten und legte sie zum Stapel seiner abgelegten Kleidungsstücke. „Das sind achthundert-Dollar-Schuhe."

„Hattest du schon genug?", fragte Bay.

„Das meinst du doch nicht etwa ernst?" King sah auf seine Socken hinab und begann zu zählen. „Ich habe zwei Socken, meine Hose und meine Unterwäsche. Das heißt, ich habe vier Wetteinsätze, bevor mir die Kleidung ausgeht."

Bay musste zugeben, dass King ein außergewöhnlich gut aussehender Mann war und er hatte Schwierigkeiten, sich auf seine Karten zu konzentrieren. Es war ein ziemlicher Schock, dass er sich zu einem anderen Mann hingezogen fühlte, aber damit würde er sich später auseinandersetzen. Für den Moment genoss er Kings Six-Pack, seine muskulöse, definierte Brust und seine starken Arme. Jedes Mal wenn King ein weiteres Kleidungsstück auszog, musterte Bay ihn und hoffte, dass er sich jedes Detail des Körpers dieses Mannes einprägen konnte, sodass er Jack eine weitere Dimension geben konnte. Er war besonders fasziniert von den Tattoos auf Kings Armen und seiner Brust. *Ich denke, Jack muss sehr bald ein paar Tattoos bekommen.*

„Haben die wehgetan?", fragte Bay, während er die Karten mischte.

King folgte seinem Blick. „Die Tattoos?"

Bay nickte.

„Ein wenig. Besonders das Tribal. Die Haut an der Innenseite des Arms ist echt empfindlich."

„Hast du mehr?", fragte Bay zögernd.

King lächelte erneut. „Ein Gentleman verrät seine Geheimnisse nicht. Ich nehme an, du wirst abwarten und es selbst herausfinden müssen." Er sah auf seine Karten und warf drei auf den Tisch. „Ich nehme drei."

Bay gab ihm drei weitere Karten und sich selbst zwei. „Dealer nimmt zwei."

King sah auf seine Karten. „Ich setze eine Socke."

Bay fächerte die Karten in seiner Hand auf. „Und ich gehe mit und erhöhe um eine weitere Socke", sagte er und sah King in die Augen.

„Ich gehe mit." King lächelte breit und legte drei Königinnen ab.

„Das ist gut", sagte Bay. „Aber nicht gut genug."

Er legte eine hohe Straße auf den Tisch.

King zog beide Socken aus und warf sie auf den Haufen. „Wie gewonnen, so zerronnen." Er leerte ein Glas Scotch und schlug auf den Tisch. „Okay, Bay. Sieht aus, als hätte ich noch mindestens eine Runde, um mich zu retten. Lass uns Karten spielen."

Zehn Minuten später stand King splitterfasernackt vor Bay. Er hatte die Arme vor der Brust verschränkt und schien zu warten, dass Bay den nächsten Schritt tat.

Und er hatte tatsächlich mehr Tattoos. Eines umgab seinen Bauchnabel, eines war auf seinem Oberschenkel, eines auf jeder Wade und eines direkt über seinem Hintern.

„Und jetzt?", fragte Bay, der von seiner sitzenden Position aufsah und Schwierigkeiten hatte, Kings beeindruckende Ausstattung nicht anzustarren.

„Ich habe noch eine Sache, die ich setzen kann", sagte King.

„Wirklich?" Bay musterte Kings nackten Körper und bedeutete ihm, sich zu drehen. Als King es tat und kein Fetzen Kleidung mehr an ihm zu sehen war, sprach Bay. „Ich kann mir nicht vorstellen, was."

„Du hast vergessen, dass ich ein Callboy bin", sagte King und wackelte mit den Augenbrauen. „Ich bin talentiert."

Bay lachte leise, als er erkannte, dass Kings Antwort etwas war, von dem er sich gut vorstellen konnte, dass er es von Jack zu hören bekäme, wenn dieser in derselben Situation wäre.

„Touché", sagte Bay. „Aber ich würde diese Talente für jemanden aufheben, der sie mehr genießen würde als ich."

Kings Lächeln verblasste. „Fick dich, Bay. Ich verschwinde." Er bückte sich und begann, seine Kleidung zu sortieren.

„Was wirst du anziehen?", fragte Bay.

„Was? Meine Kleidung – oh, ich verstehe. Ach, Scheiß drauf. Ich habe bessere Orte als diesen nackt verlassen."

Er griff in seine Taschen, nahm sein Portemonnaie, seine Schlüssel und zwei Handys heraus, stand auf, straffte seine Schultern und ging zur Tür. „Gute Nacht."

Bay sprang auf und überholte ihn. „Warte! Ich habe dich nur geärgert. Außerdem sind deine Klamotten viel zu groß für mich. Zieh dich an."

King schien ein kleines bisschen in sich zusammenzusinken und Bay sah eine andere Seite des selbstbewussten Callboys. *Noch eine andere Dimension.*

Jetzt schien King sich nackt unwohl zu fühlen, während er seine Kleidung sortierte und seine Unterwäsche und Hose anzog. Er streifte sein Hemd über, schlang die Krawatte um seinen Hals und setzte sich mit Socken und Schuhen zu seinen Füßen. Seufzend legte er den Kopf in die Hände.

Schließlich sah King mit müden Augen zu Bay auf und fuhr mit einer Hand durch sein Haar. „Widere ich dich so sehr an?"

„Natürlich nicht", sagte Bay. „Du bist ein sehr attraktiver Mann." Er hatte Kings Gefühle nicht verletzen wollen. Er ging hinüber und setzte sich neben ihn. „Hier passiert eine Menge, von der du nichts weißt."

King sah ihn an. „Dann klär mich auf."

„Wie sind deine Preise noch mal?", fragte Bay.

„Fünfhundert die Stunde."

„Ich denke, mir würde das Geld ausgehen, bevor ich auch nur die Hälfte meiner Geschichte erzählt hätte."

King antwortete nicht, sondern zog stumm seine Socken und Schuhe an, stand auf und ging durch den Raum. Bay folgte ihm auf dem Fuß. Als er die Tür erreichte, blieb er stehen und drehte sich um. „Es hat Spaß gemacht. Ich meine … bis zu dem Teil mit der Zurückweisung."

Bay legte eine Hand auf Kings Arm. „Bitte nimm es nicht persönlich. Wie gesagt, du bist ein unglaublich gut aussehender Mann. Ich bin nur … um ehrlich zu sein … ein einziges, großes Durcheinander."

„Auf mich wirkst du nicht so", sagte King.

„Ja, nun. Manchmal sind die Dinge nicht so, wie sie scheinen."

King starrte auf die Hand, die auf seinem Arm lag und Bay zog sie schnell zurück.

„Dann gute Nacht", sagte King und öffnete die Tür. Er gab Bay eine Karte. „Falls du deine Meinung änderst."

King wandte sich ab, um zu gehen.

„Warte", sagte Bay und folgte ihm in den Gang, obwohl er nicht sicher war, wieso.

King hielt inne und sah zurück.

„Hast du morgen Abend Zeit?", fragte Bay. „Selbe Zeit? Selber Ort?"

„Sicher", sagte King. „Für fünfhundert die Stunde sitze ich jederzeit mit einem heterosexuellen Mann herum und spiele Strippoker. Kein Problem. Gute Nacht, Bay."

Bay sah King hinterher, bis er um die Ecke des Flurs bog. Er kehrte in sein Zimmer zurück, schloss die Tür und lehnte sich dagegen, während die Ereignisse der Nacht in seinen Gedanken erneut abliefen. Die Tatsache, dass er überhaupt einen Escort-Service gewonnen hatte, war schon seltsam. Aber dass sich herausgestellt hatte, dass der ein schwuler Mann war, der genau wie Jack Robbins aussah … nun, das schoss den Vogel ab. Und wenn er vollkommen ehrlich war, war er definitiv fasziniert und, so seltsam es auch war, er fühlte sich zu King hingezogen.

Bay schüttelte die Gedanken ab und ging ins Wohnzimmer. Er räumte die Scotch-Flasche und die beiden Shotgläser an ihren Platz auf der Bar. Dann ging er zurück zum Tisch, um die Karten zu holen. Kings letzte Hand lag verdeckt auf dem Tisch und die Neugierde überwältigte Bay. Er drehte die Karten nacheinander um. „Mistkerl."

King war in der letzten Runde ausgestiegen, obwohl er eine hohe Straße gehabt hatte und Bay drei Karten einer Sorte. *King wollte sich vor mir komplett ausziehen. Er mochte mich wirklich.*

3

KING KONNTE Bays Blick in seinem Rücken spüren, während er den Flur entlangging. Er versteckte seine Wut in seinem berühmten Slater-Gang. Als er endlich um die Ecke bog, atmete er tief durch und entspannte sich, als er zum Aufzug ging. Er drückte den Rufknopf und während er wartete, dass die Tür sich öffnete, war er kurz davor, in Bays Zimmer zurückzukehren und dem Mann seine Meinung zu geigen. Aber aus irgendeinem Grund war er in Bays Gegenwart nervös. Und im Moment war er wütend auf ihn. Außerdem, was würde es nützen? Wieso sollte er riskieren, den Tausender für den Termin am nächsten Tag zu verlieren? Wieso war er überhaupt wütend? Ein Riese für zwei Stunden Strippoker? Und das war *sein* Vorschlag gewesen. Verdammt. *Früher habe ich viel mehr für viel weniger Geld getan.*

Kings Stimmung besserte sich. Er erkannte, dass er sich vermutlich bei Bay bedanken sollte. Schließlich hätte es viel schlimmer kommen können. Bay hätte ein fetter, glatzköpfiger Typ sein können, der es kaum erwarten konnte, von einem Pornodarsteller gefickt zu werden. Oder der sprichwörtliche ungeoutete, heterosexuelle Mann, der auf Geschäftsreise war und zu Hause eine Frau und Kinder sitzen hatte. Oder noch schlimmer: eine Wiederholung seines letzten Termins. Ein übergewichtiger ungeouteter Prominenter aus Las Vegas, der einen BH und schwarze Strümpfe trug und sich einen herunterholen wollte, während er Kings Füße leckte und verehrte, die in Socken steckten.

King hatte alles gesehen – zur Hölle, er hatte alles getan. Aber das war lediglich Poker gewesen. Einfaches Geld. Aber er konnte die Ironie der Situation nicht übersehen. Bay war umwerfend, wortgewandt und schien intelligent zu sein. Er war unglaublich gut trainiert und hatte einen hervorragenden Klamottengeschmack. Dieser Smoking hatte gesessen wie eine zweite Haut und natürlich, typisch für ihn, hatte ausgerechnet dieser Mann nur Karten spielen wollen. Das Leben konnte manchmal so scheiße sein.

Der Aufzug machte sich bemerkbar und riss King aus seinen Gedanken. Die Türen öffneten sich, er betrat den leeren Fahrstuhl und drückte den Knopf fürs Erdgeschoss. Als die Türen sich erneut öffneten, trat er in die Lobby. Der Menge der Leute nach, die sich dort aufhielten, hätte er vermutet, dass es sechs Uhr am Abend statt halb drei am Morgen war.

Er machte sich auf den Weg in die Tiefgarage, als ihm auffiel, dass er nicht länger wütend auf Bay war. Ja, zuerst war er angepisst gewesen, aber dann hatte er anerkannt, dass sein Ego – zusammen mit seinen Gefühlen – verletzt gewesen war. Das war das erste Mal, dass ihn jemand zurückgewiesen hatte, seit

23

er in der Pornobranche groß rausgekommen war und das hatte seine Gefühle der Unzulänglichkeit, die er längst für vergessen gehalten hatte, geweckt. Sicher, es hatte ein paar Männer gegeben, die nur mit ihm sprechen oder ihn kennenlernen wollten, weil er Pornos drehte, aber das waren nur wenige. Er war zuvor tatsächlich noch nie abgewiesen worden. Und er hasste es, das zuzugeben, aber es schmerzte. Vermutlich, weil er Bay wirklich mochte. Er fühlte sich zu ihm hingezogen, was für sich genommen schon seltsam genug war. *Sei dankbar, King. Ein Mann wie Bay könnte deine Genesung wirklich in Gefahr bringen.*

Aber Bay hatte ihn nicht gewollt und es hatte ihn verdammt überrascht. *Verliere ich meinen Bezug zur Realität?*

King rechnete. Es war über drei Jahre her, seit er einen anderen Mann als etwas anderes als einen Arsch zum Lecken, ein Loch zum Ficken oder einen Schwanz zum Lutschen gesehen hatte. Und das alles entweder für die Kamera oder für seinen Escort-Service – ein Mittel, um sich seinen Lebensunterhalt zu verdienen. Wenn Sex der Beruf eines Menschen war, konnten Liebesdinge kompliziert werden. Wenn man Kings Genesungsprozess hinzufügte, konnte das Ergebnis ein ganz schönes Riesendurcheinander werden.

So beliebt wie King im Moment war, musste er zugeben, dass die einfache Tatsache, dass Bay ihn überhaupt nicht anziehend fand, sein Ego verletzt hatte. *Nichts holt dich besser von einem hohen Ross herunter als eine Zurückweisung.* Allerdings hatte Bay ja gesagt, dass er heterosexuell war. *Vielleicht hat er mich oder meinen Namen deshalb nicht erkannt.* Kings Gaydar, der üblicherweise genau ins Schwarze traf, hatte nicht angeschlagen, also war Bay vielleicht *wirklich* hetero, aber gleichzeitig hatte er auch sehr starke Schwingungen gespürt. *Vielleicht* denkt *er nur, dass er hetero ist.*

Während er die Tiefgarage verließ und auf den Las Vegas Strip bog, erinnerte King sich an die Art, wie Bay ihn intensiv gemustert hatte, während er ein Kleidungsstück nach dem anderen ausgezogen hatte. Beinahe, als würde er alles, was er sah, in seinen Erinnerungen abspeichern. Heterosexuelle Männer taten das nicht, oder? King lächelte in sich hinein. Speicherte er den Anblick für spätere Nutzung? *Vielleicht. Oder er wird sich gerade über seine Sexualität klar und braucht einen Schubs in die richtige Richtung.*

Vielleicht hatte King seinen Bezug zur Realität also doch nicht verloren. Er wusste, dass er sich vermutlich selbst Zucker in den Arsch blies, aber es sorgte dafür, dass er sich ein bisschen besser fühlte und ihrer nächsten Begegnung optimistischer entgegenblickte. Er war definitiv fasziniert und er hatte sozusagen eine weitere Gelegenheit, um die Nuss zu knacken. Er lächelte. Morgen Abend würde er sein Bestes geben, um Bay Whitman zu verführen.

King hielt an einer roten Ampel auf der Sahara Avenue. Deutlich aufgeheitert sah er auf und erblickte eine Werbetafel für eine schwule Bar mit dem Namen Badlands Saloon und einen Pfeil, der nach rechts deutete. Der Werbeslogan lautete:

„Trinkt, tanzt und seid Tunten! Twostepp mit heißen Cowboys zu den neusten Country-Songs."

Unter dem Text waren zwei gut aussehende Männer, die Stetsons trugen, einander im Arm hielten und breit lächelten, abgebildet. Der Gedanke an heiße Cowboys ließ ihn erschaudern. Er hatte schon immer eine Schwäche für Cowboys gehabt. Aber als die Ampel grün wurde, umklammerte King das Lenkrad fest mit beiden Händen, trat aufs Gas und fuhr geradeaus über die Kreuzung, ohne abzubiegen. *Es ist ein Trigger, King. Denk an das Programm. Halte dich von Triggern fern.*

Er bog auf den Parkplatz des Caesar's Palace, nahm den Aufzug zu seinem Zimmer, schloss die Tür hinter sich ab und seufzte erleichtert. Er war einem weiteren Hindernis zu seiner Genesung ausgewichen und er war ziemlich stolz auf sich selbst.

King zog sich aus und warf seine Klamotten auf den Stuhl neben seinem Bett. Sein Zimmer war keine Suite, wie Bay sie gehabt hatte, aber es war gut genug. Gut genug für einen schüchternen, großen und schlaksigen Jungen mit einem schlechten Haarschnitt und keinen Freunden aus Ohio, der sich erst spät selbst entdeckt hatte und irgendwie in der Pornobranche gelandet war.

Du hast morgen einen frühen Termin und noch einen am Nachmittag, also solltest du lieber etwas schlafen. Du willst nicht aussehen, als wärst du über Nacht zehn Jahre gealtert.

King schloss seine Augen und sah Bays schönes Gesicht vor sich.

Morgen Abend, mein Freund. Warte nur auf morgen Abend.

BAY KROCH ins Bett, legte sich auf den Rücken und zog sich die Decke bis zum Hals. Wie üblich war sein Selbstvertrauen mit seinem Armani-Smoking zu Boden gefallen und jetzt lag nur der einfache Bay Whitman in seinem dunklen Hotelzimmer in der Großstadt Las Vegas. Aber in dieser Nacht raste neben seinen üblichen Ängsten, Zweifeln und Unsicherheiten auch Freude durch seine Gedanken. Er hatte King Slater für den nächsten Abend erneut gebucht. Aber wieso?

Während er rational darüber nachdachte, erkannte er, dass es mehrere Gründe gab. Erstens wusste Bay, dass viele Autoren ihre Charaktere auf lebenden Personen basieren ließen, aber er hatte Jack nur aus seiner Fantasie erschaffen. Jack war die Person, die er selbst sein wollte. Aber da Bay sich nur vorstellen konnte, was Jack dachte und fühlte, kam er ihm in Bays Gedanken irgendwie eindimensional vor. Was bedeutete, dass er Jack nur bis an seine eigenen Grenzen bringen konnte. Aber wenn am nächsten Abend alles gut ging, würde er eine weitere Dimension seines Charakters entwickeln können, indem er einfach Zeit mit King verbrachte, ihn besser kennenlernte und ihn ausfragte. Wenn er Glück hatte, würde er eine Menge Meinungen erfahren, die von seinen eigenen abwichen und über die er schreiben konnte. Meinungen, die zu einem neuen und verbesserten Jack Robbins führen konnten. King mochte ein Callboy sein, aber Bay hatte bemerkt, dass er kein dummer Mann war. Und Bay freute sich darauf, zu sehen, was hinter dem Callboy lag. Was ihn bewegte.

Andererseits mochte er King wirklich. Und er war fasziniert von der Tatsache, dass King *ihn* zu mögen schien.

King strahlte eine Menge Selbstbewusstsein aus und das allein machte ihn attraktiv für Bay. Er war gut aussehend, geistreich, charmant – alles, was Bay nicht war. Eigenschaften, die Bay seinem Charakter auf den Leib geschrieben hatte. Aber wenn Bay ehrlich war, musste er zugeben, dass der Mann außerdem verdammt sexy war. Bay packte die Decke an seinem Hals etwas fester. Sich von einem anderen Mann angezogen zu fühlen, war etwas, das er nicht erwartet hatte und es machte ihn ein wenig nervös. Er brauchte Zeit, um sich damit auseinanderzusetzen, also entschied er für den Moment, dass er dabei bleiben würde, King Slater – auch bekannt als Jack Robbins – kennenzulernen.

Aber während Bay in seinem Bett lag, kam die bohrende Frage nach der Anziehung erneut in seine Gedanken gekrochen. Er hatte definitiv *irgendetwas* gefühlt, als King ihn geküsst hatte, als er seinen Arsch umfasst und an seinem Hals geknabbert hatte. Er hatte auf jeden Fall nicht versucht, King aufzuhalten. Aber was hatte er gefühlt? War es möglicherweise die Aufregung gewesen, sein Alter Ego in Persona zu treffen? Die Tatsache, dass der Mann, der die Personifikation von Bays Erschaffung war, Bay *mochte,* mit ihm geflirtet hatte, sich an ihn herangemacht hatte?

Auch hierauf hatte er keine einfache Antwort. Machte es ihn schwul, dass er sich von King angezogen fühlte – oder wenigstens bisexuell? Der Gedanke stieß ihn nicht ab. Er hatte einfach nur nie darüber nachgedacht. Sex war etwas, das er ein paar Mal *gehabt* hatte, aber nichts, das für ihn einen essentiellen Teil dessen, was er *war,* ausmachte.

Bay drehte sich um, zog die Decke über seinen Kopf und kniff die Augen zusammen im Versuch, seine Gedanken zum Schweigen zu bringen. Aber nach ein paar Minuten, in denen er sie bekämpfte, erkannte er, dass es ihm nicht gelingen würde. Murrend zog er die Decke zurück und stand auf. Er ging durch die Dunkelheit seines Zimmers und zog die Vorhänge beiseite. Die Lichter des Las Vegas Strips waren hell und flackerten intensiv vor dem dunklen Hintergrund des Himmels vor der Morgendämmerung.

Ein weiteres Bild von King tauchte in seinen Gedanken auf und statt es beiseitezuschieben, hieß er es willkommen. King lächelte ihn an und sein Grinsen war ehrlich und echt. Er erkannte, dass es wohl seinen Preis haben würde, Zeit mit seiner neuen Bekanntschaft zu verbringen. Und er meinte nicht die fünfhundert Dollar, die King für eine Stunde seiner Gesellschaft verlangte. Das war Recherche und jeden Cent wert. Aber was, wenn King nur noch einmal zurückkommen würde, wenn er mit ihm schlief? Wollte er das tun? Was, wenn King zwei und zwei zusammenzählte und erkannte, dass Bay ihn als Inspiration für seinen Charakter benutzte? Das könnte hässlich werden.

Die Sonne begann gerade den Horizont zu erhellen, als Bay endlich wieder zurück ins Bett kletterte. Er hatte nicht mehr Antworten als vor Stunden, aber er war zu erschöpft, um den Schlaf zu bekämpfen. Er überwältigte ihn beinahe sofort.

BAY RANNTE so schnell er konnte, wobei er gelegentlich über seine Schulter sah, um die Anzahl der Jungen, die ihn verfolgten, zu zählen. Es waren mindestens vier, vielleicht fünf und sie sahen aus, als wären sie bereit, ihm Schwierigkeiten zu machen. Er rannte so schnell, sein Herz pumpte pures Adrenalin durch seine Adern, aber seine Lungen waren kurz davor, ihn im Stich zu lassen. Je schneller er rannte, desto langsamer wurde er. Eine letzte Ecke und er fand sich in einer Sackgasse zwischen der Sporthalle und dem Mathegebäude wieder. Er wollte das Tor öffnen, aber es war verschlossen. In einem letzten verzweifelten Versuch zu entkommen, versuchte er, den dreieinhalb Meter hohen Zaun zu erklimmen.

Bay hob sein Bein so hoch er konnte und stellte die Spitze seines Sneakers in eine Masche. Er zog sich hoch und tat dasselbe mit seinem anderen Fuß. Noch eine und dann noch eine. Er konnte das Ende sehen, er konnte es beinahe erreichen. Ich schaffe es. *Und dann zogen ihn Hände an seinen Knöcheln wieder zurück auf den Boden.*

„Wo willst du hin, Bayberry?", schrie einer der Jungen, während Bay einen Tritt gegen seinen Brustkorb abbekam.

„Ha-ha! Ich denke, wir sollten ihn Bayfairy nennen", rief ein anderer Junge. „Er ist 'ne Schwuchtel."

Als die Schulhofschläger mit ihm fertig waren, hatte er ein blaues Auge, eine aufgeplatzte Lippe und vermutlich mehrere geprellte Rippen. Das war das dritte Mal in dieser Woche. Eines der Kinder hatte gesagt, dass sie ihn verprügelten, weil er eine Schwuchtel war und weder Sport noch Mädchen mochte. Ein anderer Junge hatte ihn geärgert, weil er kostenloses Mittagessen bekam und Second-Hand-Kleidung von Goodwill trug. Aber keiner der Gründe war wichtig. Die Qual in der Schule, wenn auch körperlicher, war nichts im Vergleich zur Qual zu Hause. Als er humpelnd nach Hause gekommen war, waren seine Eltern so beschäftigt damit gewesen, zu streiten, dass sie ihn nicht einmal bemerkt hatten – geschweige denn die Blutergüsse und die blutigen Lippen.

Bay verkroch sich in seinem Bett, allein und so unbedeutend, dass es schwer war zu atmen. Er zog die Decke bis zu seinem Hals und betete zu irgendjemandem, der ihn hörte, ihn bitte schlafen zu lassen und nie wieder aufzuwecken.

BAY ÖFFNETE die Augen und wischte sich die Tränen weg, die ihm über die Wangen liefen. Er starrte an die Decke, unfähig sich zu bewegen und wartete, dass sein Herzschlag sich beruhigte. Diese Albträume kamen ein paar Mal pro Monat und alles, was er tun konnte, war sich zu verbarrikadieren und zu warten, bis es vorüberging und er die Angst und die Belanglosigkeit, die jeden Millimeter seines Seins überschwemmten, verarbeiten konnte. *Ein Tag nach dem anderen, Bay. Ein Tag nach dem anderen.*

4

TROTZ DER Tatsache, dass Bay etwas mehr als zehn Riesen am Pokertisch verloren hatte, war sein Schritt noch immer beschwingt und er hatte ein Lächeln auf dem Gesicht, während er durch die Lobby des Casinos zu den Aufzügen ging. Im Vergleich zu seinen Gewinnen des vergangenen Abends war es schließlich noch immer ein nur geringer Verlust. Er drückte den Rufknopf und wippte nervös mit dem Fuß, während er auf das Signal wartete, das den Aufzug ankündigte.

Obwohl er an diesem Abend Geld verloren hatte, war das Spiel ebenso vergnüglich gewesen wie das des vorherigen Abends, aber mit einer kleinen Besonderheit. Die Nacht hatte recht unschuldig begonnen. Rich und Zeke waren in Form wie selten und ziemlich angeregt, alberten herum und neckten einander erbarmungslos. Als der vierte Mitspieler auftauchte, konnte Bay sich vor Lachen kaum noch halten. Die Tür öffnete sich und drei große, kräftige Bodyguards gingen niemand anderem als dem Kronprinzen von Dubai voraus, der auf eine gewisse Art auffallend wirkte und verdammt gut aussehend war. Bevor sie zu spielen begannen, genehmigten sie sich alle gemeinsam einen Drink und der Prinz stellte sich nicht nur als gut aussehend, sondern auch sehr angenehm, geistreich und charmant, wenn auch ein wenig nervös heraus. Bay versuchte die Nervosität des Prinzen ein wenig zu lindern und begann eine Unterhaltung mit ihm, indem er ihn nach seiner Heimat fragte, ihm ein Kompliment zu seinem gut geschnittenen Smoking machte und generelles Interesse an ihm zeigte, während Rich und Zeke ihre Mätzchen weiterführen. Und das war der Zeitpunkt, an dem die Dinge begannen interessant zu werden.

Als sie sich setzten, um das Spiel zu beginnen, ließ der Prinz sich neben Bay nieder. Er hob seine Hand und einer seiner Bodyguards brachte eine Flasche Boërl & Kroff Brut Champagner und vier Gläser. Bay hatte diesen Champagner für einen seiner Romane recherchiert und obwohl er ihn nie probiert hatte, wusste er, dass er beinahe zweitausendfünfhundert Dollar pro Flasche kostete. Sobald die Gläser eingeschenkt worden waren, stießen sie an und eine weitere Flasche wurde zum Tisch geliefert, die der Prinz bis zum zweiten Blatt allein konsumiert hatte.

Zu diesem Zeitpunkt begann der Prinz gelegentlich sein Knie gegen Bays streifen zu lassen, was Bay zuerst als Versehen abtat. Aber nachdem sie die nächste Flasche des Champagners geleert hatten, wurden die gelegentlichen Berührungen intensiver und schließlich hatte der Prinz seinen Schuh ausgezogen und rieb seinen Fuß an Bays Wade. Und als wäre das nicht genug, wurde der Prinz im Laufe des Abends sehr zudringlich.

Zwischen jeder Runde zwinkerte der Prinz Bay zu und lächelte ihn verführerisch an, während seine Hand unter dem Tisch Bays Knie fand und es drückte und knetete als wäre es eine Teigkugel.

In all den Jahren zuvor hatte noch nie ein Mann mit Bay geflirtet. Und in den vergangenen vierundzwanzig Stunden hatte das nicht nur einer, sondern zwei Männer getan. Bay lachte leise. *Ein Kuss von einem Mann und es sieht aus, als wäre ich Freiwild.*

Nachdem die letzte Runde gewonnen war, verschwendete Bay keine Zeit und kehrte in sein Zimmer zurück. Er wartete voller Erwartung auf den Aufzug und dann ertönte endlich die Klingel und die Tür öffnete sich. Bay trat in den leeren Fahrtstuhl mit den verspiegelten Wänden und musterte sein Spiegelbild. Er rückte seine schmale schwarze Fliege gerade und wischte einen Fussel von seiner linken Schulter. An diesem Abend trug er einen schwarzen dreiteiligen Anzug von Dolce & Gabanna, ein weiterer Kauf seines Stylisten, zusammen mit einem weißen Hemd. Zufrieden, dass er so gut wie möglich aussah, drehte Bay sich um, verschränkte die Hände vor seinem Körper und sah instinktiv auf, um die digitale Stockwerkanzeige zu beobachten. Erneut kehrten seine Erinnerungen zum Verlauf des Abends zurück. Ja, er hatte Spaß gehabt. Der Prinz hatte letztendlich verstanden, dass Bay auf seine Annäherungsversuche nicht einging, und aufgegeben. Aber um ehrlich zu sein, war Bay trotz aller Unterhaltung nicht ganz bei der Sache gewesen – und er hatte eine Ahnung, woran es lag.

Als die Tür sich öffnete, verließ Bay den Aufzug und bog um die Ecke. Er blieb wie angewurzelt stehen. Die Ahnung wurde zu einer Sicherheit.

King Slater wartete vor Bays Hotelzimmer. Er lehnte sich mit einer Schulter an die Wand, hatte die Arme vor der Brust verschränkt und seine Beine überkreuzt, so wie er es am vergangenen Tag getan hatte. *Das muss sein Markenzeichen sein.*

King trug eine gut aussehende weiße Jacke, Anzughosen und ein weißes Hemd, dessen obere Knöpfe geöffnet waren, und hatte eine aufgebundene Fliege um den Hals hängen. *Das ist unheimlich. Genau das hat Jack Robbins auf dem Cover von Rache in Monte Carlo getragen.*

Bay schob seine zitternden Hände in einem Versuch, seine Nervosität zu verbergen, in seine Hosentasche und ging locker auf King zu. „Hey, na?", sagte er. „Ich hoffe, ich habe dich nicht zu lange warten lassen?"

King stieß sich von der Wand ab und richtete sich auf. Er streckte seine Hand aus. „Bin erst vor ein paar Minuten angekommen. Schön, dich zu sehen, Bay."

„Gleichfalls." Bay erwiderte Kings festen Händedruck, zog seine Schlüsselkarte aus seiner inneren Jackentasche und schob sie ins Schloss. Er drückte die Tür auf und ließ King vor sich ins Zimmer gehen.

„Nette Auswahl", sagte King.

Bay folgte ihm ins Wohnzimmer. Der Zimmerservice baute ein Buffet auf. Da Bay nicht gewusst hatte, ob King hungrig sein würde oder nicht, hatte er früher am Tag eine gefüllte Bar und ein spätes Abendessen bestellt.

„Alles bereit, Mr. –"

„Danke." Bay unterbrach den Mann. Er war nicht bereit, King seinen Nachnamen zu verraten. Er unterschrieb die Rechnung und gab dem Kellner ein großzügiges Trinkgeld.

King lehnte an der Wand, lächelte und schob seine rechte Hand in die Hosentasche, wodurch er entweder mit voller Absicht oder versehentlich eine Pose einnahm. Bay hatte keine Ahnung, was es war, aber es war egal. Er beobachtete ihn einfach nur bewundernd. Lässig und sorglos zu wirken, scheint ihm so leicht zu fallen. Es war, als wäre er in jeder Pose bereit fotografiert zu werden.

King sah Bay an und lächelte schief. Bay musste zugeben, dass er damit mehr als liebenswert wirkte. „Du weißt, dass du einem Callboy kein Abendessen spendieren musst, wenn du für Sex bezahlst, oder?"

Eine dünne Schweißschicht begann sich auf Bays Augenbraue zu bilden. *Atme tief durch und spiele mit, Bay. Wie würde Jack damit umgehen?*

Bay ließ ein Lächeln aufblitzen, das Kings um nichts nachstand. „Tue ich das denn?", fragte er schließlich. „Für Sex bezahlen?"

„Ich hoffe es jedenfalls", antwortete King schnell, ohne seinen Blick abzuwenden.

„Ich dachte, wir hätten bereits geklärt, dass ich ein heterosexueller Mann bin."

Kings Lächeln weitete sich. „Wenn ich einen Cent für jeden Mann bekäme, der mir sagte, dass er hetero wäre, während ich ihn gefickt habe, wäre ich ein reicher Mensch."

Bay antwortete nicht. Er ging zur Bar hinüber, füllte zwei Whiskey-Gläser mit Eis, schenkte zwei Fingerbreit Single-Malt Scotch in jedes und gab eines King. Er hob sein Glas. „Touché."

Kings Lächeln verwandelte sich in einen hoffnungsvollen Gesichtsausdruck. „Heißt das, dass ich tatsächlich eine Chance habe, der erste zu sein, der dich auf ein Abenteuer mitnimmt?"

Bay begann sich ein bisschen sicherer zu fühlen. Das Blatt wandte sich zu seinen Gunsten und er gewann Überhand. „Wer sagt, dass du der erste wärst? Ich sagte, dass ich mich heterosexuell nenne. Ich habe nicht gesagt, dass ich nie ein Abenteuer erlebt habe." *Wo zur Hölle kam das her, Bay?*

Kings Augen weiteten sich und dann verzogen seine Lippen sich zu einem neugierigen Lächeln.

Bay entspannte sich ein wenig. Sicher, diese Hand hatte er nur durch Bluffen überstanden, aber so oder so hatte er gewonnen und er musste seine Karten nicht offenlegen.

„In dem Fall", sagte King und stellte sich vor ihn, „wird es dir nichts ausmachen, wenn ich das hier tue."

Bay hatte keine Ahnung, was King plante, aber die Entspannung, die er vor wenigen Minuten noch gespürt hatte, begann sich in Luft aufzulösen.

King knöpfte Bays Anzugjacke auf, beugte sich weit genug vor, dass seine Wange Bays berührte und schob Bays Jacke von seinen Schultern. Er legte sie ordentlich zusammen und auf die Couch. Bay atmete tief ein und nahm den inzwischen vertrauten Duft von Kings würzigem Rasierwasser in sich auf und verdammt, es war berauschend.

„Das ist besser", flüsterte King. „Als nächstes das hier."

King öffnete langsam jeden Knopf von Bays Weste, wodurch das cremeweiße Hemd und die Hosenträger darunter sichtbar wurden. Er hob seine Hand an Bays Kragen, löste langsam Bays Fliege und entfernte sie vorsichtig von seinem Hals. King legte sie zur Jacke. Er sah Bay in die Augen und lächelte. „Das sollte viel bequemer sein", flüsterte er.

Mistkerl! King spielte Bay wie eine Violine. So viel zum Sieg der ersten Hand. Verdammt. *Jack Robbins verliert nie und ich werde das auch nicht zulassen.* Er sammelte seine Gedanken, lächelte und begegnete Kings Blick. „Tatsächlich ist das so bequemer. Danke King."

Kings verführerischer Gesichtsausdruck verblasste schnell und wurde durch einen ungläubigen ersetzt. Bay ignorierte den Wandel und wandte sich dem Essen zu. „Sieh dir diese Auswahl an. Ich wusste nicht, was du magst, also habe ich ein bisschen von allem bestellt. Komm schon, lass uns essen."

Alles wieder unter Kontrolle!

„MANN, ICH bin voll." Bay wischte seinen Mund mit einer weißen Stoffserviette ab und ließ sie anschließend auf den Tisch fallen. „Ich habe nicht einmal gemerkt, dass ich hungrig war."

„Das war sehr aufmerksam von dir, Bay. Und es hat hervorragend geschmeckt. Vielen Dank."

King war recht ruhig gewesen, während sie gegessen hatten und wenn er ehrlich war, war Bay dankbar dafür. Er brauchte die Zeit, um sich wieder zu sammeln. King *hatte* ihn aus der Bahn geworfen, nicht dass er das ihm gegenüber je eingestehen würde. Aber er musste eine Möglichkeit finden, um Kings Interesse nicht zu verlieren und ihm gleichzeitig nicht zu viel von sich preiszugeben. Jack liebte jede Herausforderung, also würde er das Risiko eingehen, dass King genauso tickte. Es war Zeit, dass Bay *schwer zu kriegen* spielte.

„Wo sind meine Manieren?", fragte Bay und bedeutete King, aufzustehen.

King sah verwirrt aus, aber er erhob sich zögernd und begegnete Bays Blick.

Sie standen einander jetzt gegenüber und Bay stellte sich auf die Zehenspitzen, zog Kings Jacke von seinen Schultern und faltete sie zusammen. Während Bay die Jacke auf den Stuhl legte, hing erneut der schwache Duft von Kings Rasierwasser in der Luft. *Wieso ist dieser Duft so berauschend?* Als King sich kaum merklich vorbeugte, spürte Bay Kings warmen Atem an seinem Hals und in Kombination mit dem Rasierwasser schickte er einen unerwarteten Blitz direkt in Bays Schritt.

Da Bay sein Pokerface nicht aufgeben wollte, ignorierte er die Empfindung und löste Kings Fliege von dessen Hals, so wie King es zuvor mit seiner getan hatte. Er ließ sie auf die Jacke fallen und stemmte die Hände in die Hüften. „Jetzt setz dich hin."

„Sieh mal, Bay –"

„Setz dich", wiederholte Bay.

King bewegte sich nicht.

„Für die nächsten –" Bay sah auf seine Uhr. „– ungefähr anderthalb Stunden gehörst du mir. Jetzt setz dich hin."

King grinste, aber er setzte sich. Bay ging um den Stuhl herum, legte seine Hände auf Kings Schultern und begann Schultern und Nacken zu kneten. Kings kräftige Muskeln unter seinen Fingern verursachten eine Reaktion, die Bay nicht erwartet hatte.

King sah nach vorne und das war verdammt gut so. Bays Pokerface löste sich Schicht für Schicht auf und wenn King jetzt sein Gesicht sehen würde, wüsste er genau, was er Bay antat. Das konnte Bay auf keinen Fall zulassen.

King gab jetzt leise Seufzer von sich und bewegte seinen Kopf hin und her; er genoss die Aufmerksamkeit offensichtlich. Zu wissen, dass er King Genuss bereitete, brachte Bays Herz zum Flattern. Nach ein paar weiteren Minuten löste Bays Entschlossenheit sich schnell auf und er wusste, dass er aufhören musste. Er drückte ein letztes Mal zu und tätschelte dann Kings Oberarm. „Habe ich mich gut angestellt?"

King sah mit trägen Augen über seine Schultern. „Du warst großartig. Aber ich verstehe nicht, wieso?"

„Wieso was?"

King verdrehte die Augen. „Spiel nicht mit mir. Du weißt genau, worüber ich spreche."

Bay dachte kurz darüber nach. Er musste zugeben, dass er damit angefangen hatte, um King aus der Bahn zu werfen, aber dann war Bay derjenige gewesen, der aus der Bahn geworfen worden war. *Mein Gott, Bay! Es hat angefangen, dir zu gefallen.*

Bay hörte seinen Namen und wurde aus seinen Gedanken gerissen. „Ah. Nun", sagte er, „ich kann mir vorstellen, dass du bei deinem Beruf immer derjenige bist, der andere verwöhnt, also dachte ich mir, dass du auch mal ein wenig davon verdient hast."

King sah erneut über seine Schulter und diesmal lag etwas, das Panik ähnelte, in seinen Augen. Bay war verwirrt, aber dann wurde Kings Gesichtsausdruck entspannter. „Danke", sagte er und klang ernst dabei.

„Es war mir ein Vergnügen. Jetzt brauche ich einen Drink." Bay ging zur Bar hinüber.

Ein paar Minuten später saßen sie nebeneinander auf der Couch, ihre Oberschenkel berührten sich kaum merklich, wann immer sich einer von ihnen bewegte und sie hatten beide ein Glas Single-Malt in der Hand.

Bay nahm einen Schluck und wagte sich dann vorsichtig vor. „Erzähl mir ein bisschen über dich."

„Was willst du wissen?", fragte King.

„Oh, ich weiß nicht. Vielleicht, wie du ein Callboy geworden bist?"

„Also weißt du wirklich nicht, wer ich bin?", fragte King.

Bay sah ihn fragend an. „Sollte ich?"

„Huch", sagte King. „Du bist wirklich nicht schwul."

Bay gab sein Bestes, um der Unterhaltung zu folgen, aber es fiel ihm wirklich schwer. „Was hat meine Sexualität damit zu tun?"

King schüttelte den Kopf und lachte leise. „Weil ich, wenn ich das so sagen darf, ein ziemlich beliebter Pornodarsteller bin."

„Ohne Scheiß?", sagte Bay. „Wirklich?"

„Wirklich."

Heilige Scheiße! Jack Robbins' Doppelgänger ist ein schwuler Pornodarsteller.

Bay lächelte. „Ich weiß nicht, was ich sagen soll."

„Wieso musst du irgendetwas sagen? Außer du willst mich verurteilen."

„Natürlich nicht", sagte Bay. „Das steht mir nicht zu."

Bay stand auf und schenkte ihnen beiden ein weiteres Glas Scotch ein. Als er wieder bequem saß, streckte er sich, lehnte sich an die Rückenlehne der Couch und legte seine Füße auf den Tisch. Der Alkohol begann seine Wirkung zu zeigen und sorgte dafür, dass er entspannt und sehr neugierig war.

„Also, erzähl mir –"

Bevor Bay seine Frage beenden konnte, war King auf seinen Knien und öffnete Bays Schuhe. Er zog ihm einen nach dem anderen aus, setzte sich wieder auf die Couch und drehte Bay, sodass seine Füße in Kings Schoß lagen. Bay war zunächst überrascht. Niemals zuvor hatte eine andere Person seine Füße berührt. Aber als King begann, sie zu massieren und zu reiben, schmolz sämtliches Zögern, das Bay spürte, davon. Wenn er ehrlich war, fühlte es sich verdammt gut an. Die Aufmerksamkeit verstärkte die Ruhe, die der Scotch ausgelöst hatte und Bay entspannte sich mit jeder Minute mehr. Kings starke Hände schienen instinktiv zu wissen, wo ihre Aufmerksamkeit verlangt wurde und Bay musste mehr als einmal ein genussvolles Stöhnen herunterschlucken. Es war seltsam, seine Füße von einer anderen Person massiert zu bekommen, aber sehr angenehm.

„Du wolltest mich etwas fragen?"

„Oh ja", sagte Bay, während King weiterhin seine Füße massierte. „Wie wurdest du ein Pornodarsteller? Gibt … es eine Schule oder so was dafür?"

King unterbrach seine Massage und sah auf. „Machst du dich über mich lustig?"

„Nein. Ehrlich. Ich kannte nie einen Pornodarsteller und habe noch nie Pornos gesehen, daher habe ich keine Ahnung, wie irgendetwas davon funktioniert."

King begann erneut zu massieren. „Nun, wenn du es wissen musst, ein Kumpel hat mich dazu gebracht."

„Vielleicht hat ein Freund dich anfangs dazu gebracht, aber ich bin mir sicher, dass dein Selbstvertrauen, dein gutes Aussehen und dein Charme dich erfolgreich gemacht haben."

Kings Gesicht hellte sich auf. „Du findest mich gut aussehend?"

„Komm schon, King. Ich muss dir nicht sagen, wie attraktiv du bist. Ich meine … Ich weiß nichts über die Pornoindustrie, aber ich kann mir vorstellen, dass deine Welt ziemlich abgedreht ist. Und du wirkst einfach nicht wie so ein Typ auf mich. Tatsächlich wirkst du eher nüchtern, intelligent und irgendwie normal auf mich."

King hörte auf zu massieren und drückte Bays Fuß. „Aber du hast meine Frage nicht beantwortet. Findest *du* mich gut aussehend?", fragte er, lächelte spielerisch und zwickte in Bays großen Zeh.

Bay rutschte verlegen herum und versuchte, seinen Fuß zurückzuziehen, aber King hatte einen festen Griff. „Ein Mensch müsste blind sein, um nicht zu erkennen, wie gut aussehend du bist. Ich bin mir sicher, du hast viele Fans."

King begann wieder zu massieren und Bay hielt ein genussvolles Stöhnen zurück. „Inzwischen ja", fuhr King fort. „Ich meine … Leute erkennen mich und meistens wollen sie nur Hallo sagen oder ein Foto mit mir machen, aber es ist seltsam für mich, weil ich es nicht verstehe. Ich habe nicht immer so ausgesehen und wenn ich in den Spiegel schaue, sehe ich wohl immer noch mein altes Ich."

„Was meinst du mit deinem alten Ich?"

King antwortete nicht sofort, beinahe so, als würde er zuerst über seine Reaktion nachdenken. Aber sein Gesichtsausdruck verwandelte sich in den eines kleinen unschuldigen Jungen, gemischt mit viel Schmerz. Ein Gesichtsausdruck, den Bay nur allzu gut kannte und einer, der ihm mehr sagte, als alle Worte es könnten.

„Vor der Pubertät", sagte King. „Ich war ein schlaksiges Durcheinander. Ich war mit dreizehn eins achtzig groß. Ich war ein verdammter Freak und ich stach heraus wie ein bunter Hund. Und das war nicht angenehm."

Bay fühlte mit ihm, noch bevor die Worte Kings Mund verlassen hatten. „Haben sie auf dir herumgehackt?", fragte er.

„Oh ja, viel. Und um dem Ganzen die Krone aufzusetzen, war ich mitten in der Pubertät und meine Stimme veränderte sich, weshalb ich quietschte, wann immer ich etwas sagte. Es war schrecklich."

Es ist, als würde er meine Geschichte erzählen. Wieso wurde ich nicht so wie er?

„Ich wette, jetzt bekommst du eine Menge Aufmerksamkeit. Von der guten Sorte", sagte Bay.

„Die seltsame Sache ist … für mich ist die Aufmerksamkeit der schlimmste Teil des Jobs."

„Wieso machst du ihn dann?"

King zögerte, aber nur für eine Sekunde. Er sah Bay direkt an. „Wegen des Geldes."

„Verdienst du so gut?"

„Mit den Pornos? Nicht wirklich", sagte King. „Aber die Publicity durch die Pornos steigert meine Beliebtheit und fördert den Escort-Service, was dazu führt, dass ich fünfhundert oder mehr pro Stunde verlangen kann."

Bay nahm einen Schluck seines Scotchs, schluckte und genoss das Brennen, das den Geschmack begleitete. Als King dieses Mal eine bestimmte Stelle fand, konnte Bay das Stöhnen, das über seine Lippen kam, nicht herunterschlucken und im Gegenzug lächelte King zufrieden.

Wärme stieg in Bays Wangen, aber er ignorierte die Empfindung. „Kann ich dich noch etwas fragen?"

„Sicher."

„Stört es dich, dass die Leute dich nur für Sex wollen?"

King lachte leise. „So wie du?"

Bay schluckte den Kloß in seinem Hals hinunter, antwortete jedoch nicht.

„Du wärst überrascht, wie viele Leute keinen Sex von mir wollen", sagte King. „Die Männer, die Sex wollen, sind die einfachen Kunden. Für viele der Männer, die mich buchen, ist der Sex nicht das wichtigste. Sie wollen sich nur wichtig fühlen. Sie möchten gewollt werden und sich attraktiv und begehrt fühlen. Wie du. Ihr seid die Schwierigen."

Bay hob eine Augenbraue. „Glaubst du, das ist es, was ich mache?"

„Ich denke, ich kann dich ziemlich gut einschätzen. Also ja, das glaube ich."

Bay dachte über Kings letzten Satz nach und kam zum Schluss, dass King recht hatte. Bay genoss es, sich attraktiv zu fühlen und zu wissen, dass jemand ihn wollte. Seltsam, dass ihm das zuvor nie wichtig gewesen war. Aber im Moment hatte alles – die Fußmassage, die Anziehung, die in der Luft hing – irgendeine Wirkung auf ihn. *Aber es geht nicht um dich. Sorg dafür, dass er weiterspricht.*

„Sieh mal", sagte King. „Es geht nicht darum, die Leute zum Orgasmus zu bringen, es geht um die Erfahrung und sicherzugehen, dass sie für ihr Geld das bekommen, was sie brauchen. Du sagst, dass du nicht schwul bist, also werde ich tun, was ich innerhalb der Grenzen, die du setzt, tun kann, um dafür zu sorgen, dass es dein Geld wert war."

„Wie eine Fußmassage", sagte Bay und wackelte mit den Zehen.

„Genau", antwortete King. „Du hast gesagt, dass du keinen Sex willst, also werde ich dir auf andere Weise Vergnügen bereiten."

Okay. Er redet wieder. Jetzt sorg einfach dafür, dass es so bleibt.

„Also. Warst du auf dem College? Hast du einen Abschluss?", fragte Bay.

King nickte. „Ja. Verkauf und Marketing."

„Hast du das genutzt?"

„Ein wenig. Ich war eine Weile im Verkauf und war ziemlich gut darin, aber als die Wirtschaft eingebrochen ist, musste ich Rechnungen bezahlen, also habe ich angefangen, Pornos zu drehen. Dann lief das wirklich gut, also habe ich entschieden, eine Anzeige für den Escort-Service aufzugeben. Ich hatte geplant, beides nur so lange zu machen, um wieder auf die Füße zu kommen und mir einen kleinen Puffer anzusparen, aber ich habe festgestellt, dass ich gut darin bin." King blickte reumütig drein. „Wer hätte gedacht, dass es eine gute Sache sein würde, mit vielen Männern Sex zu haben?"

„Nachdem du angefangen hast, als Escort zu arbeiten."

King nickte. „Und vorher auch."

Bay legte den Kopf schief und wartete darauf, dass er seine Aussage weiter ausführte.

King lächelte. „Lass uns einfach sagen, dass ich in dem Bereich einige Dämonen habe, die ich besiegen muss, und es dabei belassen. Das ist ein Thema für einen anderen Abend."

Bay widersprach nicht, auch wenn er es gern getan hätte. Er wollte jedes Detail von Kings Leben kennen, aber er würde auf den richtigen Moment warten, um erneut zu fragen. *Da ist eine Geschichte.*

King fuhr fort. „Ich habe festgestellt, dass ein großer Teil des Jobs daraus besteht, ein guter Zuhörer zu sein und Leute zu lesen. Ähnlich wie im Verkauf. Verdammt, ich arbeite immer noch im Verkauf, ich verkaufe nur ein anderes Produkt – mich."

Das ergab Sinn. „Warst du schon immer so intuitiv?"

„Wer weiß? Wenn ja, habe ich es von meiner Großmutter. Ich habe als Kind viel Zeit mit ihr verbracht und sie konnte Menschen sehr gut durchschauen. Sie hat mir alles über Körpersprache beigebracht und erklärt, wie wichtig das ist."

„Wie das?"

„Oh, ich weiß nicht … vielleicht, zum Beispiel, ob dir eine Person in die Augen sieht oder nicht. Oder was sie mit ihren Händen tut. Sie hat immer gesagt, dass es die kleinen Dinge sind."

„Ich denke, sie war eine weise Frau", sagte Bay.

„Das war sie wirklich", stimmte King zu.

King fand eine kitzelige Stelle an Bays Fuß und Bay zuckte zurück, während ein leises Lachen über seine Lippen kam.

„Jeder hat so eine Stelle", sagte King mit einem Lachen. „Und ich merke mir deine für spätere Verwendung."

Bay warf ihm ein nervöses Lächeln zu. Der Teil mit der „späteren Verwendung" machte ihm Angst und faszinierte ihn gleichzeitig.

„Und", fuhr Bay fort. „Was machst du zum Spaß?"

„Jetzt?"

Bay nickte.

„Ich tue das hier", antwortete King. „Aber während der High School und dem College habe ich etwas Theaterarbeit gemacht."

„Wie Schauspiel?", fragte Bay überrascht.

„Ja. Und tu nicht so überrascht", neckte King. „Da habe ich zum ersten Mal die große, dünne Nerd-Persönlichkeit abgelegt und wurde ich selbst."

„Warst du gut?"

„Das haben sie mir gesagt", meinte King. „Ich habe ein paar Awards gewonnen."

„Hat es dir Spaß gemacht?"

„Ja."

Kings Blick glitt in die Ferne, so als würde er sich an diese Zeit seines Lebens erinnern.

Bay hatte eine Million mehr Fragen, aber er wollte Kings Erinnerungen nicht unterbrechen oder ihn vertreiben, indem er ein schnelles Frage-Antwort-Spiel veranstaltete, also machte er eine Pause und trank einen weiteren Schluck.

„Hey", sagte King. „Genug von mir. Es ist Zeit, dass du mir etwas von dir erzählst."

Verdammt. Ich hätte weiterfragen sollen. Bay! Frag ihn nicht, was er wissen will, sonst wirst du es ihm sagen müssen. Such dir einfach was aus.

„Nun, ich nehme an, wir waren uns als Kinder sehr ähnlich. Ich war auch groß und sehr dünn. Kurz gesagt – ich war ein unbeholfenes Kind. Ein echter Nerd. Während die meisten gerade so eins sechzig groß waren, war ich beinahe zwanzig Zentimeter größer und wog sechzig Kilo."

„Wurdest du schikaniert?", fragte King.

„Gequält", sagte Bay. „Ich meine … als ich dreizehn wurde, war ich ein Nerd, der eins achtzig groß war, Second-Hand-Klamotten trug und kostenloses Mittagessen bekam. Hätte ebenso gut eine Zielscheibe auf meine Stirn tätowieren lassen können. Aber das seltsame ist …" Bay machte eine Pause und erinnerte sich. „Wenn ich das kleinste bisschen Selbstvertrauen gehabt hätte, hätte ich diese Jungs verprügeln können. Ich war doppelt so groß wie sie, aber stattdessen bin ich weggerannt."

Ein Schauder lief Bays Wirbelsäule hinab, während er die Qual in Gedanken erneut durchlebte. „Aber Gott sei Dank – immerhin habe ich aufgehört zu wachsen."

King drückte Bays Fuß ein letztes Mal und lehnte sich zurück, wobei er einen Arm auf die Rückenlehne der Couch und eine Hand auf Bays legte. „Es tut mir leid. Ich erinnere mich nur zu gut, wie es sich anfühlt."

Das Gefühl war seltsam tröstend. Bay hatte nur selten menschlichen Kontakt und sprach so gut wie nie über sich selbst, da die Leute dann erfahren würden, dass seine öffentliche Persona nicht weiter von seinem echten Ich entfernt sein könnte. Aber hier war er und sprach offen mit einem schwulen Callboy.

Dennoch dachte er, dass es das wert war, über diese Sachen zu sprechen, um zu vermeiden, dass King die Dinge erfuhr, von denen er wirklich nicht wollte, dass er sie wusste.

Kings Stimme unterbrach seinen inneren Dialog. „Warst du ein guter Schüler?"

„Bs und Cs", sagte Bay. „Ich glaube, ich war ziemlich klug, aber ich war wirklich introvertiert, weshalb ich mich nicht getraut habe, mich am Unterricht zu beteiligen oder Fragen zu stellen … und ich wollte keine Aufmerksamkeit auf mich lenken, also blieb ich einfach still. Und außerdem haben mir die sozialen Fähigkeiten gefehlt, die ich gebraucht hätte, um Freunde zu finden, also war ich viel allein."

„Das muss scheiße gewesen sein", sagte King mitfühlend und streichelte jetzt sanft über Bays Hand.

Bay lehnte seinen Kopf zurück, schloss die Augen und ließ zu, in der Zeit zurückzureisen. Etwas, das er nur selten tat. Schmerz und Reue überspülten ihn, während er sich an eine Zeit erinnerte, von der er geglaubt hatte, dass er seinen Frieden damit geschlossen hätte. „Wenn ich jetzt darüber nachdenke, ja, es war scheiße. Aber damals … Ich habe nicht verstanden, wie schlimm es war und was es letztendlich mit mir tun würde. Ich weiß, dass es seltsam klingt, aber nachdem ich die schrecklichen Tage in der Schule überstanden hatte, kam ich nach Hause und habe mich vor dem Streiten meiner Eltern und der Welt verbarrikadiert und mit niemandem interagiert. Irgendwann ist meine Mutter gegangen und mein Vater war ziemlich unorganisiert, wann immer Bier im Haus war, was fast immer der Fall war, also wurden Bücher und das Fernsehen meine Gesellschaft. Ich liebte Krimisendungen und bin in ihnen versunken. Und wenn ich alle Fernsehsendungen gesehen hatte, habe ich gelesen – eine Menge. Aber das Fernsehen und die Bücher hatten eine Sache gemeinsam – ich fand nie Charaktere, mit denen ich mich identifizieren konnte. Im Fernsehen waren alle selbstbewusst und gut aussehend und in den Geschichten, die ich las, schien es nicht anders zu sein, also habe ich aus Verzweiflung angefangen, meine eigenen Geschichten zu schreiben. In meinen Geschichten konnte ich große, dünne, sonderliche, hässliche Helden schreiben, die immer den Tag – und sich selbst – retteten. Irgendwann begannen meine Charaktere, sich selbst zu finden und aufzublühen, beinahe so, wie ich es mir für mich gewünscht hätte. Und dann habe ich angefangen, mich so zu schreiben, wie ich gerne wäre. Gut aussehend, erfahren und ein spaßliebender und extrovertierter Mann. Ich konnte sogar die Welt bereisen, wenn ich das wollte. Die bösen Typen besiegen und die Helden retten und all das ohne meinen Anzug zu zerknittern. Dieser Wandel ist größtenteils unbewusst passiert. An einem Tag ein Nerd-Held und am nächsten Jack Robbins."

Einsamkeit, Angst und Isolation schlichen sich langsam in Bays Bewusstsein zurück. Er hatte seit Jahren nicht über diese Dinge nachgedacht und er war überrascht, wie sehr es ihn mitnahm, darüber zu sprechen. Als er seine Augen öffnete, entkam eine einzelne Träne und rann seine Wange hinab. Aber bevor er sie wegwischen konnte, beugte King sich hinüber, legte seine Hand auf Bays Brust, neigte Bays Kopf zurück und wischte die Träne mit dem Daumen von der Wange. Dann drückte er seine Lippen auf genau die Stelle, an der die Träne gewesen war und ließ sie dort. Noch nie hatte jemand auch nur eine der vielen Tränen weggewischt, die Bay als Junge geweint hatte und jetzt wurde er von einem Fremden getröstet. Es war vermutlich eines der fürsorglichsten Dinge, die jemals jemand für ihn getan hatte.

Als King sich zurückzog, begegnete Bay seinem Blick und Kings Gesichtsausdruck zeigte eine Sorge, die sich nicht leugnen ließ. Bay verlor alle Kontrolle seiner Sinne, packte King im Nacken und zog ihn näher, bis ihre Lippen sich trafen. King schmolz in den Kuss und vertiefte ihn sofort. Alle möglichen Dinge gingen Bay durch den Kopf, aber er konnte sich nicht beherrschen. King schmeckte nach Scotch und Kaugummi und die Kombination war wie ein Aphrodisiakum. King begann Bays Hemd aufzuknöpfen, aber als er Bays Taille erreichte, geriet Bay in Panik, kam zu Sinnen und hielt ihn auf. Er schob King von sich. „Es tut mir leid. Ich kann das nicht tun."

Kings Gesichtsausdruck zeigte offensichtlichen Schmerz und er wandte sich ab, aber bevor einer von beiden etwas sagen konnte, klopfte es an der Tür.

5

KING SAH weg, während Bay, der dankbar für die Unterbrechung schien, auf die Füße sprang. Bay machte sich auf den Weg ins Foyer. King blieb auf der Couch sitzen; er fühlte sich noch immer wie ein verletzter Welpe.

Jesus, King! Er will dich nicht. Verschwinde einfach von hier.

Aber King bewegte sich nicht.

Du hast keine Ahnung, was mit diesem Mann los ist. Er behauptet, dass er hetero ist, aber seine Handlungen sagen etwas anderes. Und viel wichtiger, was kümmert es dich? Er will dich nicht!

King beugte sich vor, stützte die Ellbogen auf die Knie und fuhr mit den Fingern durch sein Haar. Aber er stand noch immer nicht auf.

Wieso kümmert es mich? Vielleicht weil wir eine ähnliche Kindheit hatten. Wir wurden beide gemobbt und es scheint seine Spuren auf uns hinterlassen zu haben. Könnte es sein, dass der Mann mir nur leidtut? Nein. Komm schon. Du magst ihn, King.

Diese Erkenntnis löste einen Alarm in seinem Kopf aus. Eine Sirene, die heulte und ihn warnte. *Ein Trigger. Keine emotionale Involviertheit! Es ist ein Trigger. Verschwinde jetzt!*

King wollte gerade aufstehen, aber Stimmen ließen ihn innehalten. Er sah über seine Schulter und entdeckte Bay, der mit einem gut aussehenden Mann in einem Anzug und irgendeiner Art Kopfbedeckung sprach.

King glaubte, sich zu erinnern, dass sie Kufiya genannt wurde. Hinter dem Mann standen drei große, bullige Männer.

Der Mann blickte über Bays Schulter und musste King bemerkt haben, der auf der Couch saß. Er hörte auf zu reden und lächelte wissend. Die Hände an den Hüften sah er zwischen King und Bay hin und her.

Bay wirkte nervös und verlegen und das verletzte King mehr, als er zugeben wollte. Sogar vor sich selbst.

„Ich weiß, wie das aussehen muss", sagte Bay und blickte auf sein geöffnetes Hemd und seine bestrumpften Füße hinab. Er wischte sich die Feuchtigkeit, die sich erneut auf seiner Braue bildete, weg und trat von einem Fuß auf den anderen; es war offensichtlich, dass er sich sehr unwohl fühlte.

„Kein Wunder, dass du meine Avancen vorhin verschmäht hast, du schmutziger Junge", sagte der Mann und sah verführerisch zwischen King und Bay hin und her. „Du hattest offensichtlich andere Pläne."

„Es tut mir leid. Ich hatte tatsächlich etwas vor", sagte Bay. „Aber nicht die Art von Plänen, die Sie andeuten. King, das ist mein Poker-Mitspieler, der Kronprinz von Dubai. Eure Hoheit, das ist King Slater."

King saß noch immer nach vorne gebeugt, die Ellbogen auf den Knien abgestützt, auf der Couch, aber das hielt den Prinzen nicht davon ab, King eindeutig mit den Augen auszuziehen.

„Vorstellungen sind nicht nötig", sagte der Prinz. „Ich weiß, wer dieser Mann ist. Und es gibt keinen Grund, sich zu entschuldigen, Bay. Ich hätte mich ebenfalls verschmäht, wenn mich das in meiner Suite erwartet hätte."

Der Prinz hob einen Finger an sein Kinn. „Du hast sehr viel Glück. Ich bin ein großer Fan von Mr. Slater und wenn ich gewusst hätte, dass er in der Stadt ist, wäre ich dir definitiv zuvorgekommen."

„Oh nein!", sagte Bay abwehrend. „Es ist nicht, wie es aussieht."

„Mhm", sagte der Prinz. „Ich lasse die Herren weitermachen, was immer sie begonnen haben. Außer … ihr hättet vielleicht nichts gegen einen Dreier?"

Bay stammelte. „Ich, äh …"

King würde sich das nicht länger anhören. Es war schlimm genug, dass er mit seiner Anwesenheit hier eine Grenze zu seiner Genesung überschritt, aber Bay hatte ihn zuerst verführt und dann abgewiesen und jetzt schämte der Mann sich dafür, mit ihm gesehen zu werden.

Und dann erkannte King einen Ausweg. Er stand auf und überbrückte den Abstand zwischen sich und Bay in weniger als einer Sekunde. „Kein Dreier", sagte King leise und funkelte Bay an. Er wandte sich an den Prinzen. „Aber ich mache dir einen besseren Vorschlag. Fünfhundert die Stunde und du kannst mich ganz für dich allein haben."

Die Augen des Prinzen weiteten sich und er sah zu Bay. „Bist du sicher?"

„Es ist nicht nötig, ihn um Erlaubnis zu fragen", sagte King. „Meine Dienste werden hier nicht länger benötigt." Er begegnete Bays Blick. „Wir sind fertig."

„Ich habe nichts dagegen, der zweite heute Abend zu sein", sagte der Prinz. „Und ich werde besser zahlen. Wie wäre es mit zehn Riesen für den Rest der Nacht?"

„Nein!", sagte Bay. „Es ist nicht —"

„Deal", sagte King. „Zeig mir den Weg."

Die Tür fiel hinter ihnen ins Schloss.

BAY WAR vollkommen schockiert. *Ist das gerade wirklich passiert?*

Er wusste nicht, was er tun sollte. Er hatte nicht gewollt, dass King ging, besonders nicht so, aber er hatte kein Recht, ihn aufzuhalten. Und er wollte definitiv nicht, dass King sich an den Prinzen verkaufte, weil Bay seine Gefühle verletzt hatte.

Bay öffnete die Tür und trat in den Flur. „Warte! King!"

King sah über seine Schulter. „Du *warst* fertig mit mir, oder? Außerdem, du bist hetero. Erinnerst du dich?"

„Hetero?", fragte der Prinz mit einem breiten Lächeln. „Ernsthaft?"

„Das behauptet er jedenfalls", sagte King laut genug, dass Bay es hören konnte.

Bay verdrehte die Augen. „Lass mich dich wenigstens bezahlen."

„Behalt es", schrie King. Er beugte sich vor und küsste den Prinzen tief, direkt dort im Flur. Als der Kuss endete, sah King zu Bay zurück. „Der Prinz freut sich über meine Gesellschaft und *er* wird sich gut um mich kümmern. Lass uns gehen."

Und so verschwanden sie einfach um die Ecke und ließen Bay mit offenem Mund im Flur zurück.

Er schüttelte ungläubig den Kopf. „Was zur Hölle ist gerade passiert?"

BAY SAH zum gefühlten zwanzigsten Mal auf die Uhr neben seinem Bett. Die grünen LED-Lichter zeigten neun Uhr am Morgen. Während die Dämmerung sich langsam genähert hatte, hatte Bay wach gelegen und die kleinen Lichtstrahlen beobachtet, die unter den dunklen Vorhängen hindurchkrochen.

Obwohl Bay jetzt seit sechs Stunden im Bett lag, hatte er keine Minute Schlaf bekommen. Die Ereignisse des Abends spielten sich wieder und wieder in seinen Gedanken ab. Wie liebenswert und sensibel King gewesen war. Die Fußmassage. Der Kuss. Bays Panikattacke, als die Dinge etwas zu intensiv wurden. Aber vor allem die Schuld, die er gefühlt hatte, nachdem er King abgewiesen hatte, besonders da es Bay gewesen war, der den Kuss initiiert hatte. Es hatte ihn offensichtlich verletzt, aber Bay konnte nicht verstehen, wieso. King hatte gesagt, dass viele seiner Termine keinen Sex beinhalteten, wieso sollte es jetzt also etwas Besonderes sein? Der Gedanke, dass King ihn vielleicht wirklich mochte, schlich sich in seinen Geist, aber er entschied sich sofort dagegen. King machte seinen Job, ganz einfach. Und er war verdammt gut darin. Und außerdem hatte King bereits gesagt, dass er es für das Geld tat.

Nachdem Bay den Abend aus jeder Perspektive analysiert hatte, machte er mit seinen Gefühlen für King weiter. Er versuchte wenigstens, mit sich selbst ehrlich zu sein, während er darüber nachdachte, *was* er fühlte und was *nicht*. Das Problem war, dass er eine Menge fühlte. King mochte kein Interesse an ihm haben, aber Bay ohne Zweifel an ihm. Bay hatte Kings Berührung und den Kuss genossen. Es war das *wieso*, das ihn störte. Er fühlte sich definitiv sexuell zu King hingezogen, etwas das ihm nicht vertraut war. War es, weil King ihn so sehr an Jack erinnerte? War es, weil King selbstbewusst und selbstsicher war und alles verkörperte, was Bay nicht war? Oder war es einfach nur Chemie?

Bay kümmerte es nicht wirklich, ob er schwul, hetero- oder bisexuell war. Er hatte nie viel über seine Sexualität nachgedacht. So funktionierte er nicht.

Definitiv nicht, wenn es darum ging, zu entscheiden, von welchem Geschlecht er sich angezogen fühlte. Er hatte nur an sexuellen Aktivitäten mit Frauen teilgehabt, weil es das war, was sich ihm ein paar Mal angeboten hatte. Er hatte nicht danach gesucht; es war ihm einfach irgendwie in den Schoß gefallen und er hatte das Gefühl gehabt, er müsste die Gelegenheit nutzen, um die Fassade seines Alter Egos aufrecht zu erhalten. Er würde nicht sagen, dass es schlechte Erfahrungen gewesen waren, aber er hatte sich nicht so gefühlt wie mit King. Fasziniert. Interessiert. Beteiligt. Erregt. All diese Dinge waren nie Teil seines Lebens gewesen. Besonders das letzte nicht.

Bay seufzte, sprang aus dem Bett, trottete durchs Schlafzimmer, holte seinen Laptop und kroch zurück unter die Decke. Er würde jetzt einem Verlangen nachgeben, das er sich die ganze Nacht verwehrt hatte. Sein Laptop erwachte zum Leben und das Licht des Bildschirms füllte den dunklen Raum. Mit zitternden Fingern tippte er *King Slater* in das Google-Suchfeld und innerhalb von Sekunden starrte ihm Kings schönes Gesicht entgegen. Während er scrollte, füllten alle möglichen Bilder das Display. King, der mit Unmengen an offensichtlichen Fans posierte, wovon die meisten ihn ansabberten. King, der breit lächelte und irgendeinen Award hochhielt. King, der mit anderen knapp bekleideten Männern posierte, die vermutlich auch Pornodarsteller waren. Aber auf dem Bild, das seine Aufmerksamkeit weckte, trug King ein Gladiator-Kostüm. Sein Körper war um einiges trainierter, als Bay es von ihrem Strippoker-Spiel in Erinnerung hatte. Kleidung wurde King Slater nicht gerecht. Sein Körper war ein unglaubliches Kunstwerk, das bis zur Perfektion gebaut und geformt war.

Erneut fragte Bay sich, wieso jemand wie King jemanden wie ihn wollen sollte. Es *musste* das Geld sein, oder? Aber King hatte am vergangenen Abend sein Geld abgelehnt. Natürlich bekam er vom Prinzen viel mehr, als Bay zugestimmt hatte, ihm zu bezahlen, also war er, was das anging, definitiv versorgt. Aber wenn es nicht das Geld war, gab es nur eine andere Möglichkeit: King sah Bay als Herausforderung. Hatte jemals jemand Kontakt gesucht und King dann zurückgewiesen? Konnte es sein, dass sein Ego verletzt war? Oder … eine andere Möglichkeit tauchte in Bays Gedanken auf. Bay hatte schnell verkündet, dass er hetero war, nun, weil er es geglaubt hatte. Könnte es sein, dass King sich vorgenommen hatte, ihm das Gegenteil zu beweisen?

Bays Finger zitterten noch immer, während er eine Seite namens RedTube klickte, die mit unbegrenzten kostenlosen King-Slater-Videos warb. Eine ganze Seite voller Vorschaubilder von King mit verschiedenen anderen Männern füllte den Bildschirm. Bay verbrachte ungefähr die nächste Stunde damit, durch die Videos zu scrollen, jedes anzuklicken und King zuzusehen, wie er einen gut aussehenden Mann nach dem anderen fickte. Ein bestimmtes Video mit dem Titel *King und Jared Flip Fuck* weckte seine Aufmerksamkeit. Neugierig, was *flip fuck* bedeutete, klickte Bay das Video an.

Die Szene begann mit King und irgendeinem Mann, die auf der Couch in einer schönen Suite saßen, vollkommen bekleidet waren und sehr entspannt aussahen. Hinter der Kamera stellte jemand zunächst King und dann seinen Filmpartner, Jared Walker, vor. Er führte ein kurzes Interview mit beiden Männern und Bay fand, dass Kings Selbstbewusstsein und sein Charisma laut und deutlich zu hören waren. Jared hingegen schien schüchtern und ein wenig reserviert zu sein.

Nach ein wenig Smalltalk streckte King schließlich seine Hand aus, zog Jared an sich und küsste ihn sanft. Dann vertiefte King den Kuss und Jareds Schüchternheit schien schnell zu verblassen. Jared umfasste Kings Hals, zog ihn näher und schlang seine Arme um Kings Rücken. Für den Bruchteil einer Sekunde erinnerte Bay sich daran, wie Kings Kuss sich angefühlt hatte und spürte einen Stich der Eifersucht, der ihn überraschte. Er verdrängte ihn und hielt seinen Blick fest auf den Bildschirm gerichtet. King und Jared zogen einander gegenseitig ihre Hemden aus, ohne den Kuss zu unterbrechen, während die Szene sich vor Bay abspielte. Jared öffnete Kings Gürtel und seine Hose. Sie fielen zu Boden und King trug nur noch seine Unterwäsche.

Jared unterbrach den Kuss lang genug, um auf die Knie zu fallen und Kings Schuhe und Socken auszuziehen. King trat aus seiner Hose, die um seine Knöchel hing und in einer fließenden Bewegung hob Jared seine Hand und zog Kings Unterwäsche herunter. Bay keuchte, als Kings Länge hervorsprang und Jared sie in den Mund nahm. Er bewegte sich langsam und bewusst, entlockte King wiederholt ein langes Stöhnen und Kings bereits beeindruckende Länge schien jedes Mal zu wachsen, wann immer Jared sich zurückzog und ihn dann erneut schluckte. Ein paar Bewegungen mehr und Kings Haut war so eng, dass es wirkte, als würde er jeden Moment explodieren. King zog Jared auf die Füße, zog ihm seine restlichen Kleidungsstücke aus und landete dann über ihm auf der Couch.

King nahm Jared in den Mund und wiederholte, was Jared zuvor mit ihm getan hatte. Dann hob King Jareds Beine mit größter Leichtigkeit über seinen Kopf und leckte ihn an Stellen, über die Bay noch nie auf diese Art nachgedacht hatte. Plötzlich fühlte Bay sich, als hätte er den größten Teil seines Lebens unter einem Stein gelebt und realisierte schnell, dass das der Wahrheit ziemlich nahekam.

Während King Jared mit seiner Zunge leckte und öffnete, warf Jared seinen Kopf in den Nacken und schloss die Augen, aber er wand sich unter King und zitterte beinahe. In der nächsten Szene – scheinbar war das Video gekürzt und zusammengeschnitten – hatte King ein Kondom übergezogen, positionierte seine Länge an Jareds Öffnung und King schob sich langsam hinein.

Jared umklammerte Kings Oberschenkel fest und schien ihn zu führen. Als King gänzlich in ihm war, hielt er diese Position für ein paar Sekunden und begann sich dann langsam in Jared zu bewegen. Bay fiel es schwer, zu glauben, dass Jared tatsächlich Kings Länge in sich aufnahm, obwohl die Szene sich vor seinen Augen abspielte. Er hatte nicht gewusst, dass ein Körper so weit gedehnt werden konnte. King erhöhte sein Tempo langsam, bis er sich mit voller Kraft bewegte und Jared erbarmungslos fickte. Jared schien die Stöße jedoch zu genießen und antwortete mit fortwährendem Stöhnen und Wimmern.

Schließlich zog King sich aus Jared zurück, entfernte das Kondom und stand auf. Er beugte sich vor und küsste Jared tief, ging dann herum, um sich auf den Knien auf der Couch zu positionieren, wobei er die Beine spreizte und sich mit seinen langen Armen auf den Polstern der Couch abstützte. King bot Jared im Prinzip seinen Arsch an und plötzlich wollte Bay nicht länger zusehen, aber er konnte den Blick nicht abwenden.

King drehte seinen Kopf und Jared küsste ihn, während er sich ein Kondom überzog. Er positionierte sich hinter King und schob sich langsam in ihn. King stöhnte und bog seinen Rücken durch, als Jared in ihn eindrang. Etwas an King in dieser Position – der durchgebogene Rücken, wie er sich Jared hingab und diese Geräusche – sorgte dafür, dass das Blut in Bays Schritt rauschte.

Jared drang vollständig in ihn ein und zog sich erneut zurück. Er beugte sich vor und strich mit seiner Zunge über Kings Öffnung, als versuchte er, ein Stechen oder einen Schmerz, der mit dem Eindringen zusammenhing, zu lindern. King stöhnte, als Jared erneut in ihn eindrang. Dieses Mal zog Jared sich nicht zurück. Kings Kopf hing herab und er stöhnte, während Jared seinen Arsch fickte.

Bay stellte sich selbst in Jareds Position vor. Mit jedem Stoß wurde Bays Schwanz steifer, bis er härter war als je zuvor. Plötzlich zog Jared sich zurück, ging um die Couch herum und legte sich hin. King kletterte auf Jared und ließ sich auf Jareds wartende steinharte Länge sinken.

King ritt Jared, bewegte sich rhythmisch im selben Tempo wie Jared auf und ab. Jared massierte Kings Schwanz mit langsamen, gleichmäßigen Bewegungen und bevor Bay es realisierte, hatte er seine eigene Erektion in der Hand und pumpte sie im Rhythmus zu Kings und Jareds Tun. Schließlich warf King seinen Kopf in den Nacken und grunzte mehrmals, während er sich auf Jareds Brust ergoss. Bay pumpte sich härter und molk schon bald seine eigene Erlösung, während Jared dasselbe mit King tat. Aber als Bays Orgasmus vorbei war, hielt Kings noch länger an. King schloss seine Augen und zitterte und schauderte noch einige Minuten länger, während Jared sich noch immer in ihm bewegte.

Als die Effekte von Kings Orgasmus endlich vorüber waren, erhob er sich von Jared, zog dessen Kondom ab und pumpte Jared, bis er kam. King beugte sich vor und küsste ihn tief und die Szene verblasste.

Bay ging ins Badezimmer und wusch sich. Als er zurückkehrte, setzte er sich auf den Bettrand und legte den Kopf in die Hände. Jetzt war er noch verwirrter. Er hatte sich gerade zu einem Porno mit King Slater in der Hauptrolle einen runtergeholt. *Ja, Bay. Du bist definitiv mindestens bisexuell.*

Nach langen quälenden Minuten sah Bay erneut auf die Uhr. Der Mittag näherte sich und er musste in etwas mehr als einer Stunde seine Assistentin Rachel für eine Signierstunde um zwei Uhr im Barnes & Noble des Caesars Palace unten treffen. *Immerhin wird die Signierstunde mich ablenken.*

Bay marschierte erneut ins Badezimmer und stellte die Dusche an. Während er darauf wartete, dass das Wasser warm wurde, starrte er sich im Spiegel an. *Jesus, Bay, du siehst scheiße aus.* Er berührte die Ringe, die sich unter seinen Augen gebildet hatten. *Vielleicht wird eine Dusche helfen.*

Eine Stunde später stand Bay angezogen im Foyer, sah in den Spiegel und übte sein Mantra. Leider hatte die Dusche seinem Anblick nicht geholfen und nachdem er jede Gesichtscreme, die sein Stylist ihm aufgedrängt hatte, probiert hatte, hatte er aufgegeben. Aber es war Zeit sich von dem unscheinbaren Bay Whitman in den selbstbewussten Jack Robbins zu verwandeln, bevor er seine Suite verließ. *Tief durchatmen, Bay. Du kannst das.*

Als er unten ankam, wartete seine Assistentin bereits auf ihn.

„Was zur Hölle ist mit dir passiert?", fragte Rachel.

„Eine lange Nacht", sagte Bay. „Frag nicht."

6

ALS KING erwachte, waren die Lippen des Prinzen noch immer um seinen schlaffen Schwanz geschlossen. Er versuchte den Nebel aus seinem Kopf zu vertreiben, damit er sich entscheiden konnte, wie er der Situation ohne den offensichtlichen Konsequenzen entkommen konnte, aber nach ein paar Minuten des Überlegens gab er auf und verlagerte langsam sein Gewicht, um seine Mitte vom Prinzen wegzuziehen. Der Prinz regte sich und King erstarrte. Glücklicherweise wachte er nicht auf. King verließ vorsichtig das Bett, sammelte seine Kleidung und Schuhe ein und schlich auf Zehenspitzen durch den Raum. Er öffnete langsam die Schlafzimmertür, schloss sie hinter sich und blinzelte gegen das Tageslicht an, das die große Suite ausfüllte.

Nachdem er sich angezogen hatte, öffnete King die Tür zum Flur und natürlich standen die drei Muskelprotze Wache. Sie musterten ihn misstrauisch, tasteten ihn ab und ließen ihn dann ziehen. Das war ein Job, den King gern enden sah.

Der Prinz hatte sich als unersättlicher Liebhaber herausgestellt – kein schlechter, aber ein hungriger – und er hatte King bis zum späten Morgen durch die Mangel genommen. Kings ursprünglicher Plan war gewesen, so schnell wie möglich zu verschwinden, sobald der Prinz mit ihm fertig war, aber jetzt war es offensichtlich, dass sie beide mittendrin aus purer Erschöpfung eingeschlafen waren.

Es war jetzt nach zwei Uhr am Nachmittag und King kämpfte, dass seine Augen nicht zufielen, während er den Las Vegas Strip entlangfuhr. Um die ganze Sache noch schlimmer zu machen, hatte er noch einen Dreh, bevor er am nächsten Nachmittag nach New York zurückkehren würde. Der Sex-Teil des Drehs war an diesem Abend für sechs Uhr angesetzt und die letzte Szene sollte morgen früh gegen zehn in einem kleinen, ruhigen Park etwa eine Meile vom Las Vegas Strip entfernt gefilmt werden.

Vielleicht – nur vielleicht – konnte King noch ein paar Stunden schlafen, wenn er sich beeilte, bevor die Filmcrew kam.

King hielt vor dem Caesars Palace, übergab die Schlüssel einem Angestellten und nahm seine Abholmarke entgegen. Während er das Casino durchquerte, um zu den Aufzügen zu gelangen, knurrte sein Magen laut und erinnerte ihn, dass er seit dem letzten Abend in Bays Suite nichts gegessen hatte … und diese Mahlzeit hatte er bis um sechs Uhr morgens definitiv abtrainiert.

Der Gedanke an Bay unterdrückte seinen Appetit. Er war noch immer ein wenig wütend und ganz ehrlich verletzt, wie Bay ihn verführt und dann abgewiesen hatte. *Dieser Mann hat Nerven.* Es war offensichtlich für King, dass Bay sich von ihm angezogen fühlte. Bay mochte nicht schwul sein wollen und King deswegen abgewiesen haben, aber Bay war mindestens bisexuell, ob er dem nachgab oder nicht. Daran hatte King keine Zweifel.

Um ehrlich zu sein, war das aber nicht der Grund, dass er mit dem Prinzen gegangen war. Er hatte sich mit Bay verbunden gefühlt, wie es ihm mit einem Kunden normalerweise nicht passierte. Er hatte Bay erlaubt, an ihn heranzukommen – unter seine Haut zu gehen. Als er das realisiert hatte, wusste er, dass Bay seiner Genesung gefährlich werden konnte und er verschwinden musste.

Auf einer emotionalen Ebene mochte King es nicht, wie er sich gefühlt hatte, als er erkannt hatte, dass Bay sich dafür schämte, mit ihm gesehen zu werden. Zum ersten Mal seit seiner Kindheit hatte er sich klein und unwürdig gefühlt wie in Gegenwart der Mobber seiner Schule. King beschleunigte seinen Schritt, als wollte er sich von seinen Emotionen distanzieren. *Leute bezahlen verdammt viel Geld, um in deiner Gegenwart zu sein. Du brauchst diesen Mann nicht, King. Vergiss ihn. Vergiss ihn einfach.*

„Hol dir ein Sandwich und geh schlafen", murmelte King sich selbst zu. „Wenn du aufwachst, wird sich das alles vielleicht wie ein schlechter Traum anfühlen."

Auf dem Weg zum Food Court in der Nähe der Geschäfte im Ceasar's verlangsamte King seinen Schritt, als er eine Menschenmenge sah, die mehrere griechische Statuen in der Mitte eines Brunnens umringten. Die Leute starrten die Statuen an, als warteten sie darauf, dass etwas passierte. Neugierde überwältigte ihn und er blieb stehen und wartete mit ihnen.

In diesem Moment wurden die Lichter im Forum schwächer und eine Statue nach der anderen schien zum Leben zu erwachen. Dann erinnerte er sich, wo er war. *Der Fall von Atlantis. Du hast in einem dieser Touristen-Magazine, die in deinem Hotelzimmer liegen, darüber gelesen.*

Als die Statuen begannen, sich zu bewegen und zu sprechen, ließ er sich von der Animatronik in den Bann ziehen. Als weitere Statuen mit flammenden Schwertern und explodierenden Feuerbällen, umringt von Nebel und Wasserdampf, aus den Tiefen des Brunnenbeckens aufstiegen, schloss er sich den begeisterten *Ohhhs* und *Ahhhhs* der restlichen Menge an.

Die Show endete etwa zehn Minuten später und King fühlte sich irgendwie leichter. Er schlängelte sich durch die Mengen, die an einem teuren Juwelier oder Kleidungsgeschäft nach dem anderen vorbeigingen und traf dann auf eine Mauer aus Menschen, die sich vor einer Barnes & Noble Buchhandlung sammelten. Sie standen alle in einer Art Schlange, die sich bis in den Bereich der Mall erstreckte und King realisierte, dass es irgendeine Signierstunde einer Berühmtheit sein musste. Zusätzlich zu den Menschen filmten drei Nachrichtenteams die ganze Sache.

Er suchte sich seinen Weg durch die Menge und blieb abrupt stehen, als er ein großes Poster sah, das vor der Tür aufgestellt worden war – es zeigte Bays

Abbild. „Treffen Sie den New-York-Times-Bestsellerautor Bay Whitman, heute zwischen 14 und 16 Uhr."

„Bay Whitman?", sagte King tonlos. *Was zur Hölle?* King durchsuchte die Tiefen seiner Erinnerung und erinnerte sich vage, dass er vor einiger Zeit etwas über Bay und seine Romane gelesen oder gesehen hatte. Wieso hatte er die Verbindung nicht früher gesehen?

Kings Neugier siegte. Er schob sich an den Absperrungen vorbei, die hunderte wartende Leute zurückhielten und betrat die Buchhandlung. In der Mitte des Geschäfts stand ein großer Tisch, der mit Bays Büchern gefüllt war. King nahm das erste, das ihm am nächsten lag und musterte das Cover.

Der Titel war *Midnight Run* und es zeigte einen Mann, der in der Ferne in die Dunkelheit rannte. Er hatte eine Pistole in der Hand und sah über seine Schulter, als würde er verfolgt werden. Der Mann kam ihm vage bekannt vor, aber sein Gesicht lag im Schatten. Der Untertitel lautete *Ein Jack Robbins Roman.*

King ging zur Kasse, bezahlte für das Buch und schob es sich unter den Arm, während er nach einem Platz suchte, von dem er einen guten Blick auf Bay hatte, aber nicht gesehen werden würde. Bay war offensichtlich im PR-Modus. Er war vollkommen lebhaft – lächelte, interagierte mit Fans, machte Fotos und signierte Bücher. Er trug einen dunkelgrauen Anzug mit einem hellgrauen Hemd und einer silbergrauen Krawatte, die das Silber an seinen Schläfen betonte. Er sah umwerfend aus und die Gesichter von Bays bewundernden Fans zeigten, dass King nicht der einzige war, der so dachte.

Aber Kings Mund klappte auf und er atmete scharf ein, als er seinen Blick auf den lebensgroßen Pappaufsteller richtete, der neben Bays Tisch positioniert war und jemanden zeigte, der ihm selbst verdammt ähnlich sah. Während King ihn musterte, bemerkte er ein paar subtile Unterschiede, aber die Haarfarbe, die Größe, die Augen, die Grübchen, der Bart, sogar seine Kleidung, das alles war er. Es war unheimlich. War er betrogen worden? Alle möglichen Szenarien gingen ihm durch den Kopf und er wurde wütender und wütender. Hatte Bay Whitman Kings Identität gestohlen, um einen Buchcharakter zu erschaffen? War ihr zufälliges Treffen arrangiert gewesen? Konnte Bay ihn die ganze Zeit belogen haben?

Die ganzen bewundernden Fans und alle anderen Menschen im Barnes & Noble verblassten, bis nur noch er und Bay blieben. Kings Hände zitterten und er ballte sie zu Fäusten, während sein Puls stetig anstieg.

King straffte seine Schultern und seine Füße begannen sich zu bewegen, bevor er bewusst die Entscheidung treffen konnte, loszulaufen. Bevor er wusste, wie ihm geschah, stand er vor Bays Tisch. Als Bay aufsah und ihn erkannte, erstarrte seine Hand mitten in einer Signatur und alles Blut wich ihm aus dem Gesicht. Die Frau, deren Buch Bay gerade signierte, sah ihn zweimal an. Sie blickte zum Pappaufsteller und dann zu King und dann erneut zum Aufsteller. Überraschung und Schock nahmen ihr Gesicht ein und bevor King ein einziges Wort sagen konnte, schrie sie: „Oh mein Gott! Das ist Jack Robbins!"

Im Bruchteil einer Sekunde hatte sich jeder Blick in der Buchhandlung auf King fixiert. Ein anderer Fan rief: „Sie hat recht. Jack Robbins *ist* hier." Im nächsten Moment war King von Menschen umringt, die mit ihren Büchern und Filzstiften vor ihm herumfuchtelten.

„Bitte unterschreib mein Buch, Jack."

„Nein", sagte ein anderer Fan. „Ich bin dein größter Fan."

King sah von der Menschenmenge zu Bay und Bay schien ebenso schockiert zu sein wie er.

Was zur Hölle?

Bays Augen schienen King anzuflehen, mitzuspielen und plötzlich war King sich nicht sicher, was er tun sollte. Er wusste nicht wieso, aber aus irgendeinem albernen Grund fühlte er mit Bay. Außerdem waren diese Fans irgendwie verrückt und wenn sie sich gegen ihn wandten, könnte es hässlich werden. Für ihn und für Bay.

Er hatte Bay keine Gelegenheit gegeben, sich zu erklären, also wollte er nichts Voreiliges tun, aber verdammt, er war trotzdem wütend. King gab sich seufzend geschlagen und wandte sich an die Menge. „Okay, es gibt keinen Grund zur Eile. Es gibt genug Jack Robbins für alle."

Kings Blick begegnete für einen Moment Bays und Bay lächelte nervös. Er schien hin- und hergerissen zwischen *mitspielen* und *rennen, als wäre der Teufel hinter ihm her* und King wusste nicht, was es war. Aber jetzt war es zu spät. King war mittendrin. Oh, King würde Bay nicht so leicht von der Angel lassen. Wenn das hier vorbei war, hatte er einiges zu erklären.

Eine professionell aussehende Frau, die hinter dem Tisch stand, zog einen zweiten Stuhl heran und King setzte sich neben Bay. Er unterschrieb mit Jack Robbins Namen in ein Buch nach dem anderen, bis seine Finger sich wie weiche Nudeln anfühlten. Als der letzte Mann an den Tisch trat und Bay sein Buch gab, signierte Bay es und schob es dann zu King hinüber.

„Hi, Leute", sagte der Mann und sah King an. „Du kamst mir verdammt bekannt vor, als du in den Laden gekommen bist. Ich konnte dich nicht ganz einordnen, aber jetzt weiß ich, wer du bist."

King sah Bay nervös an. Bay schien der Panik ebenso nah zu sein wie King. Für King war es offensichtlich, dass dieser Mann schwul war und jetzt würde er King auffliegen lassen.

„Ich dachte, Jack Robbins wäre ein erfundener Charakter", sagte der Mann. „Aber in dem Moment, als du neben dem lebensgroßen Pappaufsteller standest, wusste ich genau, wer du bist. Zu wissen, dass du real bist, wird das Lesen sehr viel genussvoller für mich machen. Wenn du weißt, was ich meine."

Der Mann zwinkerte King zu und King wusste genau, was er meinte, aber Bay schien noch immer ahnungslos zu sein. *Bay* muss *hetero sein – und blind, wenn ihm das nicht auffällt.*

Es war nach vier, als die Frau, die King einen Stuhl gebracht hatte, allen für ihr Kommen dankte und King und Bay in einen Angestelltenbereich scheuchte. „Was zur Hölle, Bay?", fragte sie und lächelte King an. „Wer ist das und wieso hast du ihn vor mir versteckt? Ich hätte damit eine Menge PR machen können."

„Rachel, das ist King Slater." Bay sah King an. „King, das ist meine Assistentin, Rachel Leonard. Es tut mir leid, Rachel, aber … ich … nun … oh, egal. Ich erkläre es dir später. Würde es dir etwas ausmachen, mir und King eine Minute allein zu geben?"

Rachel sah verwirrt zwischen Bay und King hin und her, aber sie nickte und verschwand Sekunden später durch die Tür und schloss sie hinter sich.

King verschränkte seine Arme und wartete.

„King", sagte Bay. „Ich weiß, wie das aussehen muss."

King antwortete nicht, aber er hielt seinen Blick auf Bay gerichtet und wartete auf eine Erklärung.

Bay sah sich um, bevor er sprach. „Ich möchte definitiv nicht hier darüber sprechen, aber ich möchte, dass du weißt, dass ich keine Ahnung hatte, dass du existierst, bis du vor ein paar Tagen vor meiner Suite aufgetaucht bist. Ich habe dich wirklich in einem Pokerspiel gewonnen."

King fühlte sich ein wenig erleichtert, als er Bays Aussage hörte, aber der Skeptiker in ihm ließ nicht zu, dass er Bay glaubte. *Ich meine … komm schon. Das ist ein sehr großer Zufall.*

King starrte Bay einfach nur an.

„Können wir von hier verschwinden?", fragte Bay. „Ich würde gern mehr erklären."

King sah auf seine Uhr und realisierte, dass er weniger als zwei Stunden bis zu seinem Dreh hatte. *So viel zu meinem Mittagsschlaf.* Er seufzte. „Komm mit."

King öffnete die Tür und Bay lächelte schwach. Seine Erleichterung war offensichtlich.

Bay sprach ein paar Worte mit Rachel und nickte King dann zu, der ihn zum vorderen Teil des Geschäfts und nach draußen in die Mall führte.

„Wenn wir in mein Hotelzimmer zurückkommen, schuldest du mir Essen", war alles, was King sagte.

„Was immer du willst", sagte Bay.

„*Was immer* ich will?" versicherte King sich.

Bay seufzte. „Ja. Was immer du willst. Ich schulde dir was."

King lächelte. „Und das werde ich definitiv einlösen."

Plötzlich hatte King eine Idee, die seine Gedanken zu Bays Sexualität bestätigen würden und jetzt, da Bay ihm aus der Hand fraß ... wieso sollte er nicht sehen, wohin es führte?

BAYS HÄNDE zitterten so heftig, dass er sie in seine Hosentaschen steckte, während sie schweigend im Aufzug standen und anschließend den Hotelflur entlanggingen. Bay schluckte den Kloß in seinem Hals, als King seine Schlüsselkarte in das Schloss schob und dann innehielt. Das Licht wurde grün und King schob die Tür auf und ging hinein.

Bay folgte ihm und als King abrupt stehen blieb und sich umdrehte, wäre Bay beinahe in ihn hineingelaufen.

King umfasste Bays Gesicht und küsste ihn tief. Seine Zunge erkundete jeden Zentimeter von Bays Mund und obwohl es Bay definitiv erregte, war es noch immer seltsam.

Als der Kuss endete, sagte King nur: „Die Anzahlung. Oh, und du siehst übrigens großartig aus. Die silberne Krawatte betont dein Haar."

Bay lächelte halbherzig, als er plötzlich verstand, welches Gewicht seine Zustimmung mit sich brachte. Aber wenn er das nicht durchzog und King sich entschied, an die Öffentlichkeit zu gehen, könnte es möglicherweise seinen Filmdeal und seine Jack-Robbins-Reihe beenden.

Bay hörte, wie King im Hintergrund sprach und er ging, in der Erwartung eine andere Person zu sehen, in den Nebenraum, aber King war am Telefon und bestellte Essen. King legte auf, zog seine Jacke aus und trat seine Schuhe von den Füßen.

„King", sagte Bay und hielt die Hände hoch.

„Kein Wort, bis ich Duschen war", schnappte King.

Bay nickte und realisierte, dass King gerade erst von seiner Nacht mit dem Prinzen zurückgekommen sein musste, als er den Barnes & Noble betreten hatte und plötzlich war er sehr froh, dass King duschte.

King verschwand im Schlafzimmer und Bay setzte sich beklommen auf die kleine Couch, während er sich im Raum umsah. Er war längst nicht so groß wie seine Suite, aber ausreichend.

Bays Herz raste und seine Knie wippten auf und ab. Beide Dinge passierten, wenn er extrem nervös war. Seine Hände zitterten noch immer und er legte sie auf seine Kniescheiben, um seine Knie und Hände zum Stillhalten zu zwingen. *Du musst dich beruhigen, Bay! Reiß dich zusammen. Was ist das Schlimmste, das passieren könnte?*

Während Bay alle Möglichkeiten durchdachte, ging sein Zustand drastisch bergab. *Du musst einen Weg finden, ihm begreiflich zu machen, dass Jack nur ein Charakter ist, den du vor langer Zeit entwickelt hast. Aber wie?* Die Tatsache, dass er mit Jack so erfolgreich geworden war, war nur ein Glücksfall. Bevor er sich einen Plan zurechtlegen konnte, tauchte King wieder auf. Er trug nichts als ein Handtuch, das er um seine Hüften gewickelt hatte. Sein Haar war feucht und hing ihm locker in die Stirn und seine Brust glänzte.

„Also?", sagte King.

7

BAY STAND auf und wippte von einem Fuß auf den anderen. Er war nervös und drängte darauf, sich zu erklären, aber King kam zu ihm hinüber und lächelte verführerisch, während er in Bays Schritt griff und ihn dann erneut küsste. Die unerwartete Berührung ließ Bay zusammenzucken, seine Knie weich werden und er spürte, wie King an seinen Lippen lächelte. *Fuck. King spielt mit mir. Er genießt das wirklich.*

King trat zurück und ging zu dem Minikühlschrank hinüber. Er holte eine Bierflasche heraus und hob sie in Bays Richtung. „Sorry, ich habe keinen Scotch."

Bay nickte. Er brauchte *irgendetwas*, um sich zu beruhigen. King öffnete die Flasche, gab Bay das Bier und holte ein zweites für sich. Er hob es an seine Lippen, legte seinen Kopf in den Nacken und trank das ganze Bier ohne Pause; sein Adamsapfel hüpfte bei jedem Schluck.

King warf seine leere Flasche in den Abfall, wandte sich an Bay, löste das Handtuch und ließ es zu Boden fallen. „Ich denke, ich bin bereit."

Bay schluckte erneut den Kloß herunter, der sich, seit er King Slater kannte, scheinbar permanent in seinem Hals zu befinden schien. „Bekomme ich nicht einmal eine Chance, mich zu erklären?"

„Dafür wird später Zeit sein", sagte King. „Jetzt habe ich etwas anderes vor."

Bays Herz rutschte in seine Hose. King kam auf ihn zu, schob die Anzugjacke von seinen Schultern und warf sie auf die Couch. Dann lockerte er Bays Krawatte, öffnete den obersten Knopf seines Hemdes und klopfte auf seine Brust. „Das ist besser. Findest du nicht?"

Bevor Bay antworten konnte, klopfte es an der Tür. King trat zurück, noch immer vollkommen nackt und öffnete sie. „Hey Leute. Überpünktlich. Kommt rein."

King sah zu, wie vier Männer mit großen Koffern Kings Suite betraten und aufzubauen begannen, was nach Kameras, Bildschirmen und Beleuchtung aussah. „Jungs, das ist Bay Whitman. Er ist ein Kumpel von mir und wird heute beim Dreh zusehen."

Die Männer begrüßten Bay mit einem Nicken, fuhren jedoch fort, ihre Ausrüstung aufzubauen.

„Kann ich mit dir sprechen?", fragte Bay. „Allein?"

King ging in sein Schlafzimmer und Bay folgte ihm. „Ja?", fragte King.

„Was soll das Ganze?", fragte Bay und versuchte, die Wut in seiner Stimme zu verbergen.

„Nun", sagte King, „ich habe heute gesehen, was du beruflich machst, also denke ich, dass es nur fair ist, wenn du siehst, wie ich arbeite."

„Soll das ein Witz sein?", fragte Bay.

„Nicht im Geringsten", sagte King. „Aber es ist ziemlich interessant, wie du in weniger als einer Stunde von ‚Ich mache alles. Ich schulde dir etwas' zu ‚Soll das ein Witz sein?' kommst."

King hatte nicht unrecht. Obwohl Bay das ihm gegenüber definitiv nicht zugeben würde. „Also wirst du mich zwingen, einen schwulen Porno anzusehen?"

King lächelte. „Ich kann dich nicht zwingen, irgendetwas zu tun. Es steht dir frei, zu gehen, wenn du willst."

Bay wurde von Erleichterung durchflutet.

„Aber wenn du das tust", sagte King, „wirst du von meinem Anwalt hören."

„Scheiße!" Bay zischte leise. „Wenn du mich nur reden lassen würdest, könnte ich alles aufklären und verschwinden und du könntest ohne Publikum drehen."

King lächelte erneut. „Ich habe nichts gegen Publikum."

„Das meinst du nicht ernst?"

„Ich meine das sehr ernst", sagte King bestimmt. „Wenn du mir erklären möchtest, wieso meine Identität zufällig dem Hauptcharakter deiner berühmten Romane ähnelt, schlage ich vor, dass du wartest, denn jetzt habe ich einen Job zu erledigen."

„King?", rief eine Stimme aus dem Wohnzimmer. „Wir sind soweit."

„Ich komme gleich rein", antwortete King. Er sah Bay an. „Es ist deine Entscheidung. Bleib oder geh'."

King wollte an Bay vorbeigehen, aber Bay hielt ihn mit einer Hand auf seinem Arm zurück. „Und wenn ich gehe?"

„Um die Sprache zu verwenden, die du vermutlich verstehst: Du wirst sehen, wie die Würfel fallen."

King schüttelte Bays Hand ab, die noch immer auf seinem Arm lag und machte sich auf den Weg ins Wohnzimmer.

„Verdammt", murmelte Bay und folgte ihm. Er war sich nicht sicher, was er tun sollte.

King lächelte und rieb sich die Hände. „Lasst uns anfangen, meine Herren. Oh, und ich hoffe, es stört euch nicht, dass Bay hier ist. Er wird nicht im Weg sein. Versprochen."

Die Crewmitglieder sahen einander an und zuckten die Schultern.

Bay hatte das Gefühl, dass er jetzt keine wirkliche Wahl hatte, also lächelte er schwach und setzte sich in eine Ecke.

Ein Mann mit einem großen Lederkoffer – er war zweifellos für das Make-up zuständig – trat vor und musterte King genau. „Jesus, King. Warst du die ganze Nacht wach?"

„Vielleicht", sagte King und sah Bay direkt an. „Aber du bist der Beste in der ganzen Industrie, Joey. Ich bin mir sicher, du kannst dafür sorgen, dass ich extrem gut ausgeruht aussehe."

Joey runzelte die Stirn. „Ich bin der Beste, aber ich kann keine Wunder vollbringen."

King verdrehte die Augen. Joey bedeutete ihm, sich auf die Armlehne der Couch zu setzen, damit er ihn gut erreichen konnte. King setzte sich, schloss die Augen und hielt Joey sein Gesicht hin.

Während Bay nervös zusah, musterte Joey King, knabberte an der Spitze seines Zeigefingers und versuchte zu entscheiden, was King brauchte. Er durchsuchte seinen Make-up-Koffer, öffnete ein kleines Glas und verteilte etwas unter Kings Augen. Joey griff erneut hinein und holte ein Airbrush-Werkzeug heraus. Bay erinnerte sich, dass das Make-up-Team bei *Good Morning America* einmal ein ähnliches Gerät bei ihm benutzt hatte. Joey zwickte ein paar Mal in Kings Wangen und sprühte dann sein ganzes Gesicht ein. Er trat einen Schritt zurück, dann wieder vor, griff nach einem weiteren Glasgefäß und verteilte etwas in Kings Haar und zupfte ein paar Mal daran herum.

Er trat zurück und sah ihn an. „Besser wird es nicht."

King öffnete die Augen und sah sich in dem Handspiegel an, den Joey ihm hinhielt. „Nett", sagte er. „Ich sehe zehn Jahre jünger aus. Vielen Dank, Joey."

„Kein Problem", sagte Joey. „Aber ruh dich vor dem nächsten Dreh etwas aus. Okay?"

„Ja, Sir."

Bay hörte, wie eine Tür sich öffnete und ein gut aussehender, vollkommen nackter Mann kam aus dem Bad.

King sprang auf die Füße. „Hey, Sam", sagte er und schlang seine Arme um den Mann. „Es ist toll, dich zu sehen."

„Dito", sagte Sam mit einem offenen Lächeln.

King wandte sich an Bay und sagte: „Bay Whitman, das ist Sam Steele. Er ist ein alter Freund."

„Und mit ‚alt' meint er, dass wir uns vor einem Jahr getroffen haben", sagte Sam zu Bay, während er den Raum durchquerte. „Schön, dich kennenzulernen, Bay."

„Du weißt, was ich meine", erklärte King. „Ein Jahr ist in unserer Branche ein halbes Leben."

„Hast recht", sagte Sam mit einem Faustgruß.

Bay stand auf und schüttelte Sams Hand. Es faszinierte ihn, wie wohl die Männer sich alle zu fühlen schienen, während sie komplett nackt herumliefen.

„Bay ... Whitman? Bay Whitman?", murmelte Sam. „Oh Scheiße! Bay Whitman! Du bist *der* Bay Whitman. Ich habe dich im Fernsehen gesehen. Ich liebe deine Jack-Robbins-Romane." Er drückte Bays Hand noch etwas länger. „Ich habe jeden einzelnen gelesen."

„Danke", sagte Bay schüchtern, wich zurück und nahm seinen Platz wieder ein. Er wollte verschwinden oder wenigstens mit dem Hintergrund verschmelzen.

Sam sah zwischen Bay und King hin und her. „Woher kennst du Bay?", fragte Sam.

King musterte Bay erneut. *Oh nein. Bitte lass ihn nicht darüber sprechen.* Bay versuchte, mit seinen Augen zu flehen.

King sah wieder Sam an. „Lange Geschichte, aber ich erzähl's dir irgendwann mal."

Bay seufzte erleichtert. Aber seine Erleichterung hielt nicht lange an.

Sam lächelte, zwinkerte King zu und klopfte ihm auf den Rücken. „Mann, du alte Schlampe."

„Ja, das bin ich", sagte King und lächelte Bay an. „Die alte Schlampe."

Nachdem er Bay erneut gemustert hatte, zwinkerte Sam King zu. „Mann, du hast verdammt viel *Glück*, sage ich dazu nur." Sam schien sich damit zufrieden zu geben und rieb seine Hände aneinander. „Also, was steht an? Sie haben mir nur gesagt, dass wir an zwei Tagen drehen."

„Keine zwei volle Tage", sagte ein Mann aus der Crew, von dem Bay vermutete, dass er der Regisseur war. „Wir filmen heute Abend hier und morgen früh in einem kleinen Park, den wir abseits des Strips gefunden haben."

Der Regisseur fuhr fort. „Die Hintergrundgeschichte ist, dass du und King seit langem befreundet seid, aber du bist hetero und King ist offen schwul. In der ersten Szene spielt ihr Touch Football mit ein paar Freunden im Park und habt Spaß. Bis du King umwirfst und er mit einer offensichtlichen Erektion aufsteht. Er versucht, sie zu verstecken, aber du siehst sie, bevor es ihm gelingt. Weißt du, King ist in dich verknallt und als du ihn später wegen seiner Erektion ausfragst, gibt er es schließlich zu. Du sagst, dass du dich geehrt fühlst, aber hetero bist und nicht auf diese Art an ihm Interesse hast. Aber – als du nach Hause kommst, ein Bier trinkst und dich entspannst, fängst du an, über Kings Geständnis nachzudenken. Schließlich schläfst du auf der Couch ein und hast einen sexuellen Traum, in dem King vorkommt. Heute drehen wir die Traumsequenz und morgen werden wir die Szene im Park und das Geständnis drehen."

Bay schüttelte den Kopf und sah zu Boden. *Soll das ein Witz sein? Es ist als hätte King die ganze Sache mit dem heterosexuellen und dem schwulen Mann geplant.*

„Verstehe", sagte Sam und wackelte mit den Augenbrauen. „Du meinst, ich muss mich nur zurücklehnen und mich von King verführen lassen?"

„Exakt", sagte der Regisseur.

„Ja! Ich wollte schon ewig in einer Szene mit King den Bottom geben. Außerdem musste ich bei meinen letzten sechs Drehs toppen und habe, ehrlich gesagt, genug von all der Arbeit."

„Ein Mann ganz nach meinem Geschmack", sagte King. „Du weißt, wie sehr ich es hasse, passiv zu sein."

Während Bay King und Sam beobachtete, wie sie splitterfasernackt eine beiläufige Unterhaltung führten, fragte er sich, ob das für Pornodarsteller die Norm war.

„Zieht das an, Leute", wies Joey an und unterbrach Bays Gedanken, während er Sam und King Tank Tops, kurze Sporthosen, Socken und Sneakers in die Hand drückte.

Nachdem beide Männer angezogen waren, sprühte Joey etwas, das Bay für Wasser hielt, im Bereich ihrer Brust und Achseln auf ihre Shirts; er vermutete, es sollte dafür sorgen, dass es so aussah, als hätten sie geschwitzt.

„Also, Sam", sagte der Regisseur und gab ihm eine Sporttasche, „du wirst durch die Tür kommen, deine Tasche auf den Boden fallen lassen, ein Bier aus dem Kühlschrank nehmen, dich auf die Couch setzen und deine Füße hochlegen. Ich möchte, dass du ein paar Schlucke deines Biers trinkst, es auf den Tisch stellst, deinen Kopf in den Nacken legst und die Augen schließt. Du wirst dich an Kings Geständnis erinnern. Keine Sorge, wir werden die Szene von morgen, in der er es dir tatsächlich erzählt, einblenden und dann schläfst du ein. Dann wird King übernehmen."

King rieb seine Hände und lächelte unheilvoll.

„King, ich will, dass du am Hocker wartest und wir werden dich dann einblenden", sagte der Regisseur. „Du wirst anfangen, Sammys Sneakers auszuziehen und langsam seine Füße massieren."

King sah Bay an, der schweigend in der Ecke saß. „Das habe ich schon ein paar Mal gemacht."

„Mann. Das wird besser und besser", fügte Sam hinzu.

„Sam, du wirst dich rühren und ein bisschen stöhnen, aber nicht wirklich aufwachen. Und wenn King deine Socken auszieht, wird er die Unterseite deines Fußes von der Ferse bis zu deinen Zehen lecken und dann wirst du aufwachen. Du wirst versuchen, deinen Fuß zurückzuziehen und King wird dir sagen, dass du dich entspannen sollst und alles in Ordnung ist."

„Verstanden."

„Ich hoffe wirklich, du hast heute deine Füße gewaschen."

„Habe vor etwa einer Stunde geduscht", gab Sam zu. „Du hast Glück gehabt."

Bay war schockiert. Er hatte nie auch nur davon geträumt, den Fuß einer anderen Person zu lecken. Aber das war offensichtlich eine Welt, die ihm definitiv unbekannt war.

„Auf die Positionen", sagte der Regisseur. Sammy hob seine Sporttasche auf und ging auf den Flur, während King außerhalb der Kamerareichweite wartete.

„Action."

8

SAMMY TRAT durch die Tür; er wirkte durcheinander und ein wenig müde. Er ließ seine Sporttasche fallen, öffnete den kleinen Kühlschrank, nahm sich ein Bier, entfernte den Deckel und setzte sich auf die Couch. Er legte seine Füße hoch und trank ein paar Schlucke. Einen Moment lang starrte er in die Ferne und dann nahm er einen weiteren großen Schluck des Biers, bevor er die Flasche auf den Tisch stellte. Nachdem er geschluckt hatte, lehnte er seinen Kopf zurück und schloss die Augen.

„Cut!", rief der Regisseur. „Nicht schlecht, Sammy, aber denk dran. Einer deiner besten Freunde hat dir gerade gesagt, dass er seit Jahren heimlich in dich verliebt ist. Denk daran, wie du dich fühlen würdest."

Sammy sah aus, als würde er über die Frage nachdenken. „Ich denke, zuerst wäre ich wütend."

Wieso?", fragte der Regisseur.

„Weil jetzt, wo ich weiß, wie er fühlt, die Dinge nie wieder wie früher sein werden. Und ich werde mich ihm gegenüber anders fühlen."

„Genau", sagte der Regisseur. „Jetzt geh noch einen Schritt weiter. Was wenn du tatsächlich darüber nachdenkst, nur eine Sekunde lang, und den Gedanken verwirfst, bevor du einschläfst."

„Das kann ich tun", sagte Sammy. „Lasst es uns noch mal versuchen."

„Okay. Positionen."

Sam ging erneut in den Flur und der Regisseur rief „Action."

Nachdem er seine vorherigen Handlungen wiederholt hatte, ließ der Darsteller sich auf das Sofa fallen und legte seine Füße hoch. Er starrte die Wand vor sich an. „King? Verliebt in mich?", murmelte er. „Wie ist das passiert? Wann?"

Er runzelte die Stirn und schien darüber nachzudenken, ohne zu einem Ergebnis zu kommen. Schließlich fluchte Sam. „Oh verdammt. Dieser Mistkerl. Jetzt hat er alles ruiniert. Wie können die Dinge zwischen uns jemals wieder so werden wie früher, wenn ich Bescheid weiß?" Sam legte seinen Kopf in den Nacken und schloss die Augen. „King und ich? Nee. Das ist albern."

„Cut", rief der Regisseur. „Das war perfekt. King. Geh vor dem Hocker auf alle Viere und wir werden dich einblenden."

King befolgte die Anweisung.

„Action!"

Nachdem er langsam Sams Sneakers geöffnet hatte, zog King ihm vorsichtig einen nach dem anderen aus. Sam rührte sich ein wenig, wachte jedoch nicht auf.

King begann, Sams Füße zu massieren. Er nutzte seine Daumen, um Sams Fußgewölbe zu massieren, während er den Rest des Fußes mit seinen anderen Fingern drückte und bearbeitete. Aus seinem Blickwinkel konnte Bay Sams Gesicht nicht sehen, aber das leise Seufzen und Stöhnen, das Sam entkam, zeigte dass er die Aufmerksamkeit genoss. Bay wusste ganz genau, wie gut es sich anfühlte, da er bereits in den Genuss von Kings Fußmassage gekommen war und eine Welle der Eifersucht überspülte ihn.

Dann bewegte Sam sich ein wenig und Bay erhaschte endlich einen Blick auf sein Gesicht. Seinem begeisterten Gesichtsausdruck nach zu schließen, genoss er definitiv, was King tat.

„Das fühlt sich so gut an", flüsterte Sam in den Raum hinein.

King zog eine Socke aus und dann die zweite. Er beugte sich vor und begann von Sams Ferse aus die Fußsohle entlangzulecken und saugte dann an Sams großem Zeh.

„Oh Gott", sagte Sam und öffnete die Augen. „Was zur Hölle?" Als er King vor sich sah, erschreckte er sich ein wenig und versuchte seinen Fuß wegzuziehen. Aber King hatte einen festen Griff und ließ ihn nicht los.

„Entspann dich", flüsterte King. „Alles ist okay, Sam. Ich habe so lange darauf gewartet."

Sams Gesichtsausdruck zeigte, dass er irgendeine Art innere Diskussion mit sich führte. Schließlich hörte er auf, sich zu wehren, musterte King jedoch skeptisch. King drückte einen Kuss auf jeden Fuß und setzte die Massage fort. Sam entspannte sich langsam unter Kings Berührungen. Bay erinnerte sich, wie Kings Fußmassage sich angefühlt hatte und er beneidete Sam widerwillig.

„Cut!", rief der Regisseur. „Wirklich gut, Leute. Sehr gut. King, ich möchte, dass du Sams Füße in der nächsten Szene noch ein bisschen mehr massierst, bis Sam bemerkt, dass er hart wird und anfängt, mit sich selbst zu spielen. Dann möchte ich, dass du den Hocker aus dem Weg schiebst und dich auszehst. Langsam und bewusst. Und ich will, dass ihr Blickkontakt haltet, bis King vollkommen nackt ist. Sam, dann möchte ich, dass du langsam deinen Blick an Kings Körper nach unten wandern lässt, bis du bei seinem Schwanz ankommst, dort innehältst und dein Blick bis zu meinem Cut darauf gerichtet bleibt."

„Gebt mir nur einen Moment, bis ich so weit bin", sagte Sam und schob eine Hand in seine Shorts.

Bay war irgendwie darauf fixiert, wie Sam sich selbst massierte, aber dann begann er einen Blick auf sich zu spüren. Als Bay sich umdrehte, beobachtete King Bay, wie dieser Sam beobachtete. Er sah etwas, das sich hinter Kings Blick verbarg, aber King schaute zu schnell wieder weg, als dass Bay es hätte identifizieren können.

„Okay", sagte Sam. „Lasst uns weitermachen, bevor der alte Junge wieder einschläft."

King nahm seine Position an Sams Füßen ein.

„Action!"

King begann Sams Füße erneut zu massieren, während dieser zusah und verwirrt darüber wirkte, wieso er das genoss.

Vor der letzten Nacht hatte Bay noch nie einen Porno gesehen, aber er fand, dass Sam ziemlich gut darin war, die Vision des Regisseurs umzusetzen und zu zeigen, was er dachte.

Bay beobachtete die Szene, die sich vor ihm und dem Monitor abspielte, während die Kamera an Sams Erektion heranzoomte. Sam begann sich selbst zu berühren, während King weiterhin seine Füße massierte. Schließlich stand King auf, sah Sam fest in die Augen und schob den Hocker beiseite. Er zog sein T-Shirt langsam über den Kopf und ließ es zu Boden fallen. Bay sah, größtenteils bewundernd, zu, wie Kings Brust den Bildschirm füllte. Seine Brust und seine Arme waren beeindruckend und Bay konnte deutlich sehen, wieso King so begehrt war. Er sah in Aufnahmen großartig aus.

King trat seine Schuhe von den Füßen, zog seine Socken aus und zog seine Sporthose und Unterwäsche mit einer schnellen Bewegung herunter. Vollkommen nackt stand er in all seiner Pracht vor Sam.

Wie geplant senkte Sam seinen Blick auf Kings Mitte und hielt ihn dort. Zuerst dachte Bay, dass sein Gesichtsausdruck Angst zeigte, aber beim zweiten Hinsehen entschied er, dass es doch keine Angst war. Sam war eindeutig eingeschüchtert. Bay fühlte mit ihm. King war sehr gut ausgestattet und Bay war sich sicher, dass er ebenso fühlen würde, wenn er in dieser Position wäre. Und wenn King seinen Willen bekam, würde das möglicherweise sehr bald der Fall sein. Bay schob diesen Gedanken von sich.

Bay wandte seine Aufmerksamkeit wieder King zu. Beinahe erwartete er, dass der Regisseur „Cut" rief, als King nackt war, aber King hatte sich bereits in Position gebracht und kniete vor Sam.

„Es ist okay", flüsterte King und versuchte Sam zu beruhigen.

Er griff Sams Shorts und seine Unterwäsche am Bund, zog sie nach unten über Sams Füße und warf sie beiseite. Bay erkannte, dass Sam ein großartiger Schauspieler war, denn es war unmöglich, dass er von Kings Größe eingeschüchtert war. Wenn es überhaupt sein konnte, war Sam sogar noch beeindruckender als King. Aber um fair zu sein, Sam war vollkommen erigiert und King war noch nicht ganz an diesem Punkt.

King beugte sich vor, ohne den Blickkontakt zu unterbrechen, und nahm Sam in seinen Mund. Sam zog die Luft ein, ließ seine Hände nach hinten fallen, umklammerte die Couch und sah King überrascht an. Während King sich an seiner Länge auf und ab bewegte, wurde Sams Gesichtsausdruck unleserlich, was Bays Meinung nach sehr realistisch wirkte. Dass sich etwas so gut anfühlte, wenn er sich nicht sicher war, ob er es mögen sollte, würde Bay ebenfalls verwirren.

Sobald King ihn ganz aufgenommen hatte und in dieser Position innehielt, schienen Sams Augen in seinem Kopf nach hinten zu rollen und er schloss sie und ließ seinen Kopf zurückfallen. King streichelte Sams Eier mit seinen Fingerspitzen und schien, soweit Bay das auf dem Bildschirm sehen konnte, die Haut dahinter zu necken. Inzwischen stöhnte Sam und stieß seine Hüfte nach vorne.

Was immer Sam zu Beginn befürchtet hatte, verblasste jetzt und er wirkte endlich, als hätte er entschieden, sich gehen zu lassen.

Bay fragte sich, ob es ihm so leicht fallen würde? Könnte er es wirklich genießen, dass jemand ihm Lust bereitete, einfach nur um des Gefühls Willen? Egal, wer es war, der für die Lust verantwortlich war? Er hatte die Fußmassage und Kings Küsse vorsichtig genossen – nach dem ersten Schock jedenfalls – aber könnte er mehr tun?

Sam stöhnte lauter und riss Bay aus seinen Gedanken. Als Bay genauer hinsah, erkannte er, dass King einen Finger in Sam geschoben hatte und Sam sich nicht beschwerte. Tatsächlich schien er es zu genießen und bewegte sich Kings Finger entgegen. Dann nahm King einen zweiten Finger hinzu und Bays Augen weiteten sich ungläubig. *Oh Scheiße!* Mit einem Mal begann Bay zu schwitzen. Er löste seine Manschetten und schlug seine Ärmel ein paar Mal um.

In einer schnellen Bewegung hob King Sams Beine, drückte sie zurück und hielt sie an den Rückseiten seiner Oberschenkel fest. Bevor Sam protestieren oder auch nur reagieren konnte, vergrub King sein Gesicht zwischen Sams Arschbacken und Sam schnurrte wie ein großes Kätzchen. King leckte an Sams Spalte auf und ab und konzentrierte sich dann mit seiner Zunge auf Sams Öffnung. Sam schien jetzt noch lebhafter zu werden und es wirkte, als ob er die Aufmerksamkeit ungemein genoss.

Bay fragte sich, wie Sam so einfach nachgeben konnte und erinnerte sich dann, dass er zwei Männern dabei zusah, die für einen Porno schauspielerten. Natürlich gab er nach. Sie hatten eine begrenzte Minutenzahl, um ihre Kunst aufzunehmen.

„Cut!", rief der Regisseur erneut.

„Bist du dir sicher, dass du gerade geduscht hast?", sagte King in einem neckenden Tonfall.

Sam hob eine Hand und King versuchte auszuweichen, aber Sam war zu schnell und erwischte die Seite von Kings Kopf.

„Au!", sagte King. „Dafür wirst du in der nächsten Szene so was von bezahlen."

„Leere Versprechungen", sagte Sam.

Der Regisseur gab King ein Kondom und Gleitgel. King bereitete sich und Sam vor und sie nahmen beide ihre vorherigen Positionen wieder ein.

„Action."

Irgendwann während dieser Sexshow hatte Bay, ohne deutliche Erinnerung, wann er das getan hatte, die Position gewechselt, um bessere Sicht zu haben. Aber jetzt sah er Kings Rücken an und konnte Sams Gesicht deutlich erkennen.

King kniete noch immer, drückte Sams Beine zurück und rieb seine Erektion an Sams Öffnung auf und ab. Sam schien nervös zu sein, aber er schloss die Augen und gab sich King hin. King positionierte sich an Sams Öffnung und schob sich in ihn. Bay zuckte zusammen. Das online und in der Realität zu sehen, waren zwei verschiedene Dinge. Bay war fasziniert, dass Kings Umfang in Sam passte, ohne ihn aufzureißen. Aber Sam verblutete nicht, was Bay für ein gutes Zeichen hielt.

Die Penetration entlockte Sam ein kaum hörbares Zischen und King schien es zu bemerken und innezuhalten, bevor er sich ganz in ihn schob, um seinem Partner Zeit zu geben, sich an ihn zu gewöhnen. Sobald King ganz in ihm war, hielt er seine Position einige Sekunden und begann sich dann langsam zu bewegen. Inzwischen stand King über Sam, die Beine weit gespreizt, hielt Sams Knöchel, während Sam Kings Oberschenkel umfasste und ihn in seinen Stößen führte. Das Unwohlsein in Sams Gesicht verwandelte sich in etwas zwischen Lust und Ekstase.

King beugte sich hinunter und Sam griff nach seinem Nacken und zog ihre Lippen für einen intensiven Kuss aneinander. Als der Kuss endete, richtete King sich erneut auf und erhöhte Tempo und Kraft seiner Stöße, bis er und Sam sich in einer Einheit zu bewegen schienen. Sams Kopf rollte von einer Seite zur anderen und er hatte eine Hand an Kings Brust gelegt, während die andere seine eigene Länge pumpte. Aus seiner neuen Position sah Bay, wie Kings Arschmuskeln sich mit jedem Stoß anspannten und lösten. Bay war jetzt ebenfalls steinhart. *Was zur Hölle?*

Sam stöhnte lauter und spannte sich an, als er sich in mehreren Schüben auf seinen Bauch ergoss und seinen Schwanz noch immer fieberhaft pumpte. Sekunden später zog King sich aus Sam zurück und riss das Kondom weg. Etwas, das sich am besten als gutturales Stöhnen beschreiben ließ, kam über seine Lippen. Er begann zu schaudern – beinahe zu krampfen – während seine Erlösung durch seinen Körper rauschte, sich ergoss und mit Sams vermischte. Kings Orgasmus schien weiter anzudauern, bis sein Schaudern zu einem Zittern wurde. King beugte sich vor und lehnte seine Stirn an Sams, während er sich, immer noch schwer atmend, scheinbar zu sammeln versuchte.

„Cut!", rief der Regisseur.

„Mann, ich wünschte, ich könnte einen Orgasmus wie du erleben", sagte Sam. „Diese verdammten Nachwirkungen scheinen ewig zu dauern."

Bevor King antworten konnte, unterbrach der Regisseur. „Hey, Jungs. Wir haben hier einen Dreh, der beendet werden muss."

„Oh ja", sagte Sam. „Entschuldigung, Herr Regisseur."

„Ja, genau", sagte der Regisseur und verdrehte die Augen. „King, bitte schieb den Hocker zurück und verlass das Bild. Und Sam, leg deine Füße auf den Hocker, den Kopf in den Nacken und schließ die Augen, als würdest du noch immer schlafen und nimm deinen Schwanz in die Hand. Wenn du aufwachst, bist du allein und stellst fest, dass du dir gerade im Schlaf zu King einen runtergeholt hast."

„Verstanden", sagte Sam.

„Action!"

Bay richtete seine Erektion, die jetzt in seiner gespannten Anzughose deutlich zu sehen war. Als er aufblickte, sah er, dass King ihn beobachtete und sarkastisch lächelte. *Du wurdest so was von erwischt, Bay!*

Sam beendete die Szene wie beschrieben und der Regisseur rief: „Cut! Das war's. Gute Arbeit, Leute. Danke."

King ging hinüber und hielt Sam seine geballte Faust hin. „Gute Arbeit, Mann."

Sam erwiderte die Geste. „Hey. Du hast die ganze Arbeit gemacht."

„Aber du hast das Schauspielen übernommen", fügte King hinzu. „Und du warst verdammt gut darin."

Fünfzehn Minuten später hatten Sam und das Filmteam alles zusammengepackt und verabschiedeten sich. Schließlich verließen sie die Suite und ließen Bay und King schweigend zurück.

9

KING NAHM die Position ein, die Sam zuvor innegehabt hatte, atmete tief durch und versuchte seinen Herzschlag zu beruhigen, während die Restwellen seines Orgasmus in ihm nachklangen. Von der anderen Seite des Raumes konnte er Bays Blick auf sich spüren, aber keiner von ihnen sprach.

Während die Stille sich ausbreitete, dachte King über Bays Reaktion auf die Szene, die er beobachtet hatte, nach. Gegen Ende hatte Bay eine Erektion gehabt, die es mit Kings eigener hätte aufnehmen können. *Ich wusste es! Mein Plan hat perfekt funktioniert.* Diese ganzen Versicherungen, dass er hetero war, waren nur Teil des Spiels, das Bay spielte, was immer es auch war.

Andererseits musste King zugeben, dass er mit ein paar heterosexuellen Kameramännern gedreht hatte, die am Ende der Szenen massive Erektionen gehabt hatten. Er vermutete, dass es an der Menge von Testosteron lag, die den Raum füllte. Aber keiner dieser Kameramänner hatte jemals einen Kuss initiiert oder seine Zunge in Kings Hals gesteckt. Bays Gesichtsausdruck hatte ihn verraten. Er hatte wirklich Interesse.

„Dauern alle deine Orgasmen so lange?", fragte Bay schließlich mit leiser Stimme.

King hob seinen Kopf und sah Bay an. „Tatsächlich tun sie das. Wieso?"

„Pure Neugierde. Es sah ziemlich intensiv aus."

King drückte sich von der Couch hoch und machte sich auf den Weg in sein Schlafzimmer. „Das war er. Sind sie alle."

Er blieb stehen, als er erneut Bays Stimme hörte.

„Können wir jetzt reden?"

„Ich brauche erst noch eine Dusche", sagte King. Er liebte es, mit Bay zu spielen. Er wusste, dass er vermutlich rachsüchtig war, aber hey – was dem einen recht war … Bay war grausam zu ihm gewesen, indem er ihn verführt hatte, ohne die Intention zu haben, es durchzuziehen, also war es Zeit, dass er dafür bezahlte.

King würde Bay nie dazu zwingen, Sex mit ihm zu haben, egal was bei ihrer Unterhaltung herauskam, aber es machte definitiv Spaß, Bay etwas anderes denken zu lassen. „Nach der Dusche werde ich mir anhören, was du zu sagen hast, bevor wir … äh, du weißt schon."

Bays überraschter und unbehaglicher Blick war befriedigend. King lächelte und ging ins Bad.

Als King zehn Minuten später, noch immer nackt, zurückkehrte, lief Bay wie ein eingesperrter Tiger in dem kleinen Raum auf und ab.

Bay drehte sich um und sah King im Flur stehen. Er musterte King von oben bis unten und blieb mit weit geöffneten Augen an seiner Mitte hängen. King übersah die Geste nicht und fühlte sich sogar ein wenig stolz. *Fuck ja! Ein heterosexueller Mann starrt meinen Schwanz an.*

King lachte in sich hinein und deutete auf die Couch. „Setz dich hin."

Bay setzte sich ohne Widerspruch und King fuhr fort. „Du weißt jetzt, dass ich eine Art Berühmtheit bin. Und um ehrlich zu sein, bin ich nicht sicher, ob du das nicht die ganze Zeit gewusst hast. Aber ich habe eine Marke. Und du, mein Freund, hast meine Rechte verletzt, indem du mein Ebenbild benutzt hast, um deine Bücher zu verkaufen."

King setzte sich neben Bay.

„Du hast eine Chance, mir zu sagen, was zur Hölle hier vor sich geht und mich zu überzeugen, nicht meinen Anwalt anzurufen."

Bay seufzte. „Kannst du dir wenigstens etwas anziehen?"

„Nein, kann ich nicht", sagte King. „Ich fühle mich nackt sehr wohl. Mache ich dich nervös?"

„Ja!", sagte Bay.

„Gut. Jetzt rede! Außer –" King wackelte mit den Augenbrauen und streckte seine Hand aus, um Bays Knie zu drücken. „– du würdest lieber etwas anderes tun, bis du deine Stimme findest."

„King", sagte Bay mit offensichtlichem Zögern. „Jack Robbins ist und war immer ein Charakter aus meiner Fantasie. Ein Charakter, den ich aus – nun … den ich erschaffen habe. Und lass es uns einfach dabei belassen –"

„Ein Charakter aus deiner Fantasie, der zufälligerweise genauso aussieht wie ich. Gleiche Größe. Gleicher Körperbau. Gleiches Haare. Gleiche Augen."

„Ja!", sagte Bay. „Aber dieses Buchcover ist ein Computer-Modell, das auf meiner Beschreibung von Jack im ersten Buch basiert."

King schüttelte den Kopf. „Eine Beschreibung, die mit mir beinahe identisch ist. Das ist verdammt schwer zu glauben."

„Aber es ist die Wahrheit", versicherte Bay. „Ich schwöre es dir, King. Als ich an dem Abend die Tür zu meiner Suite geöffnet habe und dich im Flur stehen sah, war ich sprachlos. Ich konnte nicht glauben, dass ich vor einem lebenden, atmenden Jack Robbins stand."

King dachte über Bays Geständnis nach, aber es fiel ihm schwer zu glauben, dass es einfach nur ein höllischer Zufall war. Andererseits wirkte Bay nicht wie jemand, dem es leichtfiel, zu lügen. Aber er war noch nicht überzeugt.

Bevor King etwas sagen konnte, stand Bay auf und begann erneut auf und ab zu gehen. „King. Die Sache ist, dass die meisten Leute denken, dass Jack Robbins auf mir und meinem Leben basiert. Sie sehen *mich* in Talkshows und bei Signierstunden. Aber die Wahrheit ist, es ist komplett umgekehrt."

Bay machte eine Pause.

„Ich höre zu", sagte King.

„Nun. Als ich den Vertrag zur Veröffentlichung meines ersten Romans über Jack Robbins bei einem hochrangigen Verlagshaus unterschrieben habe, war ich vor allem unter Schock. Ich konnte nicht glauben, dass sie dachten, dass viele Leute meine Geschichten lesen wollen würden, aber sie hatten recht. Das Buch hatte praktisch über Nacht Erfolg. Ich war begeistert, weil ich jetzt tun konnte, was ich liebte und vielleicht sogar davon leben konnte." Bay hielt inne und sah King an. „Perfekt, oder?"

King öffnete den Mund, aber bevor er antworten konnte, begann Bay erneut zu reden. *Ich nehme an, das war eine rhetorische Frage.*

„Und am Anfang *war* es gut", fuhr Bay fort. „Ich verdiente eine ordentliche Menge Geld und konnte in Vollzeit schreiben. Aber dann sollte alles um mich herum zusammenbrechen."

„Warte einen Moment! Du bist berühmt. Wie ist alles zusammengebrochen?", fragte King.

„Indem genau das passiert ist. Ich wurde berühmt."

King konnte seinen Ohren nicht trauen. „Warte! Was?"

„Nach dem riesigen Erfolg des ersten Romans und als der Veröffentlichungstermin für sechs Monate später festgelegt wurde, wollte mein Verleger, dass ich auf eine landesweite Buchtour ging."

Bay hörte auf zu sprechen, nahm sich ein Bier aus der Minibar und hielt es in Kings Richtung. King nickte und Bay warf es zu ihm hinüber, bevor er ein weiteres herausnahm. Er öffnete es und leerte die halbe Flasche, hielt inne, um Luft zu holen und trank dann die zweite Hälfte.

„Ich habe dir schon gesagt, dass ich ein schüchterner, streberhafter Junge war. Was ich dir nicht gesagt habe war, dass ich ein gequälter schüchterner, streberhafter Junge war, der zu einem Einsiedler wurde. Ich muss wohl nicht sagen, dass der Gedanke an eine landesweite Buchtour den Einsiedler in mir Nacht für Nacht wachhielt. Wie zur Hölle sollte ich durchs Land reisen und mit dem Stress, bei Signierstunden der Öffentlichkeit gegenüber zu treten und für Radio und Fernsehen interviewt zu werden, umgehen?"

Bay klang ernst und Kings ursprüngliche Wut begann zu verrauchen. Begann er tatsächlich, diesen Mann zu bemitleiden?

„Jedenfalls. Das war der Zeitpunkt, an dem mir die Idee kam. Der Fairness halber muss ich erwähnen, dass ich außerdem in einem panischen Vollrausch war. Ich lag stark betrunken auf meiner Couch und realisierte, dass ich Jack Robbins erschaffen hatte. Wieso sollte ich nicht er werden? Ich meine … ich kannte den Mann in und auswendig. Ich war er und er war ich. Er war natürlich das bessere Ich. Das Ich, das ich sein wollte. Wieso also nicht?"

Bay hörte auf, hin und her zu gehen und setzte sich neben King. Er sah ihm in die Augen. „In dieser Nacht habe ich zum ersten Mal seit Wochen geschlafen. Als ich am nächsten Morgen aufwachte, habe ich zunächst über die ganze Idee gelacht. Aber dann habe ich angefangen, ernsthaft darüber nachzudenken. Und mein Schluss war: *wieso nicht?*

Während wir die Tour vorbereiteten, stellte mein Verleger einen Stylisten und einen Trainer für mich an und ich begann täglich ins Fitnessstudio zu gehen. Ich ließ mein Haar professionell schneiden und aufhellen, kaufte neue farbige Kontaktlinsen und eine komplette Garderobe. Ich stellte mir vor, wie Jack sprechen würde und übte endlos und begann, an seinem Verhalten zu arbeiten. Mit jedem Tag der verging, wurde Bay Whitman mehr zu Jack Robbins. Zumindest in der Öffentlichkeit. Du siehst, die Idee ist lediglich aus der Not heraus entstanden, nicht aus Eitelkeit. Ich war verzweifelt. Es war der einzige Weg, meinen Verstand nicht zu verlieren und meinen Erfolg andauern zu lassen."

King hob skeptisch eine Augenbraue.

Bay seufzte. „Komm schon, King. Denk darüber nach. Mein erster Roman mit Jack Robbins wurde vor knapp acht Jahren geschrieben. Wie lange stehst du schon in der Öffentlichkeit?"

King saß regungslos da, während er darüber nachdachte, was diese Frage bedeutete. *Guter Punkt. Wenn die Daten stimmen, jedenfalls.* „Ein bisschen länger als vier Jahre", sagte er schließlich.

„Scheiße. Ich weiß nicht, wieso ich daran nicht früher gedacht habe. Hast du einen Laptop?"

„Ja." King deutete zum Schreibtisch am anderen Ende des Raumes. „Wann hast du angefangen, Pornos zu drehen?"

King rechnete nach. „Mai 2013."

Bay tippte auf der Tastatur herum. „Warst du vorher je in der Öffentlichkeit?"

„Nein. Wie gesagt, ich habe im Verkauf gearbeitet."

Bay drehte den Bildschirm in Kings Richtung. „Sieh dir das an."

King musterte den Monitor. Er zeigte eine Amazon-Seite auf der alle von Bays Büchern aufgelistet waren. Bay klickte auf den Roman über Jack Robbins und zeigte darauf. „Sieh dir das Veröffentlichungsdatum an."

King folgte Bays Finger und las. November 2009.

„Das beweist, dass ich dich nicht als Vorbild für Jack Robbins genommen haben kann."

Bay hatte einen Punkt. King *war* ein Niemand gewesen, als Bay zum ersten Mal veröffentlicht wurde. Und wer wusste, wie viel früher er begonnen hatte, den Roman zu schreiben.

King seufzte, antwortete jedoch nicht. Die logische Seite in ihm war erleichtert, aber sein Ego war beinahe enttäuscht.

„Selbst wenn ich Unmengen an Pornos gesehen hätte, während ich Jack Robbins erfunden habe, du warst nicht mal in der Szene."

King nickte. „Du musst jedoch zugeben, dass das ein ziemlich großer Zufall ist und weithergeholt klingt."

„Ich weiß. Und ich weiß, wie das alles für dich aussehen muss", gab Bay zu. „Aber ich schwöre, es ist die Wahrheit. Selbst wenn du mir nicht glauben willst, kannst du die Fakten nicht ignorieren."

King nahm einen Schluck seines Biers und schluckte. „Ich bin nicht ganz sicher, was ich glaube", gab er zu. „Aber ich nehme an, du hast recht."

„Ich schwöre dir, ich war verblüfft, als ich dich vor meinem Hotelzimmer stehen sah."

„Aber …", sagte King, „da wusstest du es und du hast nichts gesagt, bis ich dich im Barnes & Noble entdeckt habe."

Bays Blick fiel zu Boden. „Ich weiß und das tut mir leid."

„Tut es?", fragte King. „Oder tut dir nur leid, dass ich es selbst herausgefunden habe?"

Bay sah King mit den größten Welpenaugen an, die King je gesehen hatte und sein Herz begann zu schmelzen.

„Ich weiß, ich hätte es dir gleich sagen sollen, aber ich habe es selbst nicht ganz geglaubt. Ich war so fasziniert von allem."

„Fasziniert?", fragte King.

„Denk mal aus meiner Perspektive darüber nach. Nur einen Moment.", erwiderte Bay. „All diese Jahre warst du ein Charakter in meinem Kopf und dann bist du eines Tages real und stehst vor mir. Wie gesagt, ich habe mit Jack den Mann erschaffen, der ich selbst sein wollte. Von seinem Aussehen und seinem Körperbau, bis zu seinem Selbstbewusstsein und seinem Verhalten. Ich habe ihm das sichere Auftreten und die sozialen Fähigkeiten gegeben, die mir noch fehlten. Und dann sah ich diese Person an. Du. Ich. Oder eine Mischung aus uns beiden. Es war ein wenig einschüchternd."

King schüttelte den Kopf. „Aber du hättest trotzdem etwas sagen können."

Bay stand auf und begann erneut auf und ab zu gehen. „Ich weiß. Das hätte ich tun sollen. Das erkenne ich jetzt. Aber ich wollte mehr über dich wissen. Als Autor erschaffe ich andauernd Charaktere. Aber die meisten bestehen aus Bruchstücken von mir oder Menschen, die ich kenne. Wenn ich einen neuen Charakter erschaffe, nehme ich üblicherweise die besten Teile der Leute, die ich kenne oder sogar bewundere. Und für einen bösartigen Charakter mache ich dasselbe, aber ich verzehnfache die schlechten Dinge. Aber als Autoren können wir einen zweidimensionalen Charakter nur bis an einen bestimmten Punkt bringen. Eine lebende, atmende Person vor mir stehen zu haben – besonders Jack Robbins – war zu faszinierend, um die Gelegenheit verstreichen zu lassen. Und ich habe sie verpasst. Und dabei habe ich dich verletzt. Es tut mir leid."

King dachte über Bays Erklärung nach. Irgendwie ergab sie Sinn. „Dann sollte ich mich wohl entschuldigen, voreilige Schlüsse gezogen zu haben."

„Nein", sagte Bay. „Ich hätte dasselbe getan. Und das ist eines der Dinge, um die ich mir am meisten Gedanken gemacht habe. Ich meine … Ich habe das wirklich nicht zu Ende gedacht. Mein ursprünglicher Plan war herauszufinden, welche Informationen ich dir entlocken konnte und zu sehen, ob ich irgendetwas davon verwenden könnte."

„Und jetzt?", fragte King.

Bay hörte auf, umherzugehen und setzte sich wieder neben ihn. „Jetzt? Ich mag dich ehrlich und ich habe gemerkt, was für ein Arsch ich war, weil ich die Option überhaupt in Betracht gezogen habe. Es tut mir wirklich leid."

King sah weg und dann zurück zu Bay. „Das Problem ist … wie machen wir jetzt weiter? Es ist pures Glück, dass noch niemand vorher die Ähnlichkeit zwischen mir und Jack Robbins gesehen hat."

„Ich glaube nicht, dass irgendjemand die Verbindung ziehen würde, außer du würdest mit mir gesehen oder assoziiert."

„Wie in der Buchhandlung", gab King zu.

„Exakt. Und ich weiß nicht, wie mein Verlag reagieren würde, wenn er herausfände, dass Jack Robbins ein schwuler Pornodarsteller und Callboy ist", fügte Bay hinzu. „Es wurde gerade erst ein Vertrag unterschrieben, dass meine nächsten drei Bücher verfilmt werden."

„Wie viele deiner Leser sind schwul?", fragte King.

„Darauf kenne ich die Antwort nicht wirklich", gab Bay zu. „Aber bisher hat niemand uns miteinander assoziiert. Von der Fanpost, die ich bekomme, weiß ich, dass Jack eine große Gefolgschaft unter Frauen hat und ich bin mir sicher, dass es auch ein paar schwule Männer gibt. Aber ich glaube ernsthaft, dass niemand eins und eins zusammengezählt hätte, wenn wir nicht gleichzeitig am selben Ort gewesen wären."

„Ergibt Sinn. Also noch mal. Wie machen wir jetzt weiter?", fragte King.

Bay schien über die Frage nachzudenken. „Ich nehme an, du hast deine Antworten bekommen und wir können wieder zu unseren getrennten Leben zurückkehren."

Erneut hing lange Stille zwischen ihnen und King fragte sich, ob Bay alles gesagt hatte, was er sagen musste. Oder wartete er darauf, dass King protestierte und ihn bat, nicht zu gehen? Einige Zeit verging und Bay machte noch immer nichts, also wartete er vielleicht *wirklich*, dass King irgendwie darauf reagierte.

Aber was sollte er sagen? Inzwischen wusste King, dass es für sie beide am besten wäre, wenn Bay ging, wieso bat er ihn also nicht darum?

Er hatte geplant, wütend auf Bay zu bleiben und den Mann aus seinem Leben verschwinden zu lassen, um ihrer beider willen, aber als er erfahren hatte, wieso Bay Jack Robbins erschaffen hatte, hatte es einen Nerv in ihm getroffen. Einen empfindlichen Nerv. Vielleicht warf er Bay deswegen nicht raus.

Als Bay mit einem Seufzen aufstand, realisierte King, dass er sich schnell entscheiden musste. Entweder er sagte etwas oder ließ Bay gehen. Bay hatte ziemlich heftige Dinge mit ihm geteilt und diese Ehrlichkeit allein machte Bay mehr zu einem Mann als King es war. Jep. Er schuldete ihm wenigstens eine Entschuldigung. *Fuck! Das war alles so viel einfacher, als ich wütend auf ihn war.*

„Warte", war alles, was King einfiel. Bay setzte sich wieder hin.

King rieb sich frustriert über die Augen. Er war geistig und körperlich erschöpft und seine Gefühle waren drunter und drüber. Als die Wut sich in Verstehen verwandelte, hatte er erkannt, dass es falsch von ihm gewesen war, Bay damit zu quälen, indem er ihn zwang, die Szene zwischen ihm und Sam anzusehen. Ob Bay schwul oder hetero war, ging King nichts an. Bay war ein Kunde. Nicht mehr. Nicht weniger. Er hatte viele Termine, die nur Küsse und Unterhaltungen beinhalteten. Aber Bay hatte ihm gemischte Signale gesendet – ihn verführt und sich dann zurückgezogen, als die Dinge intensiver wurden.

Er war wütend gewesen. Ganz einfach. Aber wenn er ehrlich mit sich selbst war, wusste er auch, dass sein Ego ein wenig verletzt war. Im Moment war es das *Verletzt* in der Gleichung, das ihn am meisten störte. Wieso kümmerte es ihn? Weil er und Bay gegen viele ähnliche Dämonen zu kämpfen schienen? Vor vier Jahren hätte King alles gegeben, um einen fiktiven Charakter zu haben, hinter dem er sich verstecken konnte. Irgendjemand anderes als er selbst zu sein. Er wusste, wie Bay sich fühlte und das hatte einen tiefgehenden Einfluss auf ihn.

King drehte sich langsam um und fixierte Bays Augen. Der Blick auf Bays müdem Gesicht sagte King, dass die Wahrheit jetzt der einzig mögliche Weg war. Bay wahr ehrlich zu ihm gewesen und er schuldete dem Mann wenigstens, dass er das anerkannte.

„Es tut mir leid, dass du gezwungen warst, dich hinter einem fiktiven Charakter zu verbergen", sagte King leise und sah erneut weg. „Ich weiß ein paar Dinge darüber, wie es ist, sich zu verstecken oder jemand anderes sein zu wollen."

Bay seufzte. „Danke, dass du das sagst, King. Ich habe das Gefühl, hinter dieser Aussage steht eine lange Geschichte."

Kings eigene Worte hatten ihn betrogen und mehr preisgegeben, als er geplant hatte. Sein Gesicht musste dieses Unwohlsein zeigen, denn Bay sah aus, als wäre er kurz davor, ihn zu trösten.

„Du hast recht", sagte King, bevor Bay sprechen konnte. „Der üblicherweise selbstbewusste King Slater ist doch menschlich."

Bay streckte seine Hand aus, als wollte er sie auf Kings Bein legen, aber er zögerte. „Ich würde dich jetzt sehr gern berühren", sagte er, „aber ich weiß nicht, wie ich das tun kann, ohne dass die Spannung, die sich immer zwischen uns bildet, eskaliert."

King bewegte sich nicht und nach einem Moment murmelte Bay etwas Leises, legte seine Hand auf Kings Knie und drückte es. Nachdem er Bays Hand lange angestarrt hatte, blickte King auf und begegnete erneut Bays Blick. Er konnte die ungeweinten Tränen, die hervorzubrechen drohten, hinter seinen Augenlidern spüren und betete, dass er die Kontrolle nicht verlor. Wieso holte seine Vergangenheit ihn jetzt ein? Hier? Mit Bay?

Bays nächste Bewegung überraschte King. Bay legte eine Hand auf Kings Brust, beugte sich vor und drückte seine Lippen sanft auf Kings. King schloss die

Augen und lehnte sich dem Kuss entgegen. Bays Lippen waren ebenso weich und warm, wie er sich erinnerte, aber dieses Mal mischte die Weichheit sich mit kaum merklichem Geschmack nach Bier, was Kings Kampf nur zu verstärken schien. Aber weder King noch Bay vertieften den Kuss und irgendwie wirkte das noch intimer. Als Bay sich zurückzog, rollte eine einzelne Träne Kings Wange hinab und Bay hob seine Hand, um sie wegzuwischen, wie King es für Bay getan hatte.

Jetzt, da die Konfrontation hinter ihm lag, war King erleichtert, aber irgendwie hatten sie sich in eine vollkommen andere Richtung bewegt und King hatte keine Ahnung, wo das hinführen würde. Er wusste nur, dass es nicht gut war. Nicht für Bay und definitiv nicht für ihn.

King schloss die Augen und legte seinen Kopf an die Couchlehne. Er konnte Bays Blick auf sich spüren, aber aus irgendeinem Grund konnte er ihn nicht ansehen.

Bay sprach leise. „Ich kann immer noch nicht glauben, wie ähnlich du Jack bist. Dein Körperbau, deine Haare, dein Bart, dein Hautton. Selbst die richtige Menge Brusthaar. Du bist definitiv ein Spiegelbild dessen, was ich mit Jack Robbins erschaffen habe."

King öffnete die Augen und sah Bay an. Sie hielten den Blickkontakt für eine ganze Weile; jeder sah den anderen einfach nur an. Dann brach King den Kontakt ab, indem er wegsah.

Er hatte Bay nachgegeben und seine plötzlich fehlende Selbstbeherrschung erschütterte ihn. Er war nicht daran gewöhnt, jemandem nachzugeben. Der King Slater, der er geworden war, gab die Kontrolle niemals ab. Oder? Hatte er mit einem Mal wieder mit seinem Selbstvertrauen zu kämpfen, nach all den Jahren?

Bay legte eine Hand auf Kings Unterarm und diese einfache Berührung ließ King zusammenzucken. Was war gerade zwischen ihnen passiert? Gedanklich war King an irgendeinem fernen Ort, ein Ort, von dem Bay kein Teil war und er musste über das alles nachdenken.

„Du kannst jetzt gehen", sagte King schließlich und drehte sich, um ihn anzusehen. „Ich glaube dir und werde dir keine Schwierigkeiten bereiten."

Bay schloss die Augen und seufzte. Sein Gesichtsausdruck war erleichtert, aber die Erleichterung verblasste schnell und wurde durch etwas ersetzt, das Furcht oder Angst ähnelte. Bay stand zögernd auf und schob beide Hände, die jetzt zitterten, in seine Taschen.

King seufzte. War das das Ende für ihn und Bay? In Wahrheit gab es keinen echten Anfang. Es *gab* kein er und Bay. King war ein Callboy und Bay hatte ihn in einem Pokerspiel gewonnen. Ende der Geschichte.

Dann sagte Bay in einem frustrierten Tonfall: „Das war's? Einfach so? Du entlässt mich?"

10

KING RUNZELTE die Stirn, sagte jedoch nichts. Unangenehme Stille füllte den Raum und die Luft war so geladen, dass sie mit einem Messer durchschnitten werden könnte.

„Sag mir einfach, was du spielst", forderte King. „So haben wir wenigstens ein faires Spielfeld."

Bay zog die Hände aus den Taschen und legte sie an seine Hüften. „Was ist mein Spiel? Was ist ... mein Spiel?", wiederholte er, jedes Mal empörter. „Es gibt kein Spiel."

„Komm schon, Mann. Diese ganze Scheiße ist zu seltsam, um sie überhaupt zu verstehen. Im einen Moment erklärst du mir, dass du nicht schwul bist und im nächsten küsst du mich."

Bay suchte nach einer Erklärung. Auf der einen Seite konnte er die Anziehung kaum leugnen, egal wie er sich in der Vergangenheit bezeichnet hatte – oder sich zu bezeichnen geweigert hatte – und auf der anderen war er noch nicht bereit, es zuzugeben oder gar danach zu handeln.

King funkelte Bay an. Seine Arme waren fest vor seiner Brust verschränkt. „Ich warte auf eine Antwort."

Bay senkte den Kopf. „Es gibt kein Spiel. Ich schwöre es. Aber du hast recht. Ich kann den Kuss oder die Anziehung nicht erklären."

Bay setzte sich wieder neben King. Er streckte eine Hand aus, um Kings Arm zu berühren und King wich der Bewegung mit einem wütenden Blick aus. Bay zog seine Hand schnell zurück und legte sie auf sein eigenes Bein.

„King", sagte Bay so leise, dass es beinahe ein Flüstern war. „Ich habe dir gesagt, dass ich im Prinzip ein Einzelgänger bin, wenn ich nicht gerade Werbung für meine Bücher mache. Ich gehe nicht raus. Ich date nicht. Ich verlasse kaum mein Apartment. Ich dachte immer, ich wäre hetero."

„Und jetzt?", fragte King.

Bay fuhr mit den Fingern durch sein Haar und schüttelte den Kopf. „Ich weiß nur, dass da eine sehr starke Anziehung ist, die ich nicht erklären kann. Und vielleicht ..."

„Du kannst es nicht mal sagen, oder?", fauchte King.

Bay senkte erneut den Kopf.

„Sag mir eins", bat King, „bist du in irgendeiner verworrenen Beziehung mit deinem fiktiven Charakter oder so was?"

„Natürlich nicht", schnaubte Bay. „Das ist albern."

King starrte ihn an. „Ist es?"

Über diese Perspektive hatte Bay noch nicht nachgedacht. Konnte es sein, dass die Grenzen zwischen Jack, dem Mann, der Bay sein wollte, und King, jemand, von dem er sich angezogen fühlen könnte, verschwommen waren?

„Also?", sagte King.

Bay biss sich nervös auf einen Fingernagel. „Ich weiß es nicht", gab er schließlich zu.

King starrte ihn erneut an und hob eine Augenbraue. „Immerhin bist du ehrlich", stöhnte er. „Ich frage noch einmal, Bay. Was willst du von mir?"

Bay stand auf, ging für einen Moment hin und her und blieb dann stehen, um King anzusehen. „Das weiß ich auch nicht", sagte er. „Aber ich will es herausfinden."

King stand auf, umfasste Bays Handgelenke und hielt sie fest. „*Was* herausfinden?"

„Herausfinden, was mit mir los ist", sagte Bay schließlich. „Wieso ich mich zu dir hingezogen fühle."

„Dafür brauchst du mich nicht", sagte King mit zusammengebissenen Zähnen. „Du bist ein reicher, erfolgreicher Autor. Du kannst dir den besten Psychiater der Welt leisten."

Bay wusste, wohin das führen würde und wurde erneut panisch. „Da täuschst du dich. Ich brauche dich. Ich kann nur nicht erklären, wieso. Ich werde bezahlen – ich werde so viel wie nötig bezahlen."

„Was?" Kings Griff um Bays Handgelenke wurde fester und er zog seine Augenbrauen zusammen. „Was meinst du, du wirst bezahlen?"

„Du bist ein Callboy und ich bin ein Kunde", sagte Bay und löste seine Handgelenke bestimmt aus Kings Griff.

„Fuck!" King warf seine Hände in die Luft. „Machst du jetzt Witze?"

Bay stellte sich aufrecht hin. „Ich nehme das so ernst wie ein Pokerspiel. Oh Scheiße!" Bay sah auf seine Uhr. *Ein Pokerspiel. Ich komme zu spät.* „Was hältst du von Poker?"

„Was zur Hölle soll das für eine Frage sein?"

„Zieh deinen Anzug an. Wir gehen zu einem Pokerspiel."

„Ich werde nichts –"

„Ich werde dir das Doppelte zahlen", sagte Bay. „Ein Tausender pro Stunde."

„Nein!", schnappte King. „So funktioniert es –"

„Okay, dann zweitausend pro Stunde."

Das schien seine Aufmerksamkeit zu wecken.

„Und ein garantiertes Minimum von vier Stunden", fügte Bay hinzu. „Das sind achttausend."

„Hast du das im Kopf gerechnet?", fragte King sarkastisch.

Bay lächelte. „Ich bin ein Mathegenie."

King wirkte, als wäre er hin- und hergerissen zwischen dem Wunsch zu lachen und dem Verlangen, Bay zu töten. „Du weißt, dass Callboys rechnen können?"

„Ich bin mir sicher, du kannst alles tun, was du dir in den Kopf gesetzt hast."

„Schmeicheleien? Für wie oberflächlich hältst du mich? Nein, warte! Sag nichts."

„Wieso?", fragte Bay.

„Weil es egal ist."

Bay wurde erneut unruhig. „Wieso ist es egal?"

„Weil ich heute Abend glücklicherweise in einem Flieger zurück nach New York sitze und bei deinem kleinen Experiment nicht mitmachen kann."

Bay atmete erleichtert aus. *New York? Jesus! Er lebt in New York.*

„Das *wirst* du nicht."

„Doch, werde ich."

„Nein! Wirst du nicht", wiederholte Bay. „Willst du wissen, woher ich das weiß?"

King antwortete nicht.

„Weil du morgen einen Dreh in einem Park in der Nähe des Strips hast."

King sah zu Boden und wandte den Kopf ab, aber Bay hörte den geflüsterten Fluch. Er war sich sicher, dass King vergessen hatte, wie er und der Regisseur diese Kleinigkeit besprochen hatten, während Bay gezwungen gewesen war, den Dreh zu beobachten. *Rache ist süß!*

„Also gut. Ich fliege morgen direkt nach dem Dreh. Glücklich?"

„Ja. Bin ich", sagte Bay und versuchte nicht selbstzufrieden zu klingen, obwohl er sich fühlte, als hätte er seine Karten sehr gut ausgespielt.

Er schien daran zu scheitern, seine Selbstgefälligkeit zu verbergen, denn King funkelte ihn mit zusammengezogenen Augenbrauen an. „Hast du jemals darüber nachgedacht, dass ich gelogen haben könnte, weil ich keine Zeit mehr mit dir verbringen will?"

Bay zuckte innerlich zusammen. Das hatte etwas zu sehr ins Schwarze getroffen und schmerzte, aber Bay wusste, woher dieses Verhalten kam.

„Vier Stunden. Nicht mehr. Nicht weniger", sagte Bay. „Und ich verspreche, du bist rechtzeitig zurück, damit du vor deinem großen Dreh morgen deinen Schönheitsschlaf bekommst."

Bay hatte keine Ahnung, was er sich von den nächsten vier Stunden erhoffte, aber er hatte das Gefühl, dass ihre gemeinsame Zeit entscheidend für ihre Situation sein würde. Er wollte King als Freund oder ihn sich zumindest nicht zum Feind machen. Mehr als das? Er wusste nur, dass er sich extrem zu King hingezogen fühlte, aber wie er damit umgehen würde, musste er später herausfinden. „Okay. Jetzt, da wir einen Deal haben, zieh deinen Anzug an. Und bitte beeil dich. Wir sind jetzt schon spät dran."

King musterte Bay misstrauisch. „Achttausend. Bar. Vier Stunden. Und dann sind wir fertig."

Bay nickte, aber er kreuzte die Finger hinter seinem Rücken.

King drehte sich wortlos um und verschwand im Schlafzimmer.

KING STAND vor dem Spiegel und band seine Fliege. Er bereute seine Entscheidung bei diesem kleinen Experiment mitzuspielen bereits. Was war Bays Ziel? Welches Ergebnis erwartete Bay? Nachdem er über alles nachgedacht hatte, bot sich keine zulässige Schlussfolgerung, also verdrängte er die Frage. Für den Moment würde er sich auf die positiven Dinge konzentrieren.

Das erste waren natürlich die acht Riesen. Er hatte bei vielen Gelegenheiten für sehr viel weniger Geld sehr viel härter gearbeitet, wieso hinterfragte er das also überhaupt? Das Geld nehmen und verschwinden. Er sagte sich, dass das nichts anderes war als jeder andere Termin.

Das nächste war, dass sein Kunde verdammt heiß war und er genoss die Tatsache, dass Bay ihn herausforderte. King liebte nichts mehr als eine gute Herausforderung und als Bay nicht sofort in Kings Arme gefallen war, wollte er noch härter arbeiten.

Aber wenn King vollkommen ehrlich mit sich war, konnte er die Tatsache, dass er Bay wirklich mochte, nicht verleugnen. Sehr. Und da lag das Problem. Bay war mehr als nur gut aussehend. Er war auch klug und konnte charmant sein, erst recht, wenn er sich nicht darum bemühte. King *musste* ihm das lassen. Aber hinter seinem Aussehen schien er einige schwere Unsicherheiten zu verbergen. Er war definitiv nicht ohne seine Fehler und das mochte King an ihm. Mit Bay Whitmans beschädigter Seite konnte er sich identifizieren. Das war etwas, das sie gemeinsam hatten. Und für den Bruchteil einer Sekunde sorgte dieser einfache Gedanke dafür, dass King sich fühlte, als wäre er nicht so einsam, wie er manchmal dachte.

King rückte seine Fliege gerade und musterte sich noch ein letztes Mal im Spiegel. *Ich vermute, wir haben alle unsere Probleme. Das letzte, was du brauchst, ist dich ablenken zu lassen und von Bay Whitman aus dem Konzept gebracht zu werden. Jetzt bring heute Abend hinter dich und schieb deinen Arsch zurück nach New York.*

Als King wieder auftauchte – er trug dieselbe weiße Jacke und schwarze Fliege, die er bei ihrer zweiten Begegnung angehabt hatte – ging Bay auf und ab und sah wiederholt auf seine Uhr.

„Sorry. Ich habe nur einen Smoking dabei", sagte King.

Bay machte sich auf den Weg zur Tür und schien dann zu realisieren, dass King etwas gesagt hatte. Er hielt inne und sah zurück. „Entschuldige? Was hast du gesagt?"

„Ich habe mich entschuldigt, dass ich nur einen Smoking dabeihabe."

„Oh. Das ist okay. Ich sollte mich entschuldigen. Ich bin ein wenig nervös und wir müssen noch in mein Hotel zurück, damit ich mich vor den Cocktails und dem Kartenspiel umziehen kann." Bay sah King an. „Du siehst großartig aus."

„Spar's dir", sagte King.

Bay verdrehte die Augen. „Nun, tust du aber."

WÄHREND KING und Bay ins Parkhaus gingen, herrschte eine größtenteils unangenehme Stille. Bay wirkte ungewöhnlich nervös und auch King war nicht in der besten Stimmung.

Als King auf den Las Vegas Strip bog, spiegelten die blitzenden Lichter des Bally's Casinos sich in der Windschutzscheibe und blendeten ihn ein oder zwei Sekunden lang beinahe. Er fluchte leise. Sie bewegten sich vorwärts, bis King eine rote Ampel bemerkte und vor dem Bellagio anhielt. Bay tippte nervös mit den Fingern auf das Armaturenbrett und King blendete das nervende Geräusch aus und ließ das Fenster herunter. Lee Greenwood sang „God Bless the USA", während die Wasserspiele sich zum Rhythmus bewegten und die Lichter heller und wieder dunkler wurden, wenn sie die Farbe änderten. Er konzentrierte sich auf die Musik und die tanzenden Springbrunnen, während er weiterhin versuchte, Bay Whitman zu verstehen.

Als die Ampel grün wurde, fuhr King das Fenster wieder hoch und trat aufs Gas. Das einzige vernünftige Szenario, das er sich vorstellen konnte war, dass Bay tatsächlich schwul war und irgendeine Art Katz-und-Maus-Spiel mit ihm spielte. Immerhin war er ein Glücksspieler. Aber wieso? Was würde er gewinnen? King in jedem Fall nicht.

Als sie Planet Hollywood erreichten, kam der Verkehr beinahe zum Stehen. Der großen Menschenmenge nach zu schließen, die sich davor gesammelt hatte, fand dort etwas Besonderes statt und einen Moment lang wünschte er sich, dort zu sein. Irgendwo anders, aber nicht in diesem Auto.

Als sie endlich weiterfuhren, war King erneut tief in Gedanken versunken und analysierte noch immer seine Situation. Er bemerkte halbherzig den Eifelturm in Paris, Las Vegas, die intensiven Lichter von Monte Carlo, und schließlich in der Ferne MGM Grand. An diesem Punkt hatte er noch immer keine Ahnung, was Bay vorhatte, also gab er auf. *Oh, wen kümmert es? Am Ende der nächsten vier Stunden werde ich acht Riesen in meiner Tasche haben und morgen Abend bin ich auf dem Weg zurück nach New York. Ich werde Bay Whitman nie wiedersehen müssen.*

„Fahr einfach zum Parkservice", sagte Bay und unterbrach Kings Gedanken. „Ich übernehme das."

Ein Angestellter öffnete die Tür. „Mr. Whitman. Willkommen zurück."

„Danke." Bay gab dem Mann einen Hundert-Dollar-Schein. „Können Sie das Auto vorne stehen lassen? Ich bin spät dran und muss mich umziehen."

„Selbstverständlich", sagte der Angestellte, musterte den gefalteten Geldschein und lächelte. „Ich werde hier auf Sie warten."

Bay nahm den kürzesten Weg zur Drehtür und King war ihm dicht auf den Fersen. Der Aufzug schien sich im Schneckentempo zu bewegen und Bay sah aus, als würde er durchdrehen. Als sie endlich Bays Suite erreichten und er die Tür geöffnet hatte, begann Bay sich im Foyer auszuziehen. Schuhe flogen durch den Raum. Er warf seine Jacke und seine Krawatte über die Couchlehne und sein T-Shirt landete auf dem Boden, ebenso wie seine Hose und Socken.

„Kannst du die Prada-Kleiderhülle aus dem Schrank holen und sie für mich aufs Bett legen, während ich schnell duschen gehe?"

King nickte. „Sicher." Für zweitausend die Stunde lag er beim Sex unten, also konnte er für diese Summe wohl auch einen Anzug bereitlegen.

Er öffnete die Tür zum Schrank und grinste über die Reihe von Markenkleiderhüllen, die darin ordentlich nebeneinander hingen. Aus Spaß zählte er sie und es waren genau zwölf. Er sah die Hüllen durch und las die Namen laut vor, während er nach der Prada-Hülle suchte. Dolce & Gabanna, Hugo Boss, Versace, Burberry, Gucci, Canali, Armani, Z Zenga und die viertletzte war endlich die von Prada. Ohne besonderen Grund las er auch die letzten drei Aufschriften. Brioni, Ralph Lauren und Ike Behar. *Verdammt, dieser Mann hat einen großartigen Klamottengeschmack.* Er nahm die Prada-Hülle heraus und schloss den Schrank widerwillig. Er legte die Hülle aufs Bett und wandte sich ab, um den Raum zu verlassen, aber etwas hielt ihn auf.

King ging zurück und öffnete die Hülle. Er unterdrückte ein Keuchen, als er den umwerfenden schwarzen Anzug, das weiße Hemd, die seidene Weste und die passende weiße Seidenkrawatte sah, die so gepflegt aussahen, dass sie auch brandneu sein konnten. An dem glänzenden Holzbügel war eine Tasche aus Samt befestigt. King leerte den Inhalt auf das Bett und starrte auf ein elegantes Paar Manschettenknöpfe und zwei silberne Kragenstäbchen. King holte den Anzug aus der Tasche und legte ihn aufs Bett. Aus irgendeinem Grund durchsuchte er die Schubladen und fand eine Unterhose, ein weißes T-Shirt und ein Paar schwarze Socken. Er legte alles auf das Bett, trat zurück und betrachtete sein Werk. *Schuhe?*

Er kehrte zum Schrank zurück und fand ein halbes Dutzend Schuhtaschen auf den Regalbrettern. Er erinnerte sich an eine Regel, die er vor Jahren in einer *GQ*-Ausgabe gelesen hatte. Schnürschuhe zu Anzügen und Slipper zu einem Sakko. Er öffnete jede Tasche, bis er fand, was er suchte, verließ den Schrank und stellte die polierten schwarzen Schuhe auf den Boden neben das Bett. Aus irgendeinem Grund bereitete es ihm ein Gefühl des Erfolges, Bays Kleidung hergerichtet zu haben.

Bay räusperte sich und King drehte sich um, um ihn im Türrahmen zum Badezimmer stehen zu sehen. Ein Handtuch hing ihm locker um die Hüften. King biss sich auf die Lippe. Bays halb nackter Körper war ein unvergesslicher Anblick.

Er war nicht übermäßig muskelbepackt, aber er war trainiert und muskulös an den richtigen Stellen.

Bay sah zum Bett und dann wieder zu King. Er warf ihm das wärmste Lächeln zu, das King je gesehen hatte. Noch vor einer Stunde war King bereit gewesen, Bay zu erwürgen und jetzt wurde sein Herz wärmer, als er es für möglich gehalten hatte.

„Danke", sagte Bay. „Ich denke, das ist eines der nettesten Dinge, die jemals jemand für mich getan hat."

„Ernsthaft?", fragte King ein wenig traurig, aber äußerst glücklich, dass er es getan hatte.

„Ja", sagte Bay. „Ernsthaft."

„Nun", sagte King. „Dieses Spiel ist dir offensichtlich sehr wichtig und ich bin froh, dass ich helfen konnte."

„Oh Scheiße", sagte Bay. „Das Spiel. Wir dürfen nicht zu spät kommen."

„Dann lass uns dafür sorgen, dass du angezogen bist."

Bay trat ans Bett heran und ließ sein Handtuch fallen. King wusste, dass er wegsehen sollte, aber er konnte sich nicht überwinden. Bays Schwanz war ein unvergesslicher Anblick. Als Bay merkte, dass er starrte, wurde er rot und drehte sich weg, was King nicht störte, da sein Arsch ebenso beeindruckend war. Rund und fest, was perfekt zu seinen schmalen Hüften passte. Aber die Show endete, sobald Bay seine Unterhose anzog. Dann zog er sein T-Shirt über den Kopf, schlüpfte in seine Socken und nahm die Anzughose, die King ihm hinhielt.

King half Bay in sein Hemd, befestigte die Hosenträger und gab ihm dann seine Weste. Sobald Bay alle Knöpfe geschlossen hatte, schlug er Bays Kragen hoch und begann seine Krawatte zu knoten.

„Ich fühle mich, als hätte ich meinen eigenen persönlichen Diener", sagte Bay. „Und ich glaube, ich könnte mich daran gewöhnen. Hey! Wie viel würde es kosten, dich mit nach Hause zu nehmen?"

„Zu viel", sagte King, schob die Krawatte unter Bays Weste und gab Bay seine Jacke. „Wohin gehen wir überhaupt?"

„Eine private Penthouse-Suite im Bellagio."

King pfiff. „Dann sollten wir besser los."

In der Lobby machte Bay einen Halt am Kassenschalter des Casinos und bekam zwanzigtausend Dollar im Austausch für seine Kreditkarte. Er zählte acht Tausender ab und gab sie King. „Wie versprochen."

King nahm das Geld entgegen, aber statt es in seine Tasche zu stecken, starrte er es einfach nur an. Mit einem Mal fühlte er sich schuldig, weil er es annahm. Aber wieso? Das war ein Geschäft. Nicht anders als jeder andere Auftrag, das redete er sich jedenfalls ein. Aber er wusste es besser und das begann ihm Angst zu machen. Bevor er seine Meinung ändern konnte, faltete er die Scheine und schob sie in die Innentasche seiner Jacke. „Danke."

„Es ist ein Geschäft, das mir Vergnügen bereitet", sagte Bay mit einem Lächeln.

Kings Mietwagen wartete wie versprochen auf sie und zwei Minuten später fuhren sie wieder auf den Vegas Strip.

„Warst du schon mal ein Begleiter bei einem Pokerspiel?", fragte Bay.

„Nein."

„Okay. Also, wenn wir am Pokertisch sitzen", erklärte Bay, „wirst du meine Karten vermutlich sehr gut sehen können. Aber versuch bitte keine Gesichtsausdrücke zu zeigen, die meine Gegner Schlüsse ziehen lassen könnten."

„Du meinst, wenn du zum Beispiel bluffst oder so etwas?", fragte King.

„Genau."

„Verstanden", antwortete King. „Ich gebe mein Bestes."

„Danke."

„Diese Pokersache bringt dich wirklich in Fahrt, hm?"

„Fast wie eine Droge", sagte Bay. „Es ist das einzige Vergnügen, das ich mir erlaube. Nur für mich."

Die Worte *nur für mich* hallten in Kings Kopf wider. Er hoffte, dass er sich eines Tages auch erlauben könnte, etwas *nur für mich* zu tun. Aber wie in der Vergangenheit, war das meistens gefährlich.

„Ich weiß, dass es verrückt klingt", sagte Bay. „Aber es ist die Wahrheit."

„Es gibt eine Sache, die ich nicht verstehe", bemerkte King. „Wenn du kaum dein Apartment verlässt, wie bist du zum Glücksspiel gekommen?"

„Online", sagte Bay.

„Wie bist du auf reale Spiele umgestiegen?"

„Da kam Jack Robbins ins Spiel. Glücksspiel ist genau sein Ding. Also habe ich getan, was er tun würde. Ich habe klein angefangen, vor allem an Pokertischen mit einem Mindesteinsatz von fünf Dollar, aber als ich einen kleinen Erfolg bemerkt habe und begann, mehr Geld zu gewinnen, habe ich langsam den Einsatz gesteigert und jetzt spiele ich mit hohen Einsätzen."

„Was sind für dich hohe Einsätze?", fragte King, mit einem Mal sehr neugierig.

„Oh, ich weiß nicht – alles zwischen zwei und fünftausend Dollar in der ersten Runde."

„Echt jetzt?", sagte King, während er am Bellagio-Hotel vorfuhr. Das würde eine interessante Nacht werden.

11

BAY GING zu dem Aufzug, der direkt in das Penthouse führte und sprach dort den Wachmann an. „Ich bin Bay Whitman und das ist mein Gast, King Slater. Ich werde heute Abend in Mr. Devlins Suite erwartet."

„Kann ich bitte Ihre Ausweise sehen?", sagte der Wachmann.

Bay zeigte seinen Führerschein und King tat dasselbe. Der Wachmann nickte, blätterte durch ein paar Blätter auf einem Klemmbrett und ließ seinen Finger auf jeder Seite von oben nach unten streichen. „Ah, ja. Ich sehe Ihren Namen hier, Mr. Whitman, aber ich kann Mr. Slaters nicht finden."

„Natürlich", sagte Bay. „Ich bin Mr. Slater gerade begegnet und habe ihn eingeladen, mich zu begleiten. Wenn Sie so nett wären und Mr. Devlins Suite anrufen würden. Ich bin mir sicher, dass es gestattet wird."

Der Wachmann tat, worum er gebeten wurde und innerhalb von weniger als einer Minute fuhren sie mit dem Aufzug ins oberste Stockwerk des Hotels.

„Ich war schon einmal in dieser Suite", gab King zu.

„Wirklich?", fragte Bay. „Ist sie schön?"

„Sehr."

Bay nickte nur.

„Wirst du mich nicht fragen, wieso?", fragte King.

„Ich bin mir ziemlich sicher, dass ich die Antwort auf diese Frage bereits kenne."

„Ich nehme an, das tust du", sagte King lächelnd.

„Jemand, den ich kenne?", fragte Bay.

King nickte. „Ohne Zweifel. Aber ich spreche nicht über intime Details."

„Verstehe", sagte Bay. „Da unsere Lippen sich bei mehr als einer Gelegenheit berührt haben, bin ich sehr froh, das zu hören."

Bevor King antworten konnte, öffneten sich die Aufzugtüren und gaben ein rundes marmorverkleidetes Foyer frei. Aus der Suite erklang Lachen und Klaviermusik. Und dann hörte er Schritte und blinzelte zweimal, als Rich Devlin mit einem Drink in der Hand ins Foyer trat.

„Bay! Es wurde Zeit, dass Sie auftauchen. Wir haben angefangen zu glauben, dass Sie uns versetzen!"

„Und mir eine Gelegenheit entgehen lassen, euch beim Poker zu besiegen?", antwortete Bay. „Nie im Leben!"

Rick streckte seine Hand in Kings Richtung. „Rich Devlin."

„Oh verdammt! Wo sind meine Manieren?", sagte Bay. „Rich Devlin, das ist King Slater."

Rich legte den Kopf schief und musterte King genau. „Kennen wir uns?", fragte er. „Sie kommen mir sehr bekannt vor."

King lächelte. *Entweder Rich ist schwul oder er denkt an Jack Robbins.* „Ich glaube nicht", sagte er. „Ich denke, daran hätte ich mich erinnert. Aber es ist großartig, Sie kennenzulernen."

„Ist das Bay?", rief eine Stimme, bevor Zeke Cambridge sich zu ihnen ins Foyer gesellte.

King sah erneut hin. *Heilige Scheiße! Das ist Zeke Cambridge. Ich frage mich, wer zur Hölle da noch drin ist.*

„Hey Zeke", sagte Bay und schüttelte die Hand des Mannes. „Oh, und das ist mein Freund, King Slater."

Zeke schüttelte Bays Hand und dann Kings.

Er musterte King ebenfalls. „Haben wir uns schon einmal getroffen?", fragte er.

„Ich habe dasselbe gefragt", sagte Rich. „Er kommt mir sehr bekannt vor."

„Ich glaube nicht", sagte King. „Aber es ist mir eine Freude, Sie jetzt kennenzulernen."

„Oh, wie auch immer." Zeke zuckte die Schultern. „Kommt rein und holt euch etwas zu trinken, bevor wir das Spiel beginnen."

ALS KING um die Ecke bog, wurden die hellen Lichter des Las Vegas Strips deutlich durch die Wand aus Fenstern sichtbar. Er war ebenso begeistert von ihnen wie beim ersten Mal in dieser Suite. Die blinkenden Lichter schienen so nah zu sein, als könnte man seine Hand ausstrecken und sie berühren.

Er sah sich schnell um und hielt inne, als er das weiße Klavier entdeckte. Brian Addison, ein sehr beliebter Country-Sänger, saß an der Tastatur und ließ seine Finger über die Tasten gleiten, während zwei schöne Frauen auf dem Klavier saßen und ihm beim Spiel zuhörten.

Ich fühle mich, als hätte ich ein alternatives Universum betreten.

Seine Gedanken wurden unterbrochen, als eine attraktive Frau in sein Blickfeld kam, sich bei Rich unterhakte und ihn festhielt. „Bay und King, das ist meine Frau, Luciana."

Bay lächelte. „Dann sind *Sie* ein glücklicher Mann, mein Freund."

Rich sah seine Frau mit offensichtlicher Bewunderung an. „Was Sie nicht sagen."

„Hey!", sagte Zeke, wandte sich zum Klavier und hob sein Glas in Richtung der Frauen am Klavier, die ihre ebenfalls anhoben. „Ich habe ebenfalls Glück."

„Das ist eine Untertreibung", sagte Luciana, während sie eine Handbewegung zum Klavier machte. „Aber ich denke, selbst Jennifer würde zustimmen, dass Brian am meisten Glück hat."

Bay und King folgten Lucianas Blick zum Klavier und starrten die umwerfende blonde Frau an, die neben Zekes Frau saß. Sie warf Brian schmachtende Blicke zu.

„Hey", sagte Luciana, „sogar ich würde sie nehmen."

Richs Gesicht hellte sich auf. „Ernsthaft? Mann! Dafür würde ich so was von bezahlen."

Zeke hob sein Glas und sah Luciana an. „Und ich verdopple, was immer er zahlt."

„Lasst mich mit Cristan reden", neckte Luciana, „und dann melde ich mich bei euch."

Alle lachten.

Zeke nahm Bay und King mit zur Bar hinüber. „Geben Sie diesen Männern was zu trinken und dann legen wir los." Zeke sah über seine Schulter und dann wieder zu ihnen. „Wir treffen uns am Piano. Ich will meine Frau heute Abend nicht zu früh vernachlässigen."

King beugte sich hinüber und sprach sehr dicht an Bays Ohr. „Du hättest mich warnen können, weißt du?"

„Und wo bleibt da der Spaß?", sagte Bay mit einem Lächeln.

„Woher kennst du diese Leute?"

„Entspann dich. Ich habe sie gerade erst getroffen", sagte Bay. „Ich habe mit Rich und Zeke vor ein paar Tagen Karten gespielt und glaub' es oder nicht, sie sind Fans von mir und haben mich eingeladen, bei ihrem freundschaftlichen Spiel mitzumachen."

„Ein freundschaftliches Spiel mit ziemlich hohen Einsätzen, nehme ich an."

Bay lächelte. „Vermutlich."

Sobald sie ihre Getränke bekommen hatten, winkte Zeke sie herüber und als sie das Klavier erreichten, hörte Brian auf zu spielen und stand auf. „Bay." Er streckte seine Hand aus. „Diese Clowns haben mir viel von Ihnen erzählt. Aber nur damit Sie es wissen, ich bin bereits ein großer Fan."

„Gleichfalls", sagte Bay und deutete dann auf Rich und Zeke. „Woher kennen Sie die besagten Clowns?"

Brian lachte leise. „Ich schreibe den Soundtrack für ihren nächsten Film und wir haben uns einfach gut verstanden, nehme ich an."

Bay lächelte. „Ja! Sie sind ziemlich nette Leute."

„Ach was", sagte Rich und wuschelte durch Zekes Haar. Dann stellte er alle vor und sie gaben einander die Hände.

„Sorry, dass ich das Spiel letztens verpasst habe", sagte Brian und blickte seine Frau voller Verehrung an. „Cristan war ein wenig unpässlich und ich wollte sie nicht allein lassen."

„Das ist sehr bewundernswert", sagte Bay und lächelte Cristan an. Sie war umwerfend, sehr schwanger und ließ eine Hand auf ihrem Bauch ruhen. „Die Schwangerschaft steht Ihnen auf jeden Fall gut. Sie strahlen unglaublich."

Cristan lächelte. „Danke. Übrigens habe ich Ihr letztes Buch *Revenge in Monte Carlo* gelesen, nachdem Brian es mir empfohlen hat, und ich muss sagen, dass ich sehr beeindruckt bin. Jack Robbins ist ein faszinierender Mann."

Rich schnippte mit den Fingern und deutete auf King. „Das ist er", sagte er. „Ich wusste, dass ich Sie erkannt habe."

Oh Scheiße! Kings Herz sank in seine Magengrube und er sah Bay an. Bay hatte sich scheinbar gut unter Kontrolle und wirkte nicht im Geringsten nervös.

„Sie sind das Model auf dem Einband von *Revenge in Monte Carlo*. Sie sind Jack Robbins."

„Sie haben recht", sagte Zeke und sah zwischen Rich und King hin und her.

King lächelte nervös, aber bevor er etwas sagen konnte, sprang Bay dazwischen. „Nun, King. Sieht so aus, als wäre deine Anonymität gerade aufgeflogen."

„Oh, kommen Sie." Rich schlug King auf den Rücken. „Bei uns ist Ihr Geheimnis sicher."

„Großartiges Cover übrigens", sagte Cristan.

„Danke", antwortete King, der sich überhaupt nicht wohl dabei fühlte, unehrlich zu sein.

Brian bot Cristan seine Hand an und sie rutschte vom Klavier. „Lasst uns anfangen."

Bay half Jennifer ebenfalls auf die Füße. Als Luciana ihren Arm in Kings einhakte und Jennifer Bay an der Hand nahm, sahen Rich und Zeke einander an und ihre Blicke sagten deutlich *was zur Hölle?*

Kurz bevor Luciana King zum Pokertisch zog, hörte er Zeke sagen: „Wir haben scheinbar den Cut nicht überstanden."

Der Tisch war mit mehreren Karten- und Chips-Stapeln vorbereitet, die vor vier Stühlen positioniert waren. Brian, Rich und Zeke nahmen ihre Plätze am Tisch ein und ihre Frauen saßen jeweils ein Stück hinter ihnen, sodass sie einen klaren Blick auf die Karten ihre Ehemänner hatten.

„King?", fragte Rich. „Sind Sie als Spieler oder Beobachter hier?"

„Ich denke, diese Einsätze sind möglicherweise ein wenig hoch für meinen Geschmack", sagte King ehrlich. „So ein einfaches Covermodel verdient nicht so viel Geld wie ein Schauspieler, also werde ich nur zusehen. Wenn das okay ist."

Rich klopfte King auf den Rücken. „Ich denke, ich mag Sie."

King zog sich einen weiteren Stuhl heran und stellte ihn, in Imitation der Frauen, direkt hinter Bays Platz. Niemand hatte angedeutet, dass er und Bay mehr als Freunde sein könnten, also fühlte es sich ein wenig seltsam an wie die Ehepartnerinnen zu sitzen. Natürlich waren sie, abgesehen von einigen seltsamen Küssen, nicht mehr als Freunde. Und nicht einmal wirklich das.

Aber überraschenderweise stellte King fest, dass er es mochte, ein unterstützender Partner zu sein. Es wärmte ihn. Er war schon immer ein Einzelgänger gewesen, wenn es um Dinge des Herzens ging, daher gefiel es ihm, so zu tun, als wäre er mit jemandem verbunden. Selbst wenn es nicht real und nur für das Geld war.

Während die Männer es sich bequem machten, kam King nicht umhin, an die eine echte Beziehung in seinem Leben zu denken. Wie die meisten Dinge hatte er sie königlich zerstört. Aber das – das konnte er tun. Er konnte den ganzen Abend hier sitzen, um Bay zu unterstützen. Es war sein Job und sobald er damit fertig war, war es vorbei. Er würde von niemandem etwas fordern und niemand etwas von ihm. *Das Beste beider Welten.*

Zekes Stimme riss King aus seinen Gedanken.

„Da das ein freundschaftliches Spiel ist, lasst uns einfach anfangen und erst mal ein wenig Five Card Draw spielen. Alle einverstanden?", fragte Zeke.

Die Männer sahen einander an und nickten.

„Zwei Riesen als Einsatz?", fragte Rich. Er sah sich am Tisch um und niemand hatte etwas einzuwenden.

„Wer die höchste Karte hat, gibt als erstes", sagte Zeke und fächerte die Karten verdeckt auf dem Tisch auf. Rich hatte die höchste Karte, also nahm er den Stapel, mischte und gab die erste Hand aus.

Während King zusah, nahm Bay seine fünf Karten, fächerte sie in seiner Hand auf und neigte sie dann so, dass King freie Sicht darauf hatte. King sah eine Kreuz-Sechs, eine Herz-Sechs, ein Karo-Ass, eine Pik-Königin und eine Herz-Vier.

Da Bay links vom Dealer saß, war er als erstes an der Reihe, einen Bet zu setzen. „Bay?", fragte Rich.

„Dreitausend", sagte Bay und warf drei Chips in die Mitte des Tisches.

King fand, dass Bay verrückt war, wenn er drei Riesen wegen zwei Sechsen riskierte, aber er erinnerte sich, worum Bay ihn gebeten hatte und gab sein Bestes, um sein Gesicht ausdruckslos zu halten.

„Sie verschwenden keine Zeit", sagte Brian, während er zwischen seinen Karten und Bay hin und her sah. „Ich weiß nicht, wieso, aber ich bin dabei." Er nahm drei Chips und fügte sie zu dem Haufen hinzu.

„Ich auch", sagte Zeke und warf die passenden Chips.

„Und der Dealer ist auch dabei", sagte Rich und schob seine Chips in die Mitte des Tisches.

Jetzt war Bay wieder dran. King wusste ein wenig über Poker und wenn er an seiner Stelle wäre, würde er die beiden Sechsen behalten und den Rest ablegen. Aber King war schockiert, als Bay die Königin und die Vier verdeckt auf den Tisch legte. „Zwei, bitte."

Ich nehme an, er hofft auf ein Doppelpaar mit Assen.

Brian verlangte vier Karten, was vermutlich bedeutete, dass er nichts hatte. Zeke warf drei verdeckte Karten auf den Tisch, was zeigte, dass er ein Paar behielt.

Nachdem Bays, Brians und Zekes Karten verteilt worden waren, gab Rich sich selbst nur eine. *Er muss auf eine Straße, einen Flush oder ein Full House hinarbeiten. Bay sollte besser vorsichtig sein.*

Bay nahm die beiden Karten auf die Hand. Als er sie auffächerte, sah King eine Herz-Neun und einen Karo-Buben. Oder anders gesagt: nichts. Er hatte fünftausend gesetzt und ein Paar Sechsen auf der Hand.

King beobachtete Rich, der Bay musterte. Schließlich lächelte Bay zurückhaltend. „Ich erhöhe um fünftausend", sagte er und fügte fünf Chips zum Stapel hinzu.

„Zu viel für mich", sagte Brian und warf seine Karten zum Dealer.

Zeke sah zwischen Bay und Rich hin und her, musterte erneut seine Karten und schob schließlich fünf Chips in die Mitte des Tisches. „Ich gehe mit und erhöhe um fünftausend."

„Scheiße", sagte Rich. „Ich bin raus. Zehntausend für dich, Bay."

Zeke starrte Bay nieder, aber King konnte Zekes Gesichtsausdruck nicht deuten.

Bay sah ein weiteres Mal seine Karten an; offensichtlich trieb er das Spiel auf die Spitze und hob dann seinen Blick erneut, um Zekes zu begegnen. Schweiß begann sich auf Kings Stirn zu bilden. Und es war nicht einmal das Geld. Aber als Bay zehn Chips abzählte und sie in die Mitte des Tisches schob, hätte er beinahe die Beherrschung verloren. „Ich gehe mit."

Bay war ruhig, entspannt und gefasst. Während King kurz davor war, in Ohnmacht zu fallen, weil er die Luft anhielt und auf Zekes nächsten Zug wartete, hatte er sich wie ein Profi unter Kontrolle. Die nächsten paar Sekunden fühlten sich beinahe so an, als wäre die Zeit stehengeblieben. Alle sahen zwischen Zeke und Bay hin und her und der Raum war so ruhig, dass man eine Stecknadel hätte fallen hören können.

Und dann war zu Kings Überraschung alles so schnell vorbei, wie es begonnen hatte. Statt seine Karten aufzudecken, sah Zeke weg, fluchte leise und warf sie auf den Tisch. „Verdammt", zischte er. „Ich habe nichts."

King atmete erleichtert aus, zog ein weißes Taschentuch hervor und wischte sich den Schweiß von der Braue. Bay hingehen neigte den Kopf, lächelte und sagte: „Ich habe zwei Sechsen."

„Mistkerl", sagte Zeke mit einem Lächeln. „Netter Bluff, Mann."

Bay nickte, während er seine Hände um den Stapel Chips schloss und ihn zu sich zog. Er sah King an und zwinkerte. King lächelte und wischte erneut über seine Braue.

In den nächsten Stunden wechselte die Führung immer wieder, jeder Mann verlor und gewann mal, aber am Ende des Abends hatte Bay um Längen gewonnen. King war froh, dass es vorbei war, die emotionale Achterbahnfahrt hatte ihn erschöpft. Wieder und wieder.

Man musste Bay zugutehalten, dass er King in beinahe jedes Spiel einbezogen hatte, entweder mit geflüsterten Worten, Blickkontakt oder Gesichtsausdruck und King hatte nervös bemerkt, dass es ihm gefiel, Bay zu unterstützen. Als das Spiel endete und alle sich verabschiedet hatten, traten King und Bay in den Aufzug. Sie winkten ein letztes Mal und als die Türen sich schlossen, seufzte Bay schwer.

„Alles okay?", fragte King.

„Ja, mir geht es gut", sagte Bay. „Aber danke fürs Fragen."

„Bist du dir sicher?", fragte King und bemühte sich, nicht urteilend zu klingen. „Das Seufzen, das ich gerade gehört habe, sagt mir etwas anderes."

Bay schwieg lange und als er schließlich sprach, war seine Stimme müde. „Es ist anstrengend, so zu tun, als wäre man jemand, der man nicht ist. Besonders wenn die Person, die du zu sein vorgibst, direkt neben dir sitzt."

Kings Herz brach ein bisschen für Bay, weil er alles darüber wusste, wie es war, sich zu verstellen. *Scheiße!* Sein ganzes Leben war eine einzige Scharade, ob vor laufender Kamera oder nicht.

12

ALS KING vom Strip auf die Einfahrt zu Bays Hotel einbog, konnte Bay nicht glauben, wie schnell die Zeit verflogen war, seit sie das Bellagio verlassen hatten. Er und King hatten sich den ganzen Abend über ununterbrochen unterhalten. Von ihren bodenständigen und freundlichen Gastgebern bis zu den Spielen und der Geldmenge, die über den Tisch ging, hatten sie alles abgedeckt.

Das flaue Gefühl in Bays Magengrube setzte erneut ein. Es war dasselbe Gefühl, das er gespürt hatte, als King ihn früher am Abend gebeten hatte, sein Hotelzimmer zu verlassen. Er wusste, dass es vorbei war. Er hatte keine Ahnung, was diese paar Stunden ihm einbringen würden, falls überhaupt irgendetwas, aber er war dankbar, als er sah, wie der Verkehr sich im Schneckentempo auf den Eingang des Hotels zubewegte. Er wusste, dass seine und Kings Zeit sich dem Ende näherte. Es verlängerte nur das Unvermeidliche. Er hatte King schließlich sein Wort gegeben und er würde es halten. Hinter dem Rücken gekreuzte Finger hin oder her.

Bay hatte es so sehr genossen, jemanden bei sich zu haben. Scheinbar jemanden hinter sich zu haben. Er hatte King in jedes Spiel eingebunden und es genossen, Kings Input zu bekommen. Er war immer ein Einzelgänger gewesen, aber bisher hatte er sich nie einsam gefühlt. King hatte etwas in ihm berührt, von dem er nie gewusst hatte, dass es ihm fehlte und jetzt war er sich nicht sicher, ob er in sein altes Leben zurückkehren konnte. Er hatte einen Vorgeschmack davon bekommen, was es bedeutete, ein Teil eines Ganzen zu sein. Ein Team. Und es fühlte sich gut an.

Während sie sich dem Eingang näherten, fragte Bay sich, wie es wäre, King als Gefährten oder gar Liebhaber zu haben. Die eine Option tröstete und die andere erregte ihn. Aber das war eine alberne Fantasie. King war ein Pornodarsteller und Callboy und Bay war ein Nerd und Einzelgänger. Sie wären ein unmögliches Paar.

Als King endlich vor den Haupttüren vorfuhr und den Wagen anhielt, wirkte er zögerlich, als er Bay ansah. „Wir sind da."

„Wie wäre es mit einem Absacker?", fragte Bay ein wenig verzweifelt.

King sah auf seine Uhr und dann wieder zu Bay. „Nun, theoretisch hast du für vier Stunden bezahlt und nach meiner Rechnung hast du noch zwanzig Minuten übrig. Also sicher. Wieso nicht? Ich möchte definitiv, dass du bekommst, wofür du bezahlt hast."

Bay lächelte. „Das weiß ich zu schätzen."

Auf dem Weg nach oben zu seiner Suite machte Bay einen Halt beim VIP-Concierge und bestellte zur Feier des Tages eine Flasche dieses Champagners von Boërl und Kroff Brut, den der Prinz an ihrem gemeinsamen Abend bestellt hatte. Schließlich *hatte* er recht gutes Geld gewonnen, wieso sollte er also nicht ein wenig davon genießen. Es war seiner und Kings letzter gemeinsamer Drink und Bay würde am nächsten Abend nach Hause fliegen, was bedeutete, dass seine Sozialkontakte bis zum nächsten Erscheinungsdatum eines Buches endeten.

Während sie auf den Champagner warteten, zog Bay seine Jacke, seine Weste und seine Krawatte aus und trat seine Schuhe von den Füßen. King zog ebenfalls seine Jacke aus, löste seine schwarze Fliege auf eine Art, die sehr an Jack erinnerte, und ließ die Enden um seinen Hals liegen.

Als der Champagner kam, gab Bay King die Flasche. „Würdest du mir bitte die Ehre erweisen?"

Bay unterschrieb für die Lieferung, gab dem Zimmerservice ein Trinkgeld und schloss die Tür. Er sah zu, wie King sich vorsichtig an der Flasche zu schaffen machte und hörte innerhalb von Sekunden das vertraute Ploppen des Korkens. King schenkte jedem ein Glas ein und Bay deutete zur Couch, auf der sie sich nebeneinandersetzten.

Bay hob sein Glas. „Auf dich, King."

„Mich?", fragte King. „Wieso mich?"

„Weil du alles bist, was ich nicht bin."

„Warte mal einen Moment", sagte King. „Stell mich nicht auf ein Podest. Ich werde dafür bezahlt, dass ich Sex mit fremden Männern habe. Wie ist das etwas, auf das ich stolz sein kann?"

„Weil du weißt, wer du bist und was du tust und dazu stehst", sagte Bay. „Du tust das, was du tust, mit Selbstvertrauen und nach allem, was ich gesehen habe, ohne deinen Selbstrespekt zu gefährden."

Bays Stimme zitterte und er hielt einen Moment inne. Er wollte sein Argument zu Ende führen, ohne die Beherrschung zu verlieren. „Für mich …", sagte er schließlich, „sorgt das dafür, dass meine Art zu leben schwach und feige wirkt."

„Hör auf", sagte King. „Das ist nicht wahr. Ich habe dich heute Abend beobachtet. Du warst offen, gewinnend und ein starker und selbstbewusster Mann."

Bay sah weg. „Nach außen hin vielleicht, aber das war nicht ich", sagte er. „Ich habe nur eine Rolle gespielt."

King legte den Kopf schief und sah Bay fragend an. „Hast du jemals darüber nachgedacht, dass du Jack Robbins ähnlicher bist, als du denkst?"

Das ließ Bay herzlich lachen.

„Lach so viel du willst", sagte King, „aber ich denke, dass ich recht habe. Du hast diesen Charakter erschaffen. Das muss irgendwo hergekommen sein. Und –" King tippte mit einem Finger gegen Bays Brust. „– ich glaube, dass es von hier kam."

„Wenn das nur wahr wäre", sagte Bay, sah weg und hatte das Gefühl, er würde gleich die Kontrolle verlieren.

Als Bay dachte, dass er sich genug gesammelt hatte, um ruhig zu bleiben, wandte er sich wieder King zu. Er gab sein Bestes, um ein ehrliches Lächeln zu zeigen. „Mann. Du bist verdammt gut in dem, was du tust und jeden Cent wert."

Bay realisierte, wie das geklungen hatte und wollte es zurücknehmen. Er hatte es als Kompliment gemeint, aber als die Worte seinen Mund verließen, klangen sie respektlos, herablassend und unhöflich. Bay bemerkte eine kleine Veränderung in Kings Gesicht und verfluchte sich selbst.

„Oh Gott. Das klang furchtbar und war überhaupt nicht, was ich gemeint habe. Es sollte ein Kompliment sein", versuchte Bay zu erklären. „Du *bist* gut in dem, was du tust. Du liest in den Leuten und bist intuitiv genug, um zu wissen, was sie brauchen und kannst es ihnen geben. *Das* ist eine großartige Fähigkeit."

Kings Gesicht hellte sich ein wenig auf. Er sah auf seine Uhr. „Fürs Protokoll, ich bin seit dreißig Minuten außer Dienst. Was mich daran erinnert ..." King griff in seine Tasche, zog das Geld hervor, das Bay ihm zuvor gegeben hatte und legte es auf den Tisch vor ihnen. „Ich kann das nicht mit gutem Gewissen annehmen."

„Was?", fragte Bay. „Natürlich kannst du es nehmen. Wir hatten eine Absprache."

„Ja, nun", sagte King. „Ich breche die Absprache."

Bay nahm das Geld und versuchte es King zurückzugeben, aber King schob Bays Hand weg. „Nein. Ich nehme es nicht."

„Wieso?"

„Weil es sich aus irgendeinem Grund nicht länger richtig anfühlt. Und meiner Erfahrung nach ist es nicht richtig, wenn es sich nicht richtig anfühlt."

Die beiden Männer sahen sich an und die Zeit stand still, bis King schließlich wieder sprach. „Hör mal, ich hatte einen großartigen Abend. Ich habe zum ersten Mal seit langer Zeit genossen, in einer sozialen Situation zu sein. Es fühlte sich an wie ..." Er sah weg.

„Wie?", drängte Bay.

King drehte sich um und sah ihn an. „Ich kann nicht glauben, dass ich das sage, aber selbst wenn es nur für eine Weile war, fühlte es sich an, als hätte ich" – er sah erneut weg, aber Bay hörte seine gemurmelten Worte klar und deutlich – „zu dir gehört."

Plötzlich dröhnte Lust in Bays Kopf wie Kirchenglocken an einem Sonntagmorgen. Er wusste nicht, was ihn antrieb, aber er legte sanft einen Finger unter Kings Kinn und drehte dessen Gesicht wieder zu ihm. Und dann beugte Bay sich vor, umfasste Kings Nacken mit seiner anderen Hand und zog King an sich. Sie waren einander so nah, dass Bay Kings Atem auf seinem Gesicht spüren konnte. Bay konnte dessen Blick nicht einordnen, aber Scheiß drauf. Er wollte das. Mit einem Mal war er die Katz-und-Maus-Spiele leid.

Bay hatte noch immer keine Ahnung, was seine Handlung auslöste und es war ihm egal. Hetero oder schwul, richtig oder falsch, er wollte King küssen. Und er wollte es jetzt tun. Er zog King näher und drückte seine Lippen auf Kings. Als

King nicht zurückwich, bat Bay mit seiner Zunge um Einlass und King öffnete sich ihm auf herrliche Art und Weise. Während er mit seiner Hand Kings Nacken fest umfasste und seine Zunge den warmen, feuchten Mund erkundete, fühlte Bay sich ermächtigt. Etwas, das er als Bay Whitman bisher nie gefühlt hatte.

Bay erreichte plötzlich neue Höhen. So hoch sogar, dass die Luft dünn würde und ihm den Atem nahm. Während Blut in seinen Schritt rauschte, breitete Gänsehaut sich auf seinem ganzen Körper aus. Er war ein Nervenbündel, durchsetzt mit Angst, aber erstaunlicherweise verdammt erregt. Bay streichelte instinktiv über Kings Brust und seine Bauchmuskeln wie ein kranker Mann, der endlich seine Medikamente bekam. Diese unerwartete Offenbarung schob Bay in seinen Hinterkopf, um sie später zu analysieren.

Als der Kuss endete, zog Bay sich zurück und sah King in die Augen. „Hast du jemals zu jemandem gehört?", fragte er.

Kings Gesicht zeigte Unwohlsein und Schmerz. Aber man musste ihm zugutehalten, dass er nicht wegsah. „Einmal", sagte er. „Aber wie mit den meisten Dingen, habe ich es vermasselt."

„Das tut mir leid", sagte Bay und sah weg. „Aber das ist ein Mal mehr, als ich es hatte."

Als Bay ihn wieder ansah, füllten Kings Augen sich mit Tränen.

Mit einem Mal brach Bays Herz für King und er hatte einen überwältigenden Drang, ihm näher zu sein. Bay beugte sich erneut vor, aber er erstarrte, als King sich versteifte.

„Hör auf", flüsterte King. „Bitte hör auf. Ich kann das nicht."

Bay hörte nicht richtig. Das konnte nicht sein. Er bot King etwas an. Er war nicht sicher, was, aber etwas. Ihn selbst, vielleicht. Und es war etwas, das King, seit sie sich zum ersten Mal getroffen hatten, gewollt hatte. Jetzt wies King ihn ab? Aber vielleicht hatte King die ganze Zeit Jack gewollt – den coolen, kultivierten Jack, der Sexappeal ausstrahlte – nicht den schüchternen, sensiblen Bay, der mit emotionalem Ballast und dem Verlangen nach einer Verbindung daherkam.

„Wieso?", fragte Bay. „Ich meine, es tut mir leid. Ich habe das noch nie zuvor getan und ich bin mir sicher, ich mache alles falsch, aber –"

„Nein!", sagte King. „Es liegt nicht an dir. Ich muss gehen."

Die Zurückweisung überflutete Bay wie ein Tsunami. Er stand auf und legte die Hände an den Kopf. *So dumm, Bay! Wieso sollte King dich wollen? Er ist ein gut aussehender, selbstbewusster Mann und du bist nur ein unsicherer, unsozialer Nerd. Jetzt weißt du, wieso du es nicht versuchen solltest. Du dummer Narr!*

„Es tut mir leid", murmelte King, schüttelte den Kopf und stand auf.

„Ich verstehe", sagte Bay und sammelte so viel Stolz zusammen, wie er konnte. „Es ist okay. Ich verstehe. Geh einfach."

King nahm seine Jacke und verließ mit unleserlichem Gesichtsausdruck die Suite. In den hinteren Ecken von Bays Geist schrie er Kings Namen, flehte ihn an, zu bleiben, aber kein echtes Geräusch verließ seinen Mund. Er lag auf der Couch und fühlte sich erschöpft und verloren.

BAY ERWACHTE vom Geräusch seines klingelnden Handys. Er stand auf, blinzelte in das helle Sonnenlicht, das durch die Balkontüren strömte und stolperte durch den Raum zu seiner Anzugjacke. Er durchsuchte seine Tasche, holte sein Handy hervor und sah auf das Display. *Rachel.*

Er wischte mit seinem Finger über den Bildschirm. „Hey."

„Raus aus den Federn, Mr. Bestseller-Autor. Heute wird ein großartiger Tag", sagte seine Assistentin.

Bay rieb mit Daumen und Zeigefinger über seine Augen. Er wünschte, er könnte dagegen wetten. „Wie viel Uhr ist es, Rae?"

„Sechs Uhr", sagte sie in ihrer fröhlichen frühmorgendlichen Stimme. „Erinnerst du dich, dass du mich gebeten hast, anzurufen, um sicherzugehen, dass du wach bist?"

„Oh ja. Das habe ich vergessen", sagte Bay. Er fürchtete sich bereits vor den Interviews und Signierstunden, die für den Tag angesetzt waren.

„Nun, du hast Glück gehabt, ich nämlich nicht. Und so, wie du klingst, bin ich mir ziemlich sicher, dass ich dich geweckt habe. Jetzt beweg dich. Wir treffen uns um punkt halb acht in der Lobby."

„Ok."

„Oh, und Bay?"

„Ja?"

„Trag den kohle-grauen Zegna-Anzug mit dem hellgrauen Hemd. Das wird im Fernsehen großartig aussehen."

„Ja, Ma'am", sagte Bay ohne Begeisterung. „Um wie viel Uhr ist das erste Interview?"

„Zehn nach acht. Und wir haben etwas mehr als eine Stunde Zeit, um zum nächsten Sender für das zweite Interview um zwanzig nach neun zu kommen. Außer wir landen in dichtem Verkehr, sollte alles gut klappen."

„Und die Signierstunden?", fragte Bay.

„Zwei unterschiedliche Orte, um ein Uhr und um fünf Uhr. Genug Zeit, um dich zum Flughafen zu bringen." Rachel räusperte sich. „Wo wir gerade von Signierstunden sprechen, wie stehen die Chancen, dass du den Jack-Robbins-Doppelgänger wieder zum Auftauchen bringen kannst?"

„Null", sagte Bay mit hundertprozentiger Sicherheit.

Rachel seufzte. „Zu schade. Er sieht ziemlich gut aus und, Herrgott, die Leute haben ihm aus der Hand gefressen. Ich kann immer noch nicht glauben, dass du ihn vor mir versteckt hast."

„Ich habe ihn nicht vor dir versteckt, Rae. Ich habe dir gesagt, dass ich den Mann gerade erst kennengelernt habe. Das ist alles ein großer Zufall und vertrau mir, wenn ich dir sage, dass er mit allem nichts zu tun haben will."

„Bist du sicher? Ich könnte ihn anrufen. Wir würden bezahlen, weißt du?"

„Er ist schon in einem Flugzeug nach Hause. Du würdest deine Zeit verschwenden."

Bay wusste, dass das nicht ganz der Wahrheit entsprach, aber er wollte nicht, dass Rachel erfuhr, dass King sich vermutlich gerade für den Beginn einer Pornoszene vorbereitete. Oder noch schlimmer, dass sie versuchte, ihn zu kontaktieren. Vermutlich würde er zehntausend Meter in der Luft sein, bis Bay bei seiner ersten Signierstunde ankam.

„Zu schade", sagte Rachel und klang enttäuscht.

„Hör mal, Rae. Es wird spät und ich muss packen, duschen und mich anziehen. Wir sehen uns gleich unten."

Bay beendete das Gespräch und warf das Telefon auf den Stuhl. Er streckte sich und verfluchte gedanklich die unbequeme Couch. Die halb leere Champagnerflasche und die beiden Gläser standen dort und verhöhnten ihn, also brachte er sie zur Bar. Dann setzte er sich auf die Couch.

Er starrte auf den leeren Platz neben sich und erinnerte sich, dass King nur vor wenigen Stunden dort, live und in Farbe, gesessen hatte. Und um es noch schlimmer zu machen, hatte Bay ihn erneut geküsst. Sein Gesicht wurde heiß und er stützte den Kopf in die Hände. Er hatte sich vollkommen blamiert. Wie üblich. Er hatte King gegenüber betont, wie hetero er war und ihn dann geküsst. Erneut. „Was zur Hölle hast du gedacht?"

Als der Schock verblasste, wurde er durch Schmerz ersetzt. Seine verletzten Gefühle. Die Zurückweisung. All das kam an die Oberfläche. Bay schob alles in die Tiefen seiner Gedanken zurück. Er hatte noch einen Tag mit Promotionsarbeit vor sich, den er überstehen musste und dann würde er in den letzten Flieger des Tages steigen und am nächsten Morgen wieder in New York sein. Bay stand auf und ein Bild von ihm und King, wie sie sich auf der Couch küssten, blitzte vor seinen Augen auf. Eine Reihe von Gefühlen von Verlegenheit bis zu Scham und allem dazwischen flutete ihn. *Bin ich wirklich schwul?*

Er schüttelte den Kopf, um das Bild loszuwerden und ging verwirrt in sein Schlafzimmer. Er dachte wieder und wieder über diese Frage nach, während er packte, sich auszog, duschte und sich wieder anzog. Am Ende knotete er seine Krawatte und entschied, dass es nicht wirklich wichtig war. Er würde nie wieder seine Komfortzone verlassen. Er war ein Risiko eingegangen und alles war ihm um die Ohren geflogen. Er war nicht viel, jedoch ein Mann, der aus seinen Fehlern lernte.

Bay schlüpfte in seine Anzugjacke, benutzte ein wenig Rasierwasser, schob die Flasche in sein Handgepäck und schloss es. Er ging ins Foyer, sah sein Spiegelbild an und erkannte, wie vollkommen schrecklich er aussah. Er wollte sich zusammenrollen und eine Woche schlafen, aber er hatte Verpflichtungen und er konnte Rachel und seinen Verlag nicht enttäuschen. Also rückte er seine Krawatte gerade, strich sich das Haar aus dem Gesicht und begann sein Ritual, um Bay Whitman abzustreifen und zu Jack Robbins zu werden.

13

KING BOXTE in sein Kissen und schnaubte frustriert, während er zum gefühlt hundertsten Mal, seit er irgendwann nach Mitternacht ins Bett gekrochen war, auf seinen Wecker sah. *Drei Minuten nach acht.*

Er wusste, dass es Zeit war aufzustehen und die Hoffnung, den Schlaf nachzuholen, der ihm in der Nacht gefehlt hatte, aufzugeben. Außerdem musste er um viertel nach neun geduscht und fertig sein, um rechtzeitig zu seinem Dreh zu kommen. Nach dem Mittagessen hatte er einigen Fotos zu Werbezwecken im Studio zugestimmt und danach konnte er nach Hause gehen.

King schlug die Decke zurück und gab seinen nackten Körper dem kühlen, klimatisierten Raum preis. Dank der schwarzen Vorhänge, die vor den Balkontüren hingen, war es in seinem Schlafzimmer noch immer dunkel.

Er seufzte, setzte sich auf und stellte dann die Füße auf den Boden. Nach einem kurzen Zwischenstopp im Badezimmer, setzte er sich ans Fußende des Bettes und richtete die Fernbedienung auf sein Fernsehgerät. King würde alles tun, um die Gedanken an Bay Whitman zu vermeiden und inzwischen waren die morgendlichen Nachrichten seine einzige Option. Außerdem war er vollkommen sicher, dass der Präsident der Vereinigten Staaten am Abend zuvor irgendetwas Widerliches gesagt oder getan hatte und erneut Schlagzeilen machte.

King zappte durch die Kanäle und stoppte bei den nationalen Nachrichtensendern, nur um zu sehen, dass die ihre morgendlichen Newssendungen bereits beendet hatten. Als nächstes sah er sich die lokalen Sender an und hielt inne, als er einen fand, der gerade mitten in den News war.

„Und das sind die aktuellen Nachrichten des Morgens", sagte der Moderator, während er seine Notizen ordnete und in die Kamera lächelte. „Jetzt zu dir, Jessica."

Verdammt. Ich habe es gerade verpasst.

Die Kamera wechselte zu einem anderen Set und Kings Unterkiefer klappte herunter. Vor ihm war exakt, was er die ganze Nacht versucht hatte zu vergessen. Bay Whitman. Er sah umwerfend aus in seinem dunkelgrauen Anzug und lächelte breit in die Kamera. Er saß neben einem lebensgroßen Pappaufsteller von Jack Robbins und die Interviewerin hatte eine Ausgabe von *Revenge in Monte Carlo* in ihrem Schoß liegen.

Die lebhafte blonde Frau mit den strahlendweißen perfekten Zähnen hob das Buch hoch. „Wir von KTNV freuen uns sehr, heute einen besonderen Gast willkommen zu heißen. Bay Whitman, Autor von zahlreichen New-York-Times-Bestsellern, wird heute mit uns über seinen neusten Jack-Robbins-Roman *Revenge in Monte Carlo* sprechen."

Sie wandte sich an Bay. „Guten Morgen, Bay, und vielen Dank, dass Sie sich trotz Ihres vollen Terminplans ein paar Minuten Zeit für uns nehmen."

Die Kamera zoomte an Bay heran. „Es ist mir ein Vergnügen, Jessica", sagte er. „Danke für die Einladung."

King sah genauer hin. „Jesus", flüsterte er. „Er sieht scheiße aus."

Mit einem Mal fühlte King sich schuldig und er gab sein Bestes, um seine Sorge in den hintersten Winkel seiner Gedanken zu schieben. „Besser gesagt, er sieht aus, wie ich mich fühle", fügte er hinzu.

Bays Gesicht war mit dem üblichen deckenden Make-up zugekleistert, aber es half wenig, um die dunklen Ringe unter seinen Augen zu verstecken. King hatte erst gestern in diese Augen gesehen, und Mann, was für einen Unterschied ein Tag machte.

Bay schien etwa so viel Schlaf gehabt zu haben wie er. „Ich bin daran schuld", gestand King sich laut ein. Er konnte diese Gefühle nicht länger unterdrücken. „Ich habe ihn für eine Herausforderung gehalten. Und nachdem ich ihn mürbe gemacht habe und er nachgegeben hat, habe ich ihn abgewiesen."

Die Stimme der Interviewerin, die für diese Uhrzeit irritierend munter war, durchbrach seine Konzentration. „Okay. Ich fange direkt an", sagte sie. „Mann oh Mann, Jack Robbins ist ein verdammt heißer Charakter."

Bay kicherte. „Ja, das höre ich oft."

„Es wurde bei mehr als einer Gelegenheit gesagt, dass die Figur des Jack Robbins' auf Ihnen und Ihrem Leben beruht. Ist das wahr?"

Dieses Mal lachte Bay. „Das, Jessica, könnte nicht weiter von der Wahrheit entfernt sein."

„Komm schon, Bay", flehte Jessica. „Sie können ehrlich zu mir sein. Erwarten Sie wirklich, dass ich Ihnen glaube, dass Sie sich das alles ausdenken?"

„Das tue ich. Es ist alles Fiktion. Ich schwöre es", wiederholte Bay. „Ich denke, Sie wären extrem enttäuscht und unbeeindruckt, wenn Sie wüssten, wo und wie ich schreibe."

„Wieso das?", fragte Jessica.

„Nun, zum Beispiel schreibe ich in einem kleinen, dunklen Raum ohne äußere Einflüsse. Ich finde es besser, wenn ich von nichts abgelenkt werde. Manche Autoren haben gern einen großartigen Ausblick zur Inspiration, aber ich ziehe es vor, sie mir in meinem Kopf auszudenken. Ich stelle mir Jack Robbins in jeder Szene vor. Die Szenerie entwickelt sich in meinen Gedanken und ich baue sie weiter aus, wenn es nötig wird."

„Und was ist mit den Plots?"

„Die entstehen ebenfalls in meinen Gedanken", erklärte Bay. „Ich beginne mit einer Grundidee und lasse diese sich ganz natürlich zur einer Geschichte entwickeln."

Auf King wirkte Bay vor der Kamera entspannt und gelassen, aber jetzt, da King ihn ein wenig besser kannte, bemerkte er ein paar subtile Nuancen, die Bay verrieten. Wie er sich ein paar Mal am Kinn kratzte oder wie er seinen Kopf neigte. Sie waren subtil, aber vorhanden. Und die Antworten auf seine Fragen wirkten beinahe auswendig gelernt. *Ja. Bay ist definitiv nervös.*

Jessica sah auf ihre Notizen hinunter. „Ich finde es besonders interessant, dass viele Autoren sagen, dass ihre Geschichten ein Eigenleben entwickeln. Ist Ihnen das jemals passiert?"

„Auf jeden Fall. Man kann einen Charakter dazu bringen, das zu tun, was man möchte, aber die Geschichte ist am Ende nie stimmig, wenn man versucht, es zu erzwingen. Ich weiß, dass es schwer zu verstehen ist, aber die Geschichte, die man sich in den ersten Stufen der Entstehung vorgestellt hat, muss sich natürlich entwickeln."

„Wenn man das bedenkt", sagte Jessica, „hat er Sie jemals mit dem Weg, den er eingeschlagen hat, enttäuscht?"

Bay sah weg, als würde er über die Frage nachdenken. Dann wandte er sich wieder zurück und blickte direkt in die Kamera; es war beinahe so, als würde er direkt in Kings Augen sehen, und sagte: „Um ganz ehrlich zu sein, nein. Hat er nicht. Jack ist wie ein Fels in der Brandung. Er weißt, wer er ist und er bleibt sich immer treu. Ich hingegen habe ihn vermutlich ein oder zwei Mal enttäuscht, weil ich versucht habe, *ihn* auf bestimmte Pfade zu lenken. Wege, die in meinem Kopf echt wirkten, natürlich zu sein schienen und sich in dem Moment richtig anfühlten, aber am Ende wohl ein Himmelfahrtskommando geworden wären."

Jessica antwortete nicht sofort, aber als sie schließlich sprach, war ihre Antwort bestimmt. „Ich weiß nicht, ob ich dem zustimme", sagte sie. „Als begeisterte Leserin und Fan von Ihnen, vertraue ich Ihnen und Jack instinktiv. Sie wirken beide wie Männer, die das, was sie im Leben wollen, genau verfolgen und keiner von Ihnen würde jemals etwas tun, was er nicht will." Sie machte eine Pause. „Aber hey, das ist nur meine Meinung."

Bay schien überrascht von ihrem Kommentar, aber er sammelte sich schnell wieder. „Ich werde diese Meinung berücksichtigen", sagte er und zwinkerte.

„Wow!" Jessica nickte. „Ich dachte immer, man würde sich hinsetzen und einfach ein Buch schreiben. Die Tatsache, dass die Geschichte sich manchmal aus Mangel einer besseren Formulierung *von selbst schreibt,* finde ich so spannend. Ich könnte den ganzen Tag darüber sprechen, aber leider ist unsere Zeit jetzt schon vorbei."

Bay lächelte schwach und nickte.

Jessica sah in die Kamera. „*Revenge in Monte Carlo* steht jetzt in den Regalen und ich schlage vor, dass Sie sich eine Ausgabe besorgen. Sie werden es nicht bereuen. Bay, es war mir ein Vergnügen. Bitte kommen Sie vorbei, wenn Sie das nächste Mal in der Stadt sind. Wir würden gern erneut über Sie und Jack Robbins sprechen."

Bay neigte seinen Kopf. „Das werde ich, Jessica. Und danke noch einmal für die Einladung."

„John, zurück zu dir."

King schaltete den Fernseher aus und ließ in purer Erschöpfung den Kopf hängen. Die Tatsache, dass Bay Whitman ihn faszinierte, obwohl er ihn erst so kurze Zeit kannte, bedeutete etwas. Tatsächlich bedeutete das sogar sehr viel. Unzählige Dinge, über die King sich nicht erlaubt hatte, nachzudenken. Bay forderte ihn heraus. Er behandelte King respektvoll, trotz seiner Berufswahl, und ließ ihn sich nicht wie ein Stück Fleisch fühlen. In einer normalen Welt, einer anderen als Kings, wäre das möglicherweise genug, um etwas anzustoßen. Dates? Eine Beziehung? Wer wusste das schon? Aber vielleicht …

Leider, um es mit Bays Worten zu sagen, standen Gefühle für jemanden wie King nicht in den Karten. *Das* war seine Realität. Aber diese Gründe konnten nicht verhindern, dass Bays Worte laut und deutlich in seinen Gedanken widerhallten. *„Wege, die in meinem Kopf echt wirkten, natürlich zu sein schienen und sich in dem Moment richtig anfühlten, aber am Ende wohl ein Himmelfahrtskommando geworden wären."*

„Vielleicht hätten wir eine Chance", sagte King zu dem schwarzen Fernsehbildschirm, „wenn die Dinge anders wären. An einem anderen Ort und zu einem anderen Zeitpunkt. Wenn ich nicht so kaputt wäre. Und das ist ein großes *Wenn*."

Wut überwältigte King und er warf die Fernbedienung durch den Raum. Das Geräusch des Plastiks, das die Wand traf und in Stücke zerbrach, und der Batterien, die in alle Richtungen flogen, hallte durch das Hotelzimmer. „Fuck." King seufzte verzweifelt. All die Wut, kaputte Fernbedienungen und seine Wünsche, würden nichts daran ändern, wie die Dinge waren. *Du hast ein Problem, Mann. Du bist einmal ein Risiko eingegangen, hast verloren und es hätte dich beinahe umgebracht. Du wirst das nicht noch einmal überleben."*

14

BAY BRACHTE sein nächstes Interview, ein Meet & Greet beim Mittagessen und zwei zweistündige Signierstunden auf Autopilot hinter sich. Er lächelte, signierte Bücher und machte Smalltalk mit hunderten Leuten; dann hatte er es endlich geschafft. Auf eine Art war es eine großartige Ablenkung gewesen, aber leider war es jetzt vorbei.

Rachel, die noch einen weiteren Tag bleiben würde, um das ganze Werbematerial zu verpacken und alles zurück nach New York zu schicken, fuhr zum Abflugbereich des Flughafens und hielt das Auto an. „Bist du okay?"

Bay drehte sich zu ihr. „Ja, wieso?"

„Du hast heute nicht wie du selbst gewirkt."

Bay seufzte. „Ich habe letzte Nacht nicht sehr gut geschlafen und ich bin ziemlich müde, also hast du vermutlich recht. Nichts, was ein wenig Ruhe nicht in Ordnung bringt."

„Ich bin froh, das zu hören", sagte Rachel, beugte sich vor und küsste ihn auf die Wange. „Ich melde mich morgen. Gute Reise."

Bay gab sein Bestes, um ihr ein ehrliches Lächeln zu schenken. „Werde ich haben, dir auch. Gute Arbeit, übrigens. Tschüss Rachel."

BAY WINKTE einen Gepäckträger heran, der seine Koffer auf einen Wagen lud und zum Check-In brachte. Nachdem er ein paar Minuten auf der Computertastatur herumgetippt hatte, gab er Bay seinen Ausweis, zusammen mit seiner Bordkarte. Bay schob ihm zwanzig Dollar zu und machte sich auf den Weg zur Sicherheitskontrolle, wo er so befragt und abgetastet wurde, dass er sich beinahe fühlte, als würde ihm jemand Gewalt antun. Alles wegen einer Flasche Rasierwasser in seinem Handgepäck. Schließlich schaffte er es durch die Security, nachdem er sein Rasierwasser bereitwillig aufgegeben und die sehr ernstzunehmende Drohung des Wohlgeruchs beseitigt hatte und machte sich auf die Suche nach einem Lokal fürs Abendessen.

Er fand ein leeres, schwach beleuchtetes Restaurant und, da er nicht erkannt werden wollte, wählte einen kleinen Tisch ganz hinten aus. Er sehnte sich nach Einsamkeit und brauchte dringend Zeit, um nachzudenken. Die Ereignisse der letzten Tage lasteten schwer auf ihm. Nicht nur, dass er seinem fiktiven Charakter von Angesicht zu Angesicht begegnet war, sondern auch, weil ihre Begegnung und Interaktionen seine Sexualität in Frage stellte. Das allein war genug, um ihn für immer in die Einsamkeit zu treiben, aber ihm ging noch mehr durch den Kopf.

Etwas hatte den ganzen Tag seine Aufmerksamkeit gefordert und war ein dumpfes Dröhnen in seinem Hinterkopf gewesen. War es etwas, das er in einem seiner Interviews gesagt hatte? Oder etwas, das einer der Journalisten zu ihm gesagt hatte? Er konnte sich beim besten Willen nicht erinnern, aber er war fest entschlossen, es herauszufinden. Vielleicht würden ein Glas Wein, ein Abendessen und ein wenig Ruhe helfen.

Als der Kellner auftauchte, bestellte Bay einen Burger, Pommes und ein Glas Pinot Noir.

Während er seinen Wein trank, gestand er sich ein, dass er in jeder Sekunde dieses Tages an wenig anderes als King gedacht hatte. Wie war dieser Mann ihm in so kurzer Zeit so sehr unter die Haut gegangen? War es King? War es etwas, das King repräsentierte, die Tatsache, dass er irgendwie seine Sexualität in Frage stellte? Die Frage setzte ihm weiterhin zu. *Bin ich schwul?*

Schwul zu sein, war nie etwas gewesen, das Bay in Betracht gezogen hatte. Andererseits hatte er auch nie in Betracht gezogen, dass er hetero war.

Er hatte von sich immer als schüchtern, introvertiert und etwas sonderlich gedacht. Das machte ihn nicht hetero oder schwul. Aber er konnte seine Anziehung zu King nicht verleugnen. Ihre erste Begegnung, bei der King sich an ihn herangemacht hatte, war so aus heiterem Himmel gekommen, dass er vollkommen unvorbereitet gewesen war. Und dass er Kings Avancen zurückgewiesen hatte, musste dafür gesorgt haben, dass King wiedergekommen war. Er nahm an, dass King nicht oft abgewiesen wurde und er musste Bay für eine große Herausforderung gehalten haben.

Vielleicht am Anfang. Aber je mehr Zeit sie miteinander verbrachten, desto weniger fühlte er diese Schwingung von King. Besonders während des Pokerspiels. King schien es sehr gefallen zu haben, sein Date zu sein. War *Date* das richtige Wort? Nein. *Bezahlte Begleitung* traf es besser, aber das war auch nicht richtig, da King das Geld zurückgegeben hatte. Das verstand er noch immer nicht. Bis auf die Tatsache, dass King gesagt hatte, dass es ihm gefallen hätte, sich, wenn auch nur für eine kleine Weile, zu fühlen, als gehörte er zu jemandem. War dieses Gefühl achttausend Dollar wert?

Bay entschied, dass etwas größeres Kings Handlung antrieb. Er stellte sich vor, dass es in Kings Beruf schwierig sein musste, eine Beziehung zu haben. Man musste ein sehr starker und selbstbewusster Mann sein, um in einer Beziehung mit einem Pornodarsteller und Callboy zu leben. Aber selbst, wenn er all das berücksichtigte, vermutete er, dass King ernsthafte Probleme mit Intimität hatte. Seltsam, dass ein Callboy Schwierigkeiten mit Intimität haben sollte, aber je mehr er darüber nachdachte, wie konnte es anders sein? Wie trennte ein Sexarbeiter seine Arbeit von seinem Privatleben? Bay verstand, dass beides King Freude bereitete, aber eines war rein körperlich und das andere war sowohl körperlich als auch emotional. Dann traf es ihn wie ein Blitz. *Es ist das Geld! Solange er bezahlt wurde, warst du ein Job.*

Am Anfang war King bezahlt worden, um ihn zu verführen. Und er hatte sein Bestes gegeben, um genau das zu tun. Gegen Bezahlung. Und jedes Mal, wenn sie zusammen gewesen waren, wären sie vermutlich intim geworden, wenn Bay Kings Avancen nachgegeben hätte. Aber sobald King nicht mehr arbeitete und Bay das Geld zurückgegeben hatte, war er nicht länger bereit dazu gewesen und hatte Bay weggestoßen.

Das musste etwas bedeuteten. Hatte er das Geld zurückgegeben, weil er begonnen hatte, eine emotionale Verbindung zu Bay zu fühlen?

Während er seinen Burger aß, überlegte er hin und her. Die einzige Schlussfolgerung, zu der er kam war, dass sich etwas zwischen ihnen verändert hatte. Keine großartige Erkenntnis. Aber Kings einfache Geste mit dem Geld sagte Bay, dass er nicht länger ein Kunde und für King mehr geworden war. Da war er sich sicher. Die brennende Frage war ... *was?*

Bay trank seinen Wein leer, wischte sich die Mundwinkel ab und legte seine Serviette auf den Tisch. Der Kellner tauchte wieder auf, um seinen beinahe leeren Teller abzuräumen und Bay bestellte ein zweites Glas Pinot Noir. Als er ein Stück von seinem Tisch wegrückte, fragte Bay sich, wann all die anderen Restaurantbesucher hereingekommen waren. Das Lokal war bis zum Bersten gefüllt und er hatte niemanden bemerkt, der hereingekommen war und sich gesetzt hatte. Er legte ein Bein über das andere und trank einen Schluck Wein.

Jetzt da ein Problem identifiziert war, drängte sich ein anderes in den Vordergrund. Dieselbe Sache, die Bay den ganzen Tag beschäftigt hatte, drängte sich zurück in sein Bewusstsein. In seiner Wartezeit begann er seinen Tag erneut zu durchleben, angefangen bei seinem ersten Interview, aber er hatte mit hunderten Menschen gesprochen. Wie sollte er sich an jede Unterhaltung erinnern?

Okay. Fang damit an, dich auf die Interviews zu konzentrieren.

Das erste Interview war am frühen Morgen gewesen und die Umstände des vergangenen Abends hatten dafür gesorgt, dass Bay geistig nicht vollständig anwesend gewesen war. Aber er erinnerte sich, dass Jessica gesagt hatte, dass Jack Robbins ein attraktiver Mann wäre. Er durchsuchte weiter die Untiefen seiner Erinnerung, während er leise mit seinen Fingern auf den Tisch tippte. *Oh ja!* Dann hatte sie gefragt, ob Jack auf ihm oder seinem Leben basierte. Das war ein Witz. *Oh!* Und ob er sich die Geschichten ausdachte? Das kam der Sache schon näher. Bay trank einen weiteren Schluck Wein und starrte blicklos auf die Rücken des Paars neben ihm. Was als nächstes? Er lauschte dem gleichmäßigen Trommeln seiner Finger. Wie er schrieb und wo? Ja. Das war das nächste Thema gewesen. Und dann etwas darüber, dass die Geschichte ein Eigenleben entwickelte?

Langsam erinnerte er sich an alles. Das Problem war, dass das Standardfragen waren. Bay konnte sie ihm Schlaf beantworten. Was dann?

Die nächste Frage, die sie gestellt hatte, hatte ihn überrascht. Über diese Antwort hatte er wirklich nachdenken müssen. *Denk nach, Bay.* Dann erinnerte er sich, als wäre ein Licht in seinem Kopf angeknipst worden.

Hat Jack Sie jemals mit dem Weg, den dieser Charakter eingeschlagen hat, enttäuscht oder denken Sie, dass Sie ihn jemals enttäuscht haben, indem Sie ihn auf einen falschen Pfad gelenkt haben?

Bingo!

Der letzte Teil dieser Frage und seine Antwort darauf, hatten ihn den ganzen Tag beschäftigt. *Ich habe offensichtlich an King gedacht, als ich darauf geantwortet habe.* Aber interessanter war, woran er sich als nächstes erinnerte. Jessica hatte gesagt, dass sie als Leserin ihm und Jack instinktiv vertraute. Sie hatte gesagt, dass sie die Art Männer waren, die das, was sie im Leben wollen, genau verfolgen. Und nie etwas tun würden, was sie nicht wollten. *Das war es!*

Wenn King recht hatte und Jack und Bay ein und derselbe Mensch waren, was er ernstlich bezweifelte, war es vielleicht Zeit für ihn wie Jack, das zu verfolgen was er im Leben wollte. Er wusste nicht genau, was das für ihn und King bedeutete, aber er wollte definitiv seine Anziehung zu King erkunden. Niemand hatte Bay jemals so fühlen lassen. Das musste etwas bedeuten. Die Verbindung, die er zu King fühlte, angetrieben von Jack Robbins oder nicht, war echt.

Bay realisierte, dass er King bereits vermisste und in diesem Moment entschied er sich. Wenn er wieder in New York war, würde er sich bei King melden. Er würde betteln, wenn nötig, aber er wollte Zeit, um alles zu verstehen. Die Antwort mochte sein, dass King ein Callboy war und nur seinen Job machte, aber die Emotionen und Tränen, die er am vergangenen Abend in Kings Augen gesehen hatte, erzählten eine andere Geschichte und Bay wollte sie ergründen.

Jetzt, da er wenigstens einen Plan hatte, fühlte Bay sich ein wenig besser. Er sah auf seine Uhr und geriet in Panik. *Oh Scheiße!* Vermutlich hatte das Boarding für seinen Flug bereits begonnen und er musste los. Er ließ Geld auf dem Tisch zurück und verließ das Restaurant, wobei er sein Handgepäck hinter sich herzog. Als er außer Atem, weil er durch das Terminal gerannt war, das Gate erreichte, stand niemand dort. Er zeigte seine Bordkarte und seinen Ausweis.

„Schön, dass Sie es geschafft haben, Mr. Whitman", sagte die Flugbegleiterin. „Sie sitzen auf Platz 4B. Bitte gehen Sie an Bord." Sie scannte seine Bordkarte, gab sie ihm zurück und machte eine Geste zur Fluggastbrücke.

Sobald er das Flugzeug betreten hatte, sah Bay auf der Suche nach einem freien Gepäckfach hoch. Er fand einen Platz über 3C, schob sein Gepäck hinein und schloss die Klappe. Als er sich umdrehte und auf seinen leeren Sitzplatz sah, erstarrte er. Der Mann auf Platz 4A sah aus dem Fenster und hatte den Kopf an die Plexiglasscheibe gelegt. Selbst ohne sein Gesicht zu sehen, erkannte Bay diese breiten Schultern. King Slater.

15

Aus dem Augenwinkel sah King jemand im Gang stehen und in der Gepäckablage herumwühlen, aber er ignorierte den Drang sich umzudrehen, zu lächeln und seinen Sitznachbar anzuerkennen. Smalltalk war das Letzte, was er wollte. Er war nicht auf diesen langen Tag vorbereitet gewesen und jetzt war er geistig und körperlich vollkommen erschöpft. Sein Plan war, sich im Flugzeug eine Decke über den Kopf zu ziehen, sobald sie starteten und hoffentlich den ganzen Flug nach New York zu verschlafen.

King schloss die Augen und seufzte. Der Dreh im Park hatte aufgrund von Menschenmengen, die den Sonnenschein und die milden Temperaturen genossen, dreimal so lange gedauert wie geplant. Sie hatten einen Take nach dem anderen wiederholen müssen, weil irgendjemand ins Bild gelaufen oder gerannt war. Schließlich hatten sie sich gezwungen gesehen, die Leute Einverständniserklärungen unterschreiben zu lassen. Als sie endlich fertig geworden waren, war es weit nach Mittag gewesen. Und deswegen hatte der Fototermin im Studio, der ebenfalls mehrere Stunden gedauert hatte, auf fünf Uhr verschoben werden müssen. Als King am Flughafen angekommen war, hatte er gerade noch genug Zeit gehabt, um seinen Mietwagen abzugeben, durch die Security zu gehen und sein Gate zu erreichen, bevor der Boardingprozess begann.

Die Flugbegleiterin hatte ihn seltsam angesehen, als sie seine Getränkebestellung entgegengenommen hatte und jetzt spürte King einen weiteren Blick auf sich. Aber diesmal einen aus vertrauten Augen. Die Härchen in seinem Nacken standen ihm zu Berge, als er Bay Whitman erkannte. *Verdammt, er sieht gut aus!* war Kings erster Gedanke. Er trug noch immer denselben grauen Anzug, den er für das Fernsehinterview getragen hatte, allerdings war sein Hemd am Kragen aufgeknöpft und seine Krawatte gelockert, was ihn zwangloser wirken ließ. Aber da war noch etwas anderes. Bays Gesicht zeigte Spuren der Erschöpfung und King war sich ziemlich sicher, dass er dafür verantwortlich war. Vielleicht nicht bewusst, aber es war dennoch seine Schuld.

Sobald der erste Schock, Bay zu sehen, verschwand, ersetzte Furcht alle anderen Gefühle, die er spürte.

„Was tust du hier?", fragte King, weil ihm nichts Besseres einfiel.

„Ich freue mich auch, dich zu sehen", sagte Bay und glitt auf seinen Sitz.

King seufzte. „Sorry. Ich bin nur überrascht, dich zu sehen."

„Ich auch", stimmte Bay zu und lächelte schwach. „Du hast gesagt, dass du direkt nach deinem Dreh fliegen würdest."

Hitze kroch in Kings Gesicht. „Ganz ehrlich, ich habe nichts von ‚direkt nach' gesagt. Ich sagte ‚nach' und nun ja, im Prinzip … ist es danach."

Bay schob seine Tasche unter den Sitz vor ihm und sah dann wieder King an. „Wie auch immer."

King wusste, dass *wie auch immer* in diesem Fall einfach *fick dich* bedeutete und er nahm an, dass er das verdient hatte. Er hatte Bay glauben lassen, dass er direkt nach seinem Dreh abreisen würde, aber er hatte in dem Moment einen guten Grund gehabt.

„Kann ich Ihnen etwas zu trinken bringen, Mr. Whitman?"

Bevor Bay antworten konnte, kniete die Frau sich neben seinen Sitz, sah sich um und beugte sich vor. „Ich bin ein großer Fan. Ich habe alle Ihre Bücher gelesen und jedes einzelne geliebt."

Bay lächelte. „Vielen Dank. Es freut mich sehr, das zu hören. Ich habe eines in meiner Tasche. Ich werde es Ihnen gerne signieren, bevor wir landen."

Die Augen der Flugbegleiterin leuchteten und sie stand auf. „Wirklich?"

„Es wäre mir eine Ehre."

Die Frau sah erneut King an und ihr Gesichtsausdruck sagte ihm, dass sie eins und eins zusammenzählte. *Und los geht's.*

Sie schenkte King ein breites Lächeln und sagte leise: „Daher kenne ich Sie. Jack Robbins. Ich wusste, dass ich Ihr Gesicht erkannt habe."

King legte einen Finger auf seine Lippen. „Schhh…"

Sie nickte, bedeckte ihren Mund mit ihrer Hand und sah wieder Bay an.

Bay winkte sie mit einem Finger heran und sie beugte sich erneut vor. „Ja. Er ist das Model auf den Jack-Robbins-Romanen, aber er ist die Aufmerksamkeit nicht so gewohnt wie ich und er wird ein wenig nervös, wenn die Leute ihn erkennen."

Sie wandte sich wieder an King und er nickte. „Kein Wort kommt über meine Lippen", sagte sie. Sie sah sich erneut verstohlen um und machte dann eine Bewegung, als würde sie ihre Lippen abschließen.

„Ich hätte gern einen Whiskey und ein Wasser", sagte Bay.

„Für mich noch einen Gin Tonic", fügte King hinzu.

Die Flugbegleiterin nickte. „Ich bin gleich zurück, meine Herren."

„Danke, dass du dafür gesorgt hast, dass sie verschwindet", sagte King. „Es ist sehr wahrscheinlich, dass mindestens einer der männlichen Flugbegleiter schwul ist und mich erkennen würde. Das letzte, was du brauchst, ist ein Skandal um Jack Robbins und einen Pornodarsteller-Schrägstrich-Callboy."

Bay lachte. „Du hast recht. Aber es wäre sicher interessant, nicht?"

„Also", sagte King. „Du hast mich dabei erwischt, wie ich die Wahrheit gedehnt habe, aber wieso bist du auf diesem Flug?"

„Ich hatte ihn von Anfang an geplant."

„Seltsam. Das wusste ich nicht."

„Du hast nie gefragt", sagte Bay, während er seine Tasche unter dem Sitz hervorholte. Er durchsuchte sie und holte einen Filzstift und eine Ausgabe seines neusten Buchs heraus. Er signierte es auf der Rückseite, drehte es um und hielt King dann das Buch und den Stift hin. „Unterschreib auf der Vorderseite."

King rührte sich nicht. Er starrte Bay einfach nur an. „Meinst du das ernst? Ich dachte, wir wären uns einig, dass du keinen Skandal brauchen kannst."

„Oh, komm schon", sagte Bay. „Es würde sie so glücklich machen und außerdem wird es sie davon abhalten zu tratschen. Was, wenn sie vor einem der männlichen Flugbegleiter, von denen du gesprochen hast, den Mund aufreißt?"

King schnaubte und verdrehte die Augen, nahm aber schließlich das Buch entgegen. Er musterte es, noch immer fasziniert, wie ähnlich die Person auf dem Cover ihm sah. Erneut spürte King einen plötzlichen Stich der Schuld, weil er vorgab, jemand zu sein, der er nicht war, aber er schüttelte ihn ab. Es war ein letztes Mal, um eine Szene zu verhindern. Er kritzelte Jack Robbins' Namen in die untere Ecke des Einbands und gab Bay das Buch zurück. „Bitteschön."

„Danke", sagte Bay.

Als ihre Flugbegleiterin zurückkehrte, öffnete sie Stoffservietten und legte sie auf ihre heruntergeklappten Tische. „Ich komme gleich mit Ihren Getränken zurück."

Als sie davonging, schob Bay das Buch unter die Serviette und wartete. Sie kam zurück und er flüsterte: „Meine Serviette hat einen Fleck."

„Oh nein", sagte sie und sah nach unten. Er hob das Buch, das von der Serviette bedeckt war, hoch und gab es ihr. Sie nahm die Serviette entgegen und spürte das harte Objekt darunter offensichtlich. Sie brauchte eine Sekunde, aber dann lächelte sie und zwinkerte. „Ich bringe Ihnen gleich eine neue, Sir."

King trank einen Schluck seines Getränks. Die Kohlensäure des Tonics kitzelte seine Kehle, aber die leckere Flüssigkeit glitt mit Leichtigkeit hinunter. „Geschickt", sagte er und sah Bay an.

„Ein einfacher Trick dieses Berufs", sagte Bay. „Besonders wenn man vermeiden will, eine Menschenmenge anzulocken."

„Erklär mir eines", bat King. „Wenn du dich mit deiner Rolle als bekannter Autor so unwohl fühlst, wieso tust du es dann?"

Bay antwortete nicht sofort. Er rührte seinen Drink mit einem Finger um, während er scheinbar genau über seine Antwort nachdachte. „Die kurze Antwort ist – weil ich schreiben muss", sagte er. „Es ist nicht nur mein kreatives Ventil, sondern auch die Art, wie ein Mensch wie ich das Leben erlebt. Wie wir gehört werden."

King trank erneut einen Schluck. „Was hast du getan, bevor du so erfolgreich wurdest? Wenn meine Frage dich nicht stört."

„Ich habe schon immer geschrieben", erklärte Bay. „Aber ob du es glaubst oder nicht, bevor ich berühmt wurde, war ich Texter und Lektor. Ich habe von zu Hause gearbeitet und meine Rechnungen bezahlt, in dem ich Werbetexte und Marketingmaterial für eine Werbeagentur geschrieben und Zeitungsartikel korrigiert habe."

„Verstehe", sagte King. „Wann hast du angefangen, Fiktion zu schreiben?"

„Wie gesagt, ich habe schon immer Geschichten geschrieben. Was ich für gut hielt, habe ich im Selbstverlag veröffentlicht. Der Rest blieb auf meinem Computer und hat nie das Tageslicht gesehen."

„Haben Sie sich verkauft?"

„Ich habe hier und da ein paar Ausgaben verkauft, aber nie genug, um wirklich daran zu verdienen. Bis –"

„Zu den Jack-Robbins-Romanen?"

Bay nickte. „Kurz nachdem ich *A Tryst in Thailand*, meinen ersten Robbins-Roman, veröffentlich habe, hat jemand von Random House es gelesen, war begeistert und hat mich kontaktiert, um zu fragen, ob ich Interesse daran hätte, dass sie es in ihrem Verlag erneut veröffentlichen, mit einem erneuten Lektorat und einem neuen Cover. Ich meine … Ich konnte mir nicht wirklich vorstellen, dass so viele Leute meine Arbeit lesen würden. Ich dachte nur, ich würde ein paar hundert Ausgaben verkaufen und dass es sich dann erledigt hätte."

„Scheinbar ist das so nicht passiert", sagte King.

„Nein", antwortete Bay.

„Ich bedauere es sagen zu müssen, dass ich nichts von dir gelesen habe, aber das werde ich ändern. Ich meine … Ich war ziemlich mit meinem eigenen schäbigen Erfolg beschäftigt. Ich komme nicht im Geringsten an deinen Erfolg heran, aber in meiner Welt ist es nicht schlecht."

Bay hob sein Glas. „Auf unseren geteilten Erfolg."

King stieß sein Glas gegen Bays und trank einen Schluck. „Was glaubst du, was deine Arbeit so erfolgreich macht?"

„Jemand hat mir mal gesagt, dass meine Arbeit deshalb so beliebt ist, weil ich so gründlich recherchiere. Es ist mir bei meinen Romanen wichtig, dass die Leser sich einen Ort durch eine detaillierte Beschreibung der Szenerie gut vorstellen können. Ich recherchiere mit jedem Werkzeug, das ich zur Verfügung habe; Bilder, Geschichtsbücher, Reiseführer, das Internet und so weiter. Ich setze den Ort einer Szene in meinem Kopf zusammen, als wäre ich tatsächlich dort gewesen und dann beschreibe ich ihn. Oh verdammt. Ich weiß es nicht. Vermutlich bereust du es, gefragt zu haben."

„Nein! Bitte rede weiter", sagte King. „Ich finde das sehr interessant."

Bay schien seine Gedanken zu sammeln und dann redete er weiter. „Nun. Jeder Robbins-Roman spielt an einem außergewöhnlichen Ort. In meinen frühen Zwanzigern, als ich endlich mit dem College fertig war und meine Ängste auf dem Höhepunkt waren, habe ich Unmengen für meine Romane recherchiert. Es war gut, die Fakten richtig zu beschreiben, aber es war auch eine Möglichkeit für mich, meine Wohnung zu verlassen, ohne es wirklich tun zu müssen –"

„Das hast du also mit ‚wie jemand wie ich das Leben erlebt' gemeint."

Bay nickte.

„Okay, tut mir leid. Rede weiter."

„Wenn ich damit fertig war, einen Ort zu recherchieren", fuhr Bay fort, „fühlte es sich an, als wäre ich tatsächlich dort gewesen."

King deutete auf Bays Stirn. „Ich kann mir nicht vorstellen, wie viel Wissen da oben gespeichert sein muss."

Bay lächelte schwach. „Wenn mein Vater nüchtern war und sich väterlich fühlte, was nur gelegentlich vorkam, sagte er immer ‚Wenn du ein kleines bisschen über viele Dinge weißt, wirst du immer etwas zu einer Unterhaltung beitragen können'. Die Sache ist, dass ich die Grenzen meiner vier Wände nie verlassen habe, weshalb ich nie die Gelegenheit hatte die Dinge, die ich gelernt habe, mit jemandem zu teilen."

„Jetzt teilst du sie mit der Welt", sagte King.

„Ja, vermutlich."

„Und jetzt bist du hier", sagte King, „und teilst deine Geschichte mit mir und es scheint kein Problem zu sein."

„Die Wahrheit ist, dass ich jedes Jahr etwa 340 Tage Zeit habe, um mich auf die vier Wochen vorzubereiten, in denen ich Promotionsarbeit leisten muss", erklärte Bay. „Und weil ich Jack Robbins' Persönlichkeit übernehme, kann ich grinsen, es ertragen und eine Rolle spielen. Aber sobald es vorbei ist, heißt es für mich zurück nach Hause – bis zum nächsten Buch."

King winkte der Flugbegleiterin und bestellte eine weitere Runde Getränke. Sie waren seit beinahe einer Stunde in der Luft und er genoss es, Bays angenehmer, gleichmäßiger Stimme zuzuhören. Bay öffnete sich ihm und sprach über seine persönlichen Schwierigkeiten. Aus irgendeinem ihm unbekannten Grund machte ihn das glücklich.

Kurz darauf wurde das Abendessen serviert und mit ein wenig Ermutigung sprach Bay genauer über seine Karriere, wie er seine Ängste überwunden hatte und wie absolut panisch er in den Monaten vor seiner ersten Buchtour gewesen war. Bay erklärte, dass er tatsächlich kurz davor gewesen war, die ganze Tour abzusagen und sich von Random House bis auf den letzten Cent verklagen zu lassen, nur damit ihm das erspart blieb. Aber dann war ihm die Idee gekommen, Jacks Identität zu stehlen.

Nachdem die Flugbegleiterin ihr Abendessen abgeräumt hatte, wurden die Lichter in der Kabine gedimmt und alle machten es sich für den Rest des Fluges bequem. King lächelte und wandte sich an Bay. „Also, wo waren wir?"

„Nun, ich denke, du wolltest mir gerade erklären, was ich letzte Nacht gesagt habe, das dir die Tränen in die Augen getrieben hat und was ich getan habe, dass du ohne Erklärung aus meiner Suite gestürmt bist", sagte Bay.

Autsch! Das kam unerwartet. Kings Lächeln verblasste und er sah aus dem Fenster in die Dunkelheit. *Wie soll ich das erklären?*

King spürte den schwachen Stoß eines Ellbogens in seiner Seite und wandte sich daraufhin wieder zu Bay um.

„Nicht so toll, wenn das Blatt sich wendet, was?", fragte Bay.

Der selbstbewusste King Slater löste sich in Luft auf und er war sich sicher, dass der Duft seiner Angst aus seinen Poren floss. Er sah erneut aus dem Fenster.

Bay legte eine Hand auf Kings Unterarm. „Sieh mich an."

King drehte sich langsam um.

„Ich habe eine Weile gebraucht, aber ich habe es verstanden."

Eine Welle der Übelkeit überkam King. *Jetzt kommt es, Mann. Er kennt dein Geheimnis.* „Was verstanden?", fragte er und erkannte die Stimme kaum, die aus seinem Mund kam.

„Dass das alles mit dem Geld zu tun hat."

„Lass mich – warte! Was?", stammelte King.

„Sie mal, King. Als du bezahlt wurdest, warst du zu allem bereit. Du hast mich unbarmherzig verfolgt und als ich mich deinen Annäherungen widersetzt habe und du von Jack Robbins erfahren hast, hast du mich bestraft, indem du mich in eine sehr unangenehme Situation gebracht und mich gezwungen hast zuzusehen, wie du Sex mit einem anderen Mann hattest. Und du hast es verdammt genossen."

Seine Angst wurde in unter einer Sekunde durch erneute Reue ersetzt. *Er hat recht. Es war unfair.* „Du hast recht und es tut mir leid."

„Nicht nötig", sagte Bay. „Das war der arrogante King Slater, der immer alles unter Kontrolle hat und mich in die Schranken gewiesen hat, weil ich nicht ehrlich zu ihm war. Das verstehe ich."

„Aber es war falsch von mir, das zu tun", sagte King. Er berührte Bays Arm. „Es tut mir wirklich leid. Und anfangs *war* ich nur King Slater und wollte dich in die Schranken weisen, aber später dachte ich, ich würde dir helfen."

„Mir helfen?", fragte Bay. „Wie?"

„Ich dachte, dass du mit deiner Sexualität zu kämpfen hattest und es dir vielleicht helfen würde, zwei Männer beim Sex aus nächster Nähe zu sehen."

Kings Worte hingen in der Luft und die Stille türmte sich zwischen ihnen auf.

Bay sah nach vorne und sprach leise. „Vielleicht hat es geholfen. Ich weiß es nicht. Aber ich weiß, dass du letzte Nacht, nachdem du mir das Geld zurückgegeben hast, nicht länger nur deinen Job gemacht hast. Du hast dafür gesorgt, dass ich meine Anziehung zu dir erkunden möchte. Aber … etwas hatte sich schon zwischen uns verändert. War es nur die Herausforderung? Als ich nicht länger eine Herausforderung war, schien die Anziehung sich aufzulösen."

Die Stille füllte erneut den Raum zwischen ihnen. Bay wandte sich zu King und sah ihm in die Augen. „Komm schon, King. Ich war vollkommen ehrlich mit dir. Ich habe deine Fragen so wahrheitsgemäß beantwortet, wie ich konnte und ich denke, du schuldest mir wenigstens irgendeine Erklärung."

„Ich schulde dir etwas?", zischte King leise genug, dass er von den anderen Passagieren nicht gehört wurde. „An dem Abend, als wir uns kennengelernt haben, war ich einfach nur ein Callboy, der zu einem Termin gekommen ist. Wo war diese sogenannte Ehrlichkeit, als du mir nicht erzählt hast, dass du berühmt bist und ich ein Ebenbild deines Buchcharakters bin?" King wandte sich erneut ab.

„Ja, ich war nicht vollkommen ehrlich, als wir uns kennengelernt haben", gab Bay zu. „Aber ich habe die Wahrheit gesagt –"

„Als du bei der Signierstunde erwischt wurdest", fauchte King.

Dieses Mal wandte Bay sich ab. Als er King wieder ansah, wirkte er noch müder. King fühlte erneut mit Bay, aber er wusste nicht, wie er erklären sollte, dass er sich nicht auf ihn einlassen konnte.

„Okay. Du hast gewonnen", sagte Bay und seufzte. „Und wir können es einfach dabei belassen. Aber fürs Protokoll, es tut mir sehr leid, dass ich dich, womit auch immer, beleidigt oder aufgewühlt habe. Ich werde jetzt versuchen, etwas zu schlafen."

Bay stellte seinen Sitz zurück, verschränkte die Arme vor seiner Brust und schloss die Augen.

King drehte sich zum Fenster und verfluchte leise sich und sein Leben. Er lehnte erneut seinen Kopf an das kühle Plexiglasfenster, schloss die Augen und ließ zu, dass die Vibrationen und das Summen der Motoren ihn einlullten. Wie hatte er das zulassen können? Irgendwann in den letzten Tagen hatte er Bay Whitman unter seine Haut gelassen – etwas, das er seit langer Zeit keinem Menschen gestattet hatte.

Vermeide Versuchung, King. Das war das erste, was er während seiner Genesung gelernt hatte und er war erfolgreich darin gewesen – bis jetzt.

Er hat recht. Ich schulde ihm eine Erklärung. Aber wie?

King konzentrierte sich auf die Dunkelheit, während er versuchte, seine Gedanken zu entrümpeln und klar zu denken. Bay ging ihm an die Nieren. Daran bestand kein Zweifel. Aber wie, oder wichtiger, *wann* war er unachtsam geworden? Es war so beiläufig geschehen, dass er es nicht einmal bemerkt hatte. So war er normalerweise nicht. Seit er seine Genesung begonnen hatte, war er so abgeschottet gewesen. Aber etwas an Bay gab ihm ein Gefühl der Sicherheit. Auf eine seltsame Art und Weise hatten sie sehr viel gemeinsam. Selbst wenn alle ihre Gemeinsamkeiten von Dysfunktionalität sprachen. Ihre Unsicherheit. Mangelndes Selbstvertrauen. Ihre Fähigkeit, sich hinter einer anderen Persönlichkeit zu verstecken. *Du brauchst ein Treffen, King. Wenn du nur zu einem Treffen gehen kannst, wird alles besser werden.*

ETWAS SPÄTER wurde King von leisen, wimmernden Geräuschen, die von Bay kamen, aus seinen Gedanken gerissen. King stellte seine Rückenlehne nach hinten, lehnte sich zurück und wandte sich zu Bay. Ihre Nasen waren jetzt nur wenige Zentimeter voneinander entfernt und King musterte seinen Reisebegleiter. Im Schlaf waren seine Gesichtsmuskeln entspannt und alles Gewicht, das er auf den Schultern trug, schien leichter zu werden.

Wenn er träumte, hoffte King, dass es gute Träume waren und keine schlechten, die Kings Handlungen ausgelöst hatten. Dass er aus Bays Suite gestürmt war, hatte diesen sichtlich verletzt, aber jetzt schien er friedlich zu sein, er wirkte beinahe kindlich und hatte ein jungenhaftes Aussehen an sich, das King lächeln ließ. King beobachtete Bay eine ganze Weile, während er schlief.

Als Bay langsam seine Augen öffnete, sah er noch immer so frisch und kuschelig aus, dass King seine Arme um ihn schlingen und ihn festhalten wollte. Das Verlangen überraschte King. Es war kein sexuelles Verlangen; es war emotional. Etwas, das nichts mit Sex zu tun hatte. *Das* war seit, nun, sehr langer Zeit nicht passiert.

Bay schien einen Moment zu brauchen, um sich zu sammeln, aber dann lächelte er. „Hey", sagte er.

King hatte ein überwältigendes Verlangen, reinen Wein einzuschenken. Bevor er Zeit hatte, es sich anders zu überlegen, platzte er heraus: „Ich erhole mich von einer Sexsucht."

King sah sich schnell in der erste-Klasse-Kabine um, um zu sehen, ob irgendjemand sich geregt oder, noch schlimmer, ihn gehört hatte. Er seufzte erleichtert, dass alle noch zu schlafen schienen. Er lehnte sich in seinem Sitz zurück und schloss frustriert die Augen. „Verdammt", sagte er leise. Er sah Bay an. „Das ist nicht so, wie ich es dir sagen wollte."

16

BAY HÖRTE die Worte, aber zunächst fiel es ihm schwer, sie zu verstehen. *Hat King dir gerade gesagt, dass er sich von einer Sexsucht erholt? Was bedeutet das überhaupt genau?*

Er war sich sicher, dass er aussah wie ein Reh im Scheinwerferlicht und genau so fühlte er sich auch. Alle möglichen Fragen rasten ihm durch den Kopf.

Bay riss sich aus seinen Gedanken und sah King an. Sein Gesicht zeigte offensichtlichen Schmerz, gemischt mit Erleichterung und etwas, das wie Erwartung aussah. Bay hatte irgendwie das Gefühl, dass das ein Wendepunkt für sie sein würde und dass seine Reaktion oder was er sagte, über eine potentielle Freundschaft entscheiden würde, aber er wusste nur wenig über Sexsucht. Nur was ihm in Fernsehsendungen oder online begegnet war. Er dachte, dass es ein zwölf-Schritte-Programm gab, so wie für Alkoholiker, aber er konnte sich nicht sicher sein, daher war er auf sich selbst gestellt.

„Sag was", flehte King. „Bitte, Bay."

Das Zittern in Kings Stimme berührte Bay. Er entschied, dass Ehrlichkeit seine beste Wahl war. „Ich will etwas sagen, aber ich will sicher sein, dass es das Richtige ist."

„Es gibt nichts Richtiges oder Falsches", erklärte King. „Erzähl mir, was du fühlst."

Was fühle *ich?* „Ich bin vor allem ein wenig überrascht, dass du dich überhaupt von irgendetwas erholen musst. Du bist immer so stark und sicher."

King stöhnte. „Vielleicht ist mein Selbstvertrauen gespielt." Und dann fügte er hinzu: „So wie deins."

„Vielleicht?", sagte Bay. „Aber du bist schrecklich gut darin."

„Und du auch."

„Okay. Hast recht", sagte Bay. „Ich habe nicht wirklich Erfahrung auf diesem Gebiet, aber auf dem ersten Blick wirkt es für mich nicht, als hättest du dir den besten Beruf für jemanden, der sich von einer Sexsucht erholt, ausgesucht."

„Da täuschst du dich", erklärte King. „Es ist genau das Richtige für mich."

Bay legte seinen Kopf schief. „Wie das?"

King schwieg einen Moment, bevor er antwortete. „Sexsucht ist anders als eine Alkohol- oder Drogenabhängigkeit. Sie können einen kalten Entzug machen oder es zumindest versuchen, aber Sexsucht ist anders. Das ist wie eine Esssucht. Man kann nicht aufhören zu essen und man hört nicht auf, Sex zu haben. Man findet einen Weg, sein Verhalten zu mäßigen."

„Okay", sagte Bay. „Aber ich verstehe nicht, wie du das mäßigst, indem du Sex mit vielen Männern hast."

„Das ist der Punkt", sagte King. „Kein Sex, den ich habe, ist für mich. Es geht nicht um meine Lust. Erinnere dich, dass diese Männer mich buchen. Sie bezahlen mich. Und es ist mein Job. Und die Videos – das ist die härteste Arbeit, die es gibt. Daran ist nichts Romantisches. Es ist Arbeit. Viel harte Arbeit."

Bay ging ein Licht auf. „Deshalb konntest du nicht damit umgehen, als ich dich geküsst habe und du hast mir das Geld zurückgegeben und bist geflüchtet."

King seufzte. „Es war nicht länger Arbeit." Er wandte sich an Bay. „Du musst wissen, dass ich seit drei Jahren keinen Mann mehr *für mich* geküsst oder mit jemandem Sex gehabt habe. Das wäre etwas, das man als Trigger bezeichnet und vermutlich dafür sorgen würde, dass alles um mich herum einstürzt. Ich habe es unter Kontrolle, indem es nie um mich geht. Und du … bei dir ging es um mich."

Bay fühlte sich geschmeichelt und gleichzeitig schuldig. „Es tut mir leid", sagte er. „Ich hatte keine Ahnung."

„Das weiß ich", gab King zu. „Und ich hätte es dir einfach sagen sollen, statt wegzurennen, aber ich hatte Angst."

„Als wir uns unterhalten haben, um uns kennenzulernen und du von dem vielen Sex, den du hattest, gesprochen hast, habe ich gefragt, ob das war, nachdem du mit dem Escort-Service angefangen hast und du hast ‚und davor' gesagt. Du hast über die Sucht gesprochen. Oder? Ich hatte das Gefühl, dass du auf etwas angespielt hast."

„Ja", sagte King. „An dem Abend habe ich dir erzählt, wie schlaksig und unbeholfen ich als Kind war und dass ich erbarmungslos gemobbt wurde. Als ich ein Teenager war, war mein Selbstbild sehr schlecht, aber Mitte zwanzig habe ich angefangen zu trainieren und Muskeln aufzubauen und Männer haben begonnen, mich zu bemerken. Attraktiv zu sein war etwas, an das ich nicht gewöhnt war und Mann, diese Aufmerksamkeit war wie Sauerstoff für einen ertrinkenden Mann."

„Und dann hast du angefangen, so viel Sex zu haben?", fragte Bay.

King nickte. „Ich kam mit dieser Aufmerksamkeit nicht gut klar. Ich meine … die Stadt war voller heißer Männer und sie wollten *mich*. Wieso also nicht? Es war alles so neu und es wurde zu einer Besessenheit. Ich wollte wissen, wie viele Männer ich dazu bringen konnte, mit mir zu schlafen. Und dabei wurde ich süchtig nach dem Sex und habe es nicht einmal bemerkt. Ich habe alles verloren."

„Alles?", fragte Bay.

„Während dieses Wahnsinns war ich in meiner ersten und einzigen Beziehung und die habe ich königlich in den Sand gesetzt."

„Es tut mir leid", sagte Bay.

„Nein. Es ist okay. Alles, was mir damals passiert ist, hat mich zu dem Mann gemacht, der ich heute bin. Ich bin nicht einmal ansatzweise perfekt, aber ich bin okay. Wie du einmal gesagt hast, ich weiß, wer ich bin. Ich habe meine Schwierigkeiten mit Selbstvertrauen, aber ich glaube, das haben die meisten

113

Menschen. Ich balanciere jeden Tag auf einem Drahtseil, um *wer* ich bin mit dem *was* ich bin auszugleichen und ich komme ganz gut damit klar."

„Wann hast du gemerkt, dass du ein Problem hattest?", fragte Bay.

„Meine besten Freunde haben eingegriffen", erklärte King. „Ich bin zu meinem ersten Treffen gegangen und nach der ersten halben Stunde wusste ich, dass sie recht hatten. Ich bin weiterhin zu den Treffen gegangen und habe mir eine Therapeutin gesucht, die mir dabei half, herauszufinden, warum ich mich so verhalten habe."

„Und?", fragte Bay.

King seufzte. „Ich habe erkannt, dass es zu meiner Identität geworden war, so viel Sex zu haben und ich wusste nicht mehr länger, wer ich ohne war."

Bay nickte. „Und von da an ist es dir gelungen, das zu ändern?"

„Ich konnte anfangen, damit zu leben", sagte King. „Es dauert lange, das in Ordnung zu bringen, aber wie gesagt, ich kann es mäßigen. Und irgendwann *wird* es Sex für *mich* geben. Wenn die Zeit kommt, werde ich emotionales Vertrauen, Respekt und eine gesunde Leidenschaft aufbauen. Der Genesungsprozess ist für jeden anders. Für mich, für den Moment, bedeutet es kein Zwangsverhalten mehr. Ich mache meinen Job, befriedige meine Kunden und gehe nach Hause."

Bay legte seine Hand auf Kings Arm. „Danke, dass du mir davon erzählt hast. Ich muss sagen, dass ich sehr beeindruckt davon bin, wie du damit umgehst."

„Danke", sagte King. „Ich arbeite daran."

„Aber weißt du, was mich überrascht hat, während ich deiner Geschichte zugehört habe?"

„Was?", fragte King.

„Dass es bei dieser Sucht nicht wirklich um Sex geht."

King lächelte. „Es geht überhaupt nicht um Sex. Es geht um viele Dinge. Es geht um das Loch in unserem Leben und wie wir es füllen – mit Alkohol, mit Drogen, mit Sex. Es geht darum, Intimität mit den Menschen, die man liebt, zu vermeiden, während man Verbindungen zu Fremden aufbaut, die man für sicher hält. Es braucht Zeit, all diesen Unsinn umzukehren. Es braucht Zeit und Hilfe, um alle Fehler zu korrigieren."

King wandte sich ab und sah erneut aus dem Fenster.

„King", sagte Bay. „Bitte, sieh mich an."

Als King sich wieder umdrehte und ihre Blicke sich trafen, glänzten ungeweinte Tränen in Kings Augen. „Für mich klingt es, als wärst du von einem Tsunami weggespült worden und hättest dennoch deinen Kopf über Wasser halten können. Ich weiß, dass wir uns erst vor ein paar Tagen kennengelernt haben, aber ich bin stolz auf das, was du erreicht hast und ich habe größten Respekt für dich. Aber viel wichtiger – ich fühle eine starke Verbindung zu dir. Ich will nicht, dass die Freundschaft, die wir *begonnen* haben, endet."

King lächelte warm. „Wer hätte das gedacht?", sagte er. „Ein erfolgreicher heterosexueller *New York Times*-Bestsellerautor und ein schwuler Pornostar-Schrägstrich-Callboy werden Freunde."

Der *heterosexuell*-Teil dieses Satzes zog Bays Aufmerksamkeit auf sich. Aufgrund seiner neuentdeckten Anziehung zu King nahm er an, dass er mindestens bisexuell sein musste. Und nach allem, was King gerade mit ihm geteilt hatte, war die Zeit für Geheimnisse vorbei. Bay räusperte sich. „Nun, um ehrlich zu sein, King, wenn ich bedenke, wie anziehend ich dich finde, bin ich mir nicht sicher, was genau ich bin, aber *hetero* auf jeden Fall nicht."

King sah nicht überrascht aus. „Das weiß ich", sagte er. „Aber ich wollte dich das allein herausfinden lassen."

„Ich war am Anfang wirklich verwirrt", gab Bay zu. „Ich fand noch nie jemanden so attraktiv und die Tatsache, dass du ein Mann bist, hat es noch verwirrender gemacht, aber um ehrlich zu sein, habe ich es ziemlich früh verstanden. Ich hatte nur Angst, es zuzugeben, selbst vor mir. Ich wollte, dass du das weißt."

„Ich denke, jeder homo- oder bisexuelle Mensch war mal in deiner Situation", versicherte King ihm. „Und … hat genau das erlebt, was du durchmachst. Du bist nur spät dran."

„Es ist, als ob man sein ganzes Leben lang denkt, man wäre Amerikaner und dann herausfindet, dass man in einem anderen Land geboren wurde", sagte Bay. „Es ist unfassbar."

„Denk nicht zu viel darüber nach", schlug King mit einem unterstützenden Lächeln vor. „Hast du dich noch nie zu einem Mann hingezogen gefühlt?"

„Nie", gab Bay zu. „Aber eigentlich habe ich mich auch nie zu Frauen hingezogen gefühlt, tatsächlich zu niemanden. Ich meine, ich bemerke attraktive Menschen, Männer und Frauen, aber die wenigen Frauen, mit denen ich zusammen war, sind mir sozusagen in den Schoß gefallen und ich habe einfach nur mitgemacht. Mit dir war es anders. Die Anziehung hat mich vollkommen überrascht, aber sie war stark und ehrlich."

Kings Lächeln verblasste. „Bay, ich erhole mich von einer Sexsucht, bin ein Pornodarsteller und ein Callboy. Was sollte ich dir anzubieten haben?"

„Eine Freundschaft, zum Beispiel", sagte Bay. „Meine Freundesliste besteht aus meiner Assistentin Rachel, meiner Lektorin Jamie und meiner Verlegerin Samantha."

„Wirklich?"

„Ich habe dir gesagt, dass ich nicht viel rauskomme."

„Du musst dich deswegen nicht schlecht fühlen. Ich habe nur drei wirklich gute Freunde und viele Bekannte", gab King zu.

„Du?", fragte Bay. „Ich hätte gedacht, dass Freunde in deiner Branche an jeder Ecke warten."

„Nee. Meiner Erfahrung nach sind die meisten Männer in der Branche nicht sehr vertrauenswürdig und ich halte mich von ihnen fern."

Die Lichter hellten sich auf, das vertraute Signal, das üblicherweise die Stimme einer Flugbegleiterin ankündigte, ertönte und sie erklärte, dass sie sich im Landeanflug auf JFK befanden.

Bay hielt King seine Hand hin. „Freunde?"

King lachte leise und schüttelte Bays Hand. „So viel kann ich geben."

„Hey, wo wohnst du?"

„Midtown. West Fifty-Six", sagte King. „Du?"

„Lincoln Square. West Sixty-Third."

„Wir wohnen nah beieinander, aber ich hätte dich eher für jemanden gehalten, der auf der Upper East Side lebt", neckte King.

„Oh, jetzt hältst du mich also für einen Snob?", fragte Bay. Ohne King Zeit für eine Antwort zu geben, kam ihm ein Gedanke. „Hey. Willst du ein Taxi teilen?"

„Ich gehe direkt zu einem Treffen um sieben", sagte King. „Aber es findet in der Nähe meiner Wohnung statt, also sicher. Ich teile gern ein Taxi."

17

BAY WAR wieder zu Hause und wurde umringt von der Sicherheit und Vertrautheit seines dunklen schrankähnlichen Büros, wo seine Gedanken und Worte normalerweise zu Geschichten wurden. Aber nicht jetzt. Die ersten beiden Tage nach seiner Rückkehr hatte er sich auf nichts anderes konzentrieren können als die Recherche zu Sexsucht. Er hatte alles, was er im Internet finden konnte, mindestens zweimal gelesen und war erstaunt, wie viele Informationen ihm zur Verfügung standen.

Er fand heraus, dass die meisten Menschen, die Mitglied der Anonymen Sexsüchtigen wurden, zunächst keine Ahnung hatten, wie sie sich erholen sollten. Zuerst setzten sie sich mit den Problemen auseinander, die sie zu den Treffen gebracht hatten – ihr zwanghaftes, gefährliches und oftmals illegales Verhalten – und entwickelten sich dann hoffentlich weiter. Er fand außerdem heraus, dass sie bei SAA „Kreise" entwickelten, die die Verhaltensweisen definierten, die sie zu Sexsüchtigen machten. Der „innere Kreis" repräsentierte das Verhalten, das sie nie wieder wollten – wie der Drink für den Alkoholiker, der Schuss für den Drogensüchtigen und der Hamburger für den Esssüchtigen. Wenn sie rückfällig wurden, begannen sie von vorne zu zählen. Sie lernen, Trigger und Situationen, in denen sie möglicherweise scheitern könnten, zu meiden. Es überraschte ihn, dass viele dieser Männer und Frauen in Langzeitbeziehungen oder verheiratet waren. Ihre Leben waren dysfunktional und sie wussten es. Aber sobald sie nach Hilfe suchten, verbrachten sie Monate, wenn nicht Jahre, in 12-Schritte-Treffen, Einzel- und Paartherapie, wenn sie ihre Beziehungen retten wollten.

Nachdem er sich alles gemerkt hatte, was er über Sexsucht herausfinden konnte, versuchte er endlich zu schreiben. Er starrte seinen Computerbildschirm an. Und starrte. Und starrte. Aber nichts kam ihm in den Sinn. Stattdessen erwischte er sich dabei, wie er Kings Namen in ein Google-Suchfeld tippte und was er fand weckte überraschenderweise sein Interesse. Er schaute und schaute und … schaute. In den meisten Nächten bis zum frühen Morgen. Alles, um sich davon abzulenken, das Telefon zu nehmen und King anzurufen. Apropos Trigger: Je mehr er sah, desto dringender wollte er King wiedersehen. Aber er konnte nicht Kings Trigger sein. Das hatte King deutlich gesagt.

Was immer in Vegas zwischen ihnen passiert war, war passiert, aber King hatte ihn ins Vertrauen gezogen und jetzt, da Bay über Kings Schwierigkeiten Bescheid wusste, war es seine Verantwortung, Kings Genesung nicht zu stören. Also war das Internet die nächstbeste Lösung. Als Bay alle Videos, die King zeigten und die er sehen konnte, ohne sich auf irgendeiner Pornowebsite zu registrieren, angeschaut hatte, begann er wieder von vorne.

Die nächsten drei Wochen verbrachte er damit, Tag für Tag in seinem größtenteils dunklen Büro zu sitzen, das nur vom Leuchten seines Monitors erhellt wurde, das wie ein Lichtsignal auf seine Fingerspitzen wirkte, ihn rief und lockte.

Aber leider kamen dennoch keine Worte. Normalerweise kamen sie ihm so schnell, dass seine Finger nicht mithalten konnten. Waas er schrieb, überarbeitete er, nur um es letztendlich zu löschen. Daraufhin begann der Prozess von neuem. Wenn der nächste Versuch endgültig scheiterte, gab er auf, sah mehr Pornos und ging schließlich schlafen.

Seit er aus Las Vegas zurückgekommen war, hatte er erfolgreich Schwulenpornos entdeckt, sich über Sexsucht informiert und, ironischerweise, zu Kings Pornovideos masturbiert.

Bay war ruhelos. Nachdem er eine inaktive Woche lang vergeblich versucht hatte zu schreiben, stützte Bay seine Ellbogen auf die Armlehnen des Lederstuhls und legte das Kinn auf seine wie zum Gebet verschränkten Hände. Da es ihm nicht gelang, sich auf irgendetwas zu konzentrieren, das auch nur im Entferntesten mit einer Geschichte zu tun hatte, gab dieser Monat ihm viel Zeit, um über die Dinge nachzudenken, die ihm im Westen passiert waren und die mit seiner Sexualität zusammenhingen. Nachdem er einen Haufen schwuler Pornos gesehen und sie tatsächlich genossen hatte, war er zu dem Schluss gekommen, dass er bisexuell war – mindestens. Und überraschenderweise störte es ihn nicht. Aber King Slater war ein ganz anderes Thema.

King hatte ihn in den letzten paar Wochen ein paar Mal angerufen, einfach nur um Hallo zu sagen. Sie hatten Smalltalk gehalten, aber King hatte keine Andeutungen gemacht sich mit ihm treffen zu wollen. Bay dachte nicht, dass er ein Recht darauf hatte, da die Tatsache, dass King wegen ihm kurz davor gewesen war, seine Genesung zu sabotieren, ihm noch immer schwer aufs Gewissen drückte. Aber schließlich hatte King angerufen und vorgeschlagen, dass sie gemeinsam zu Abend aßen und Bays Herz hatte mehrere Schläge ausgesetzt. Er hatte ohne zu zögern Ja gesagt. Er hatte einfach nicht die Kraft, um Nein zu sagen.

Wenn Kings Sucht nicht wäre, würde Bay die Gelegenheit sofort nutzen, um herauszufinden, ob es etwas zwischen ihnen gab außer der anfänglichen Anziehung. Aber es musste von King ausgehen. Und dann würde er sehen, wo es hinführte.

An diesem Abend war ihr Date. Date? War es ein Date oder waren sie nur Freunde, die zusammen aßen? Je näher der Tag gekommen war, desto nervöser wurde Bay. Was sollte er erwarten? Würde King derselbe Mann sein wie in Vegas oder sich in seinem Revier anders verhalten?

Bay hatte seit seiner Rückkehr sein Apartment nicht verlassen und normalerweise liebte er die Isolation, die sein Kokon ihm bot – ein Ort, an dem er sich verstecken und tun konnte, worin er am besten war. Das Leben eines anderen leben. Aber wenn er ehrlich war, fiel ihm zum ersten Mal die Decke auf den Kopf.

Hatte er einen Vorgeschmack auf das richtige Leben bekommen und wollte jetzt mehr? Die Antwort war ein einziges, großes *Vielleicht.*

Während er in den letzten dreißig Tagen über die Ereignisse vor seiner Rückkehr nachgedacht hatte, hatte er realisiert, dass Las Vegas ihn von Grund auf verändert hatte. Und nicht auf eine subtile Art und Weise. Er wollte ein paar echte Veränderungen in seinem Leben. Wann und wie war das passiert? Und wichtiger noch: Er hatte entschieden, dass er sich wünschte, dass King ein Teil dieser Veränderungen war. Aber Wollen und Haben waren zwei verschiedene Dinge. Wäre King bereit, es zu versuchen, wenn Bay mehr wollte. Im Flugzeug hatte King gesagt, dass er Bay nichts zu bieten hätte, also war das vermutlich ein Nein zu Bays persönlichem Wunschtraum.

Aber wenn es auch nur die kleinste Möglichkeit gab, dass King Bay irgendwann doch etwas zu bieten hatte, konnte er darauf warten, dass King die Dinge ins Reine brachte. Aber wie lange würde das dauern? Nach allem, was er über Sexsucht gelesen hatte, dauerte es normalerweise mindestens ein Jahr, bis es besser wurde, aber King war seit drei Jahren in Therapie. Vielleicht dauerte es wegen seines Berufs länger. Er war sicher, dass das die Dinge verkomplizierte. Was eine weitere Sache aufbrachte. Kam er damit klar, womit King sein Geld verdiente? Wenn er und King aus einer seltsamen Laune der Götter heraus begannen miteinander auszugehen, konnte er es dann ertragen, zu wissen, dass sein Freund mit anderen Männern Sex hatte? Das würde er müssen. So hatte er King kennengelernt. Er konnte ihn nicht darum bitten, seinen Job aufzugeben. Er würde King vertrauen müssen, seine Gefühle davon zu trennen, was wirklich nichts anderes war als das, was er im Moment tat.

Bay musste sich darauf einstellen. Nicht nur auf das Abendessen an diesem Tag, sondern, ebenso wichtig, auch auf die Signierstunde im Barnes & Nobel am Union Square in der nächsten Woche. Das war ein wichtiger Termin. Sein Verlag, ebenso wie DreamWorks Pictures, würden anwesend sein, um offiziell bekanntzugeben, dass Jack Robbins, unter der Regie von niemand geringerem als Rob Offernan, auf die große Leinwand gebracht werden würde. Für dieses Mal würde Bay im Mittelpunkt stehen müssen.

KING HATTE sich eine Stunde bevor er den Anruf getätigt hatte entschieden, Bay zum Abendessen einzuladen. Er hatte eine ganze Weile mit sich selbst diskutiert, sich dann schließlich entschieden, dass es jetzt oder nie war. Er hatte ein kleines italienisches Restaurant namens Brasso56 in der Straße seines Apartments ausgesucht. Es war nichts Besonderes, aber ruhig, intim und es gab großartiges Essen. Bay erwartete ihn dort und King war früh fertig, sodass er sich entschied, zu Fuß zu gehen, statt ein Taxi zu nehmen. Während er die West Fifty-Sixth Street hinabging, bereitete er sich geistig darauf vor, Bay wiederzusehen. Schmetterlinge flatterten in seinem Magen herum, wenn er an alle beängstigenden möglichen Folgen dachte, aber er hatte es sich vorgenommen und würde es durchziehen.

Seit er zurückgekehrt war, hatte er sich vor allem auf seine Arbeit konzentriert, und darauf, seine Genesung wieder auf die Reihe zu bekommen; die Genesung, die wegen Bay Whitman beinahe entgleist wäre. Und weil er Bay Whitmans Romane gelesen hatte. Er hatte mit *Midnight Run* begonnen, dem Buch, das er in Vegas gekauft hatte und anschließend jedes Buch gelesen, das Bay geschrieben hatte. Sie waren gut. Verdammt gut und King konnte Bays Erfolg definitiv verstehen.

Zu seiner großen Überraschung hatte King kurz nach seiner Rückkehr begonnen, Escort-Aufträge zurückzuweisen. Zuerst nur den ein oder anderen, aber nach den ersten paar hatte er alle abgelehnt. Im Moment brauchte er das Geld nicht und aus irgendeinem Grund konnten sie sein Interesse nicht länger halten.

Er dachte an wenig anderes als an Bay. Der Mann hatte an seiner Entschlossenheit gerüttelt und zu wissen, dass Bay nur ein paar Blocks von ihm entfernt war, machte alles noch schlimmer. Bay war ein Auslöser, ein Trigger und das machte ihm verdammt viel Angst.

Sie hatten sich nicht getroffen, seit sie zurückgekommen waren, vor allem weil King dachte, dass er Zeit brauchte, um sich zu sortieren und glücklicherweise hatte auch Bay kein Treffen vorgeschlagen. King wollte nicht in alte Gewohnheiten verfallen. Er musste sich fangen. Er war jeden Tag bei SAA-Treffen gewesen und hatte sich mindestens zwei Mal pro Woche mit seinem Sponsor getroffen. Ihre Treffen waren etwas, das er dringend brauchte, um sich zu erden und sie erfüllten ihre Aufgabe. Bei seinem ersten Treffen mit seinem Sponsor hatte King ihn über alles, was in Vegas passiert war, informiert und seitdem hatten sie über wenig anderes gesprochen. Aber was Kings Sponsor ihm nach ihrem letzten Treffen gesagt hatte, war überhaupt nicht das, was King erwartet hatte – er hatte King aus dem Nest gestoßen. Er hatte King gesagt, dass er glaubte, dass er bereit war und ihn daran erinnert, dass King seit etwas über drei Jahren auf dem Weg der Besserung war. Es war Zeit, den nächsten Schritt zu wagen. Die Worte seines Sponsors hallten in seinen Ohren wider. *„Du hast die Arbeit geleistet. Jetzt wird es Zeit, dass du siehst, dass es sich gelohnt hat."*

Das 12-Schritte-Programm verbot einem Süchtigen niemals, Sex zu haben; es veränderte die Art wie ein Süchtiger mit Sex umging. Aber zu Beginn hatte Kings Sponsor nur zögerlich zugestimmt, mit King zusammenzuarbeiten, weil dieser gesagt hatte, dass er seine Schwierigkeiten in Angriff nehmen wollte, aber seinen Beruf nicht aufgeben konnte. Der Sponsor hatte King erklärt, dass er ein sehr ungewöhnlicher Fall war und dass sie es gemeinsam einen Tag nach dem anderen angehen würden. Zu Beginn hatte der Sponsor die Zahl von Escort- und Porno-Aufträgen begrenzt und King gewarnt, dass er entweder seinen Job aufgeben oder sich einen anderen Sponsor suchen müsste, wenn er Anzeichen zeigte, dass er seine Therapie nicht ernst nahm oder mehr Aufträge annahm als festgelegt. King hatte das nie vergessen. Aber sein Sponsor hatte King versichert, dass sie gemeinsam daran arbeiten würden, wenn er seinen Teil der Absprache einhielt. Und anscheinend war es das, was sie getan hatten.

„Alte Gewohnheiten sind zäh", murmelte King, noch immer unsicher, in sich hinein.

Aber ich habe die Arbeit geleistet.

Die Frage, die in Kings Ohren dröhnte, war, ob er Bay mit so einem wichtigen Schritt vertrauen konnte. Obwohl Bay mit seiner Sexualität zu kämpfen hatte, war King sich ziemlich sicher, dass Bay niemals bewusst etwas tun würde, um ihn zu verletzen. Aber was, wenn King sich ihm öffnete und Bay dann entschied, dass er nichts mit einem schwulen Pornodarsteller zu tun haben wollte oder konnte? Oder schlimmer, was sollte er tun, wenn sich etwas zwischen ihnen entwickelte? Konnte Bay damit umgehen, was King beruflich machte? Um Kings Lebensstil zu akzeptieren, musste man ein sehr starker und selbstbewusster Mann sein und Bay hatte selbst gesagt, dass er das nicht war. Würde King je darüber nachdenken, seinen Beruf aufzugeben? Er schien mehr Fragen als Antworten zu haben und das machte ihm Angst.

Er und Bay hatten sich ein paar Mal miteinander unterhalten seit sie zurückgekommen waren und Bay schien sich über seine Anrufe zu freuen, auch wenn er ein wenig reserviert war. King nahm an, dass Bay seine Grenzen respektierte und ihn den ersten Schritt machen ließ, also hatte er das nach seinem letzten geplanten Treffen mit seinem Sponsor getan. Und als King Bay zum Abendessen eingeladen hatte, hatte Bay nicht gezögert, was King hoffen ließ. Er würde Bay an diesem Abend auf den Zahn fühlen und dann entscheiden, wie er weitermachen wollte.

Als King ankam, saß Bay bereits an einem Tisch für zwei. Er trug einen schwarzen Rollkragenpullover und eine schwarze Jeans. Bay hatte ihn noch nicht gesehen, also musterte King ihn. Er sah zwangloser und entspannter aus als in Las Vegas, aber dennoch atemberaubend. Er war ein gut aussehender Mann und das Schwarz betonte jede attraktive Eigenschaft.

Bay entdeckte ihn, lächelte breit, stand auf und winkte. King ging zu ihm und sammelte alles an Selbstvertrauen zusammen, was er finden konnte. Als King seine Hand ausstreckte, nahm Bay sie entgegen und zog ihn in eine Umarmung.

„Es ist gut, dich zu sehen", sagte Bay und klang, als meinte er es ernst.

King trat zurück und sah ihn erneut an. „Du siehst großartig aus. Schwarz ist definitiv deine Farbe."

Bay lächelte verlegen. „Das sagt mein Stylist auch immer, aber wenn es nach mir ginge, würde ich wohl immer herumlaufen wie ein Clown. Ich habe keinen Sinn für Mode."

Bay setzte sich und King folgte seinem Beispiel.

„Nun … man würde es nie erraten, wenn man dich ansieht."

„Lass uns diese Theorie nicht testen", neckte Bay. „Und schau dich an. Du siehst auch nicht schlecht aus. Dieses grüne Hemd bringt deine Augen zum Glitzern und, wenn ich das so sagen darf, es betont genau die richtigen Stellen." Bay hob seine Arme und deutete auf Kings Bizeps.

„Findest du?", fragte King und strich die Vorderseite seines Hemdes glatt.

„Ja. Oh, und ich hoffe, ich war nicht zu voreilig, aber ich habe eine Flasche Pinot Noir bestellt."

„Klingt perfekt. Danke."

Als der Wein kam, lehnte King sich in seinem Stuhl zurück und musterte Bay erneut, während sein Begleiter das Etikett musterte und der Sommelier die Flasche öffnete. Er wirkte, als sei er in seinem Element, sah ruhig, gelassen und selbstbewusst aus, aber King kannte ihn inzwischen gut genug, um zu wissen, dass er hinter dieser Fassade nervös war. Sie hatten erst ein paar Tage in Las Vegas gehabt, aber die Tage waren intensiv gewesen und er hatte Bays beste und schlechteste Seiten gesehen. Zu wissen, dass er nicht der einzige mit Schmetterlingen im Bauch war, sorgte dafür, dass er sich besser fühlte.

Der Sommelier goss einen kleinen Schluck Wein in Bays Glas. Bay probierte und nickte und der Sommelier schenkte King ein und füllte dann Bays Glas. Bay hob sein Glas an. „Prost. Es ist wirklich gut, dich zu sehen."

King stieß sein Glas gegen Bays und nickte. *So weit, so gut!*

„Oh hey, bevor ich es vergesse", sagte Bay. „Nächsten Samstag habe ich um ein Uhr ein Ding im Barnes & Noble am Union Square. Mein Verlag und ein Vertreter von DreamWorks werden dort sein, um anzukünden, dass *Revenge in Monte Carlo* der erste von drei Jack-Robbins-Romanen ist, die auf die große Leinwand kommen. Bitte sag, dass du kommen wirst."

„Ist das klug?", fragte King. „Weil ich aussehe wie Jack und all das."

„Oh, das", sagte Bay. „Zur Hölle. Wir haben schon geklärt, dass die Ähnlichkeit zu Jack nur ein Zufall ist und außerdem – du bist mein Freund und jemand, der mir wichtig ist. Ich will dich in meinem Leben."

King lächelte. „Okay. Dann werde ich da sein." *Er will mich in seinem Leben.*

Die Unterhaltung während des Abendessens war angenehm und floss mit Leichtigkeit dahin. Bay übernahm die Führung und King hörte zu, wie er seine Schreibblockade und den zugehörigen Frust lebhaft und amüsant beschrieb. Aber etwas an Bay war ein wenig seltsam. King bemerkte eine subtile Veränderung. Er konnte nicht ganz festmachen, was es war, aber es war definitiv vorhanden. Nichts Schlechtes. Nur da.

Im Verlaufe des Abendessens achtete King genauer auf Bays Verhalten. Bay war unleugbar dieselbe Person, die er in Vegas kennengelernt hatte, aber mit einer subtilen, ungewohnten Nuance. Konnte der echte Bay Whitman sich mit der Persona vermischen, die Bay normalerweise verkörperte, wenn er sich in der Öffentlichkeit aufhielt? Bay zufolge gab es eine solche Person nicht, aber King wusste, dass es anders sein musste. King entschied, dass er diese Mischung mochte. Bays Gesten und Bewegungen hatten noch immer ein wenig „Jack" an sich, aber das konnte Gewohnheit sein. Der unvertraute Teil von ihm hatte einen lockeren Humor, gemischt mit ein wenig Sarkasmus an sich, aber er war eine angenehme Gesellschaft und sehr viel entspannter. King entschied, dass er den neuen Bay noch viel mehr mochte.

Dann war King an der Reihe, Bay auf den neusten Stand *seines* Lebens zu bringen.

„Ich habe es endlich geschafft, deine Bücher zu lesen", sagte King und legte einen Arm über die Rückenlehne seines Stuhls.

Bays Lächeln zeigte, dass er sich freute. „Welche?"

„Alle."

„Wirklich?"

King nickte stolz. „Ja, Sir. Und du bist verdammt gut."

Bay legte seine Hand auf Kings und drückte sie. „Ich weiß nicht, was ich sagen soll. Und danke."

„Sag einfach nichts. Beeil dich einfach und veröffentliche *Assassination in Argentina*. Ich kann kaum erwarten, was Jack als nächstes erlebt."

„Es ist fertig und im Lektorat", sagte Bay. „Ich lasse dir morgen von Rachel eine Beta-Fassung schicken."

„Ernsthaft? Das wäre großartig."

„Wird erledigt."

King erzählte ihm von seinen täglichen Treffen, den Drehs und der Zeit, die er mit seinem Sponsor verbracht hatte. Natürlich nicht alle Details, dafür war er noch nicht ganz bereit. Aber in dem Moment, in dem er Bay am Tisch sitzen sah, hatte er gewusst, dass er irgendwann soweit sein würde.

Während sie aßen, wartete King geduldig in der Hoffnung, dass Bay ihm einen Aufhänger bot, um über sie zu sprechen, aber stattdessen erzählte Bay nervös von der New Yorker Theaterszene, Las Vegas und einigen anderen Themen. Für jemanden, der nie seine Wohnung verließ, wusste Bay über viele Dinge Bescheid. Als King das anmerkte, schrieb Bay es seinen Recherchen zu.

„Ah ja", sagte King. „Ich erinnere mich, dass du mir erzählt hast, dass du eine Menge recherchierst. Du hast Wissen im Überfluss."

Bay lachte. „Ja, aber leider ist das meiste nicht nützlich."

Nach dem Abendessen nippten sie an Portwein und teilten sich ein großes Stück Schokoladenkuchen, während sie eine Pause in ihrer Unterhaltung und erstaunlich angenehmes Schweigen genossen. Während des Essens hatte Bay nicht erwähnt, was zwischen ihnen in Vegas vorgefallen war und King begann zu denken, dass Bay ihre Chance nicht entdecken wollte und das Thema mied.

Kings Hoffnungen begannen zu schwinden, aber dann sagte Bay seinen Namen. Und etwas an der Art, wie er ihn aussprach, weckte Kings Aufmerksamkeit.

King sah erwartungsvoll auf. „Ja?"

„Du erinnerst dich, wie ich gesagt habe, dass ich Recherche mag, oder?"
King nickte.

„Als ich aus Vegas zurückgekommen bin, habe ich eine Menge zu Sexsucht recherchiert", erklärte er. „Ich wollte alles erfahren, was ich finden konnte."

King hob eine Augenbraue. „Und?"

„Ich verstehe jetzt viel mehr davon", sagte Bay. „Ich habe mehr über Trigger gelernt und wie man sich selbst nie in potentiell unsichere Situationen bringen soll. Und dass das letzte, was man will ist, die Heilung zu sabotieren und zu beeinflussen."

„Das weiß ich", sagte King. „Und ich weiß es zu schätzen."

„Aber ...", sagte Bay zögernd und sah durch seine Wimpern nach oben. „Bin ich ein Trigger? Eine gefährliche Situation?"

King seufzte. „Ja. Du bist ein Trigger. Und eine potentiell sehr gefährliche Situation für mich."

Bays sah enttäuscht aus.

King streckte seinen Arm über den Tisch und nahm Bays Hand in seine. „Aber du bist ein Trigger und eine potentiell gefährliche Situation, für die ich bereit bin, ein Risiko einzugehen."

Bay versuchte, seine Hand zurückzuziehen, aber King hielt sie fest.

„Nein. Ich kann das nicht zulassen", plapperte Bay. „Wenn du einen Rückfall hast, musst du wieder von vorne anfangen, deine Enthaltsamkeit nachzuhalten. Du bist so weit gekommen – ich kann nicht ein Teil davon sein."

„Jesus", sagte King. „Du hast wirklich viel recherchiert. Aber Bay, das ist nicht deine Entscheidung."

Bay musterte King. „Natürlich ist es das", sagte er schließlich, riss seine Hand aus Kings, nahm sich die Serviette vom Schoß und ließ sie auf den Tisch fallen. Er rückte seinen Stuhl nach hinten und stand auf.

„Warte", sagte King. „Ich habe es nicht so gemeint. Bitte setz dich und hör mir zu."

Bay zögerte, aber schließlich setzte er sich wieder und starrte King an.

„Okay. Ich habe dir schon erzählt, dass ich mich diese Woche drei Mal mit meinem Sponsor getroffen habe. Aber ich habe dir nicht gesagt, worüber wir gesprochen haben."

„Ist das nicht vertraulich?", unterbrach Bay. „Deine Unterhaltungen zwischen dir und deinem Sponsor, meine ich."

„Von seiner Seite, ja", erklärte King. „Ich kann das, worüber wir uns unterhalten, weitergeben, wenn ich das möchte, aber er nicht. Bay, darum geht es nicht."

„Worum dann?"

„Was ich sagen will", meinte King. „Er denkt, dass ich bereit bin, den nächsten Schritt zu gehen. Meine Genesung voranzubringen. Mit jemandem – mit dir."

Bay schien das Blut aus dem Gesicht zu weichen. „Was?", fragte er überrascht.

„Das Ziel für eine sexsüchtige Person ist es, letztendlich eine gute, gesunde Sexualität zu entwickeln", sagte King. „Wenn nicht, was wäre dann der Sinn des Programms? Ich bin schon so lange in Therapie, dass ich Angst hatte, ins kalte Wasser zu springen. Ich meine ... ich habe mich an diese Norm gewöhnt."

Bay senkte den Blick. „Ich verstehe gar nichts."

„Das Entscheidende ist", sagte King, „dass ich herausfinden möchte, wohin diese Sache zwischen uns führt und ich habe grünes Licht von meinem Sponsor bekommen. Die wichtige Frage ist – willst *du* diesen Weg mit mir gehen?"

Scheinbar hörte Bay diesen Teil. Er lächelte und dieses Mal nahm er Kings Hand. „Ja. Das möchte ich. Ich meine ... Ich denke andauernd an dich. Ich habe mich nur von dir ferngehalten, weil ich nicht derjenige sein wollte, der –"

„Das dachte ich mir", sagte King. „Und du hast keine Ahnung, wie sehr ich das zu schätzen weiß. Aber es ist okay. Es ist wirklich okay."

Bays Blick senkte sich erneut.

„Was ist los?", fragte King.

„Ich weiß, was ich möchte", sagte Bay leise. „Was, wenn du mit mir das Risiko eingehst und ich es in den Sand setze?"

King kicherte. „Darum mache ich mir keine Sorgen. Zur Hölle, es ist wahrscheinlicher, dass *ich* Mist baue."

„Ich mache mir Sorgen", sagte Bay. „Ich habe keine Ahnung, was ich mache. Was, wenn es falsch ist? Ich meine ... Ich habe deine Videos gesehen. Ich weiß, *was* ich tun muss – ich habe es nur nie zuvor getan."

Hat er gerade gesagt, dass er meine Videos gesehen hat? Kings erster Gedanke war, dass Bay ihn belogen hatte. Dass Bay die ganze Zeit gewusst hatte, wer er war und mit ihm gespielt hatte.

King stand auf und sein Stuhl flog nach hinten. „Du hast meine Videos gesehen? Wann?"

Bay wirkte erschreckt und stand ebenfalls auf. „Es tut mir leid. Während ich die Schreibblockade hatte, habe ich an dich gedacht und ich wurde neugierig."

King senkte seine Stimme und sah sich in dem kleinen Restaurant um. Sie wurden jetzt von allen angestarrt. Aber King war es egal. Er brauchte Antworten.

„Wann?", forderte King.

„Als ich aus Vegas zurückkam", sagte Bay. „Wieso? Ist das wichtig?"

King fluchte leise. Verlegen stellte er seinen Stuhl wieder gerade hin und setzte sich. Wieso hatte er das gedacht? Er glaubte nicht wirklich, dass Bay so mit ihm spielen würde.

Bay setzte sich ebenfalls, aber seinem Gesichtsausdruck nach zu schließen, hatte er bereits begonnen nachzudenken. King vermutete, dass er wohl eins und eins zusammenzählte und verstand, was King gedacht hatte.

„Warte!", sagte Bay. „Du glaubst immer noch, dass ich gewusst habe, wer du warst, als wir uns in Vegas getroffen haben? Und dass ich jemand bin, der so mit dir spielen würde?"

„Nein, das glaube ich nicht", sagte King, streckte seine Hand über den Tisch und versuchte Bays erneut zu nehmen, aber Bay zog sie zurück und ließ sie unter den Tisch fallen.

„Und ja, ich habe einen Moment darüber nachgedacht, aber das war falsch von mir. Ehrlich gesagt", meinte King, „glaube ich, dass ich nervös und ein wenig ängstlich bin."

Bay lehnte sich in seinem Stuhl zurück und verschränkte die Arme vor der Brust. „Vor mir?"

„Nicht direkt."

„Was dann?"

„Du wusstest bis vor kurzem nicht, dass du möglicherweise schwul bist", sagte King. „Ich gehe ein Risiko ein. Was, wenn es nicht stimmt? Du mich nicht magst?"

Bays Blick wurde weicher. „King", flüsterte er, „du hast recht. Ich weiß nicht, was ich hier mache, aber ich weiß, dass du dir keine Sorgen machen musst, wenn der Sex mit dir Ähnlichkeit damit hat, dich zu küssen."

King lächelte. Er wollte Bay nur zu gern einen weiteren Vorgeschmack geben, aber als er sich im Restaurant umsah, bemerkte er, dass die Leute sie mit erneutem Interesse anstarrten. „Ich möchte dich jetzt wirklich küssen. Können wir bitte von hier verschwinden?"

Bay nickte. Er winkte dem Kellner und King griff nach der Rechnung, bevor Bay die Gelegenheit dazu hatte. „Ich mache das." Er legte Bargeld auf den Tisch. „Das ist das mindeste, was ich tun kann, weil ich ein Arschloch war und voreilige Schlüsse gezogen habe. Jetzt lass uns bitte gehen."

18

SOBALD SIE draußen waren und nicht mehr unter der neugierigen Beobachtung der Restaurantgäste standen, sah King sich schnell in der Gegend um und schob Bay dann in eine nahegelegene Gasse. Er drückte ihn gegen die Wand und Bay konnte Lust und Verlangen in Kings Augen sehen. King lächelte kurz und beugte sich dann hinunter, um seine Lippen auf Bays zu legen.

Bays Herz raste, als Kings warme Zunge sich gegen seine Lippen drückte und dann langsam hineinglitt. Sie bewegte sich gegen Bays Zunge und Bay umfasste Kings Nacken und zog ihn näher. Brauchte ihn näher. King unterbrach den Kuss und sah erneut in Bays Augen. „Zu mir."

Er nahm Bays Hand und sie eilten, rannten beinahe, die Straße hinab, bis sie Kings Gebäude erreichten. King nickte dem Portier zu und führte Bay zum Aufzug. Er drückte den Rufknopf und wartete. Dann schüttelte er den Kopf, fluchte und führte Bay zu den Treppen, als könnte er nicht länger warten. Sobald sie das Treppenhaus betreten hatten, nahm King zwei Metallstufen auf einmal und Bay folgte ihm auf dem Fuß. Als sie den ersten Stock erreichten, blieb King stehen und drückte Bay gegen die Wand. Er zerrte an Bays Rollkragen und küsste seinen Hals. Bay neigte den Kopf, um ihm mehr Raum zu geben und King knabberte und biss leicht zu und leckte anschließend über die Stelle. Bays ganzer Körper zitterte vor Lust. Kings Erektion presste sich gegen Bays. Nur dünne Stoffschichten trennten ihr Verlangen. Bay hatte King sowohl in Videos als auch in der Realität in Aktion gesehen und wusste, was er ihm zu bieten hatte.

Eine Welle der Furcht überkam Bay. Konnte er King befriedigen? Oder schlimmer, konnte er auch nur ansatzweise mit Kings Wissen in diesem Bereich mithalten? Als King sich von ihm löste und ihn die nächsten Stufen hinaufzog, dachte er darüber nach, wie ironisch es war, dass *er*, Bay Whitman, in einem Treppenhaus mit einem Pornostar und Callboy rummachte. Bay, der streberhafte, introvertierte Mann, tat genau das, was Jack mit einer Eroberung getan hätte. Aber er war nicht Jack und King war keine Frau. Mit einmal Mal realisierte Bay, dass er den ganzen Abend nicht Jack gewesen war. Er war größtenteils er selbst gewesen und diese Erkenntnis schockierte ihn sogar noch mehr.

Nach weiteren sechs Stockwerken waren sie beide außer Atem, teilweise, weil sie die Treppen sehr schnell nach oben gegangen waren, aber vor allem, weil sie in jedem Stockwerk stehenblieben, um wie Teenager herumzuknutschen. Als sie endlich Kings Stockwerk erreichten, stieß King die Tür zum Treppenhaus auf und zog Bay hindurch. Sie rannten den Flur hinunter, bis King vor einer Tür stehen blieb. Er zog einen Schlüssel hervor, kämpfte damit, ihn ins Schloss zu schieben und dann waren sie innerhalb von Sekunden in Kings Wohnung. King schlug die Tür zu und der Rest der Welt war endlich ausgeschlossen.

King zerrte Bays Rollkragenpullover aus seiner Jeans und zog ihn ihm über den Kopf. Er beugte sich herab, nahm eine von Bays Brustwarzen in den Mund, biss leicht zu und leckte anschließend das Stechen weg. Bay warf seinen Kopf in den Nacken und umfasste Kings Hinterkopf, als hätte er das schon tausende Male getan. Der schwache Schmerz, der sich mit Lust und Wärme vermischte, war ein Gefühl, das Bay nie zuvor erlebt hatte und er realisierte schnell, wie man süchtig danach werden konnte. *Oh Scheiße! King! Wie kommt er damit klar?*

Bay schob King ein Stück zurück. „Warte mal eine Sekunde", flüsterte er.

King warf ihm einen fragenden Blick zu. „Geht es dir gut?"

„Ja", sagte Bay. „Aber ich mache mir Sorgen um dich. Geht es *dir* gut?"

„Verdammt, ja", sagte King. „Jesus, das ist so gut, aber …"

„Aber was?", fragte Bay.

„Warum hast du aufgehört? Habe ich etwas falsch gemacht?"

Bay zog King an sich und küsste ihn hart. Er zog sich zurück. „Nein. Alles ist gut. So gut. Aber ich möchte, dass wir langsamer weitermachen. Du kümmerst dich immer um alle anderen. Bei deinem ersten Mal seit deiner Besserung, möchte ich mich um dich kümmern. Ich habe keine Ahnung, was ich hier mache, aber ich möchte es versuchen."

Als King seinen Mund öffnete, war Bay sicher, dass er protestieren wollte, also hielt Bay ihn auf. „Es ist mir wichtig."

King nahm es hin. Er nahm Bay bei der Hand und führte ihn in ein Wohnzimmer. Es war groß für New Yorker Verhältnisse und stilvoll eingerichtet; am einen Ende lag eine kleine Küche und auf der anderen Seite befand sich eine Tür, von der Bay vermutete, dass sie in ein Schlafzimmer führte. King breitete seine Arme aus. „Ich bin ganz dein", sagte er. „Leg los."

Bay rieb seine Hände aneinander und lächelte verschmitzt. Nein, nicht verschmitzt – eher aufgeregt und vorfreudig. Er hatte darüber geschrieben, dass Frauen sich so fühlten, weil sie mit Jack Robbins zusammen waren, es jedoch noch nie selbst erlebt. Das Gefühl war ermutigend, berauschend und ein wenig überwältigend. King erlaubte Bay zu tun, was immer er wollte.

Angst und Sorge ersetzten die vorfreudige Aufregung. *Wo fange ich an? Was mache ich?* Aber Bay schob die Gedanken von sich, trat näher an King heran und erlaubte sich zum ersten Mal in seinem Leben von seinen Sinnen, seiner Lust und seinem Verlangen geleitet zu werden. Er nahm an, dass die Wies und Wanns sich von selbst beantworten würden. Eine leise Stimme flüsterte in seinem Hinterkopf zu ihm. *„Mach, was du in Kings Videos gesehen hast. Das ist ein guter Anfang."*

King lächelte ihn neugierig an. Bay hielt Kings Blick, während seine Hände instinktiv zu dessen smaragdgrünem Shirt wanderten. King umfasste Bays Handgelenke und hielt sie fest. „Warte. Bevor wir weitermachen, möchte ich, dass du weißt, dass ich HIV-negativ und gesund bin. Ich nehme das vorbeugende

HIV-Medikament Truvada und lasse mich wegen meiner Arbeit alle dreißig Tage mit den aktuellsten RNA und p24-Tests auf HIV und andere sexuell übertragbare Krankheiten testen. Das sind die genausten Testverfahren, die es gibt. Und ich benutze immer Kondome."

Bay ließ seine Stirn gegen Kings Brust sinken. „Ich weiß nicht, was das alles bedeutet und es ist so dumm von mir, dass ich nicht einmal daran gedacht habe, zu fragen."

King umfasste Bays Gesicht mit seinen Händen und drückte Bays Kopf zurück, bis ihre Blicke sich trafen. „Du bist nicht dumm. Du bist nur unerfahren." King küsste ihn. „Ich wollte nur, dass du es weißt."

„Danke."

King nickte. „Wo waren wir?"

„Ich denke, ich wollte gerade das tun." Bay öffnete langsam jeden einzelnen Knopf von Kings Hemd. Er zog es aus dessen Hose, schob es von seinen Schultern und ließ es zu Boden fallen. Bay unterbrach den Blickkontakt und senkte den Blick. Wie in seiner Erinnerung war Kings Brust gebräunt, breit und muskulös. Er strich mit seinen Händen über Kings nackte Haut, die sich unter seiner Berührung warm und weich anfühlte. Er tat, was King zuvor bei ihm getan hatte – nahm einen von Kings Nippeln in seinen Mund und wiederholte Kings Handlungen. Er biss sanft zu, saugte und leckte dann darüber. King stöhnte und Bay hoffte, dass dieses Geräusch Lust und nicht Schmerz signalisierte. Er bekam seine Antwort, als King seine Hand auf *seinen* Hinterkopf legte und Bays Mund härter an seine Brust drückte.

Bay küsste einen Pfad von Kings Brust zu seinem Hals. Er vergrub sein Gesicht dort, leckte und neckte Kings weiche, warme Haut. King neigte seinen Kopf zur Seite und Bay nutzte den zusätzlichen Raum voll aus. Er atmete die berauschende Mischung aus Kings süßlichem Rasierwasser und seinem herben Eigengeruch ein, während er seine Lippen über Kings Adamsapfel streichen ließ und ein wenig mehr saugte, knabberte und vorsichtig zubiss.

Kings Stöhnen wurde lauter, was Bay dazu brachte mehr zu geben und es noch besser zu machen. Mit beiden Händen auf Kings Brust schob er ihn langsam rückwärts, bis sie die Couch erreichten. Er drückte King runter, sodass sein Arsch mit einem dumpfen Geräusch auf der Couch landete.

King sah überrascht zu ihm auf und Bay lächelte nur. Er kniete sich zu Kings Füßen, zog ihm seine Schuhe aus und massierte kurz seine Füße, wie King es bei ihm getan hatte. Als er aufsah, hatte King seinen Kopf an die Couch gelehnt und seine Augen waren geschlossen.

„Alles okay?", fragte Bay. „Wenn ich aufhören soll …"

„Nein!", sagte King. „Bitte nicht. Es ist so lange her, dass ich etwas gefühlt habe. Echte Emotionen. Es ist so gut."

Bay erhob sich, schob sich auf King, küsste ihn und strich mit seinen Händen durch Kings Haar. Es fühlte sich beinahe so an, als hätte eine andere Person seinen Körper übernommen. Er hätte sich in einer Million Jahren nicht erträumt, in dieser

Situation zu sein – an einem Ort wie diesem, mit einem Mann wie diesem. Aber hier war er.

Kings Erektion presste sich gegen Bays Arsch und es war gleichzeitig erregend und beängstigend. Er bewegte sich, angetrieben von reinem Instinkt. King öffnete überrascht die Augen und Bay lächelte und küsste ihn. Ohne dass ihre Lippen sich voneinander lösten, richtete Bay sich weit genug auf, um zwischen sie zu greifen, King durch seine gespannte Hose zu umfassen und zuzudrücken. King stöhnte in Bays Mund, während Bay seinen Griff festigte und seine Hand hoch und wieder runtergleiten ließ. Er wiederholte die Geste mehrmals. Seine Handlungen überraschten selbst ihn.

Bay spürte einen überwältigenden Drang, King erneut zu schmecken, also rutschte er ein Stück nach unten und nahm Kings anderen Nippel in den Mund. King keuchte laut und umfasste erneut Bays Nacken, um seinen Mund näher zu ziehen. Bay umkreiste Kings Brustwarze, biss sanft zu und milderte den Biss wie zuvor, indem er darüber leckte. King stöhnte erneut und das Geräusch sorgte dafür, dass Bay weitergehen wollte. Er wollte alles tun, um dem Mann, der immer andere befriedigt und sich selbst vernachlässigt hatte, Lust zu bereiten.

Bay rutschte von der Couch auf seine Knie, schob Kings Beine auseinander und positionierte sich dazwischen. Er hörte vage, dass sein Name gesagt wurde, aber er ignorierte es. Eine Macht, die er bisher in seinem Leben nicht gekannt hatte, trieb ihn an. Eine Macht, die größer war als er selbst. Er war sich nicht sicher, was es war, denn nichts war vergleichbar mit den Emotionen, die sich in ihm ausbreiteten. Der Drang und die Entschlossenheit, jemandem Lust zu bereiten, waren seine oberste Priorität. Er öffnete Kings Hose und zog seine Unterwäsche herunter, um seine harte Länge freizulegen.

Bay hatte sie während des Drehs und im Internet gesehen, aber die unmittelbare Nähe – sie direkt vor seinem Gesicht zu haben, machte das, was er gleich tun würde, sehr real. Aber das hatte nicht einmal ansatzweise die Macht, ihn aufzuhalten.

Kings Erektion, die vollständig hart war in all ihrer Pracht, war wirklich ein unvergesslicher Anblick. Bay bemerkte die weißliche Flüssigkeit, die sich an der Spitze sammelte und leckte instinktiv darüber. King keuchte und versteifte sich und diese Reaktion wirkte berauschend auf Bay. Er wollte – brauchte – mehr Lautäußerungen wie diese.

Bay kostete den unvertrauten Geschmack und entschied, dass es eine Mischung aus bitter, süß und salzig in einem war. Kings Essenz auf seiner Zunge war ein Aphrodisiakum, das ihn erregte und ihm mehr Mut machte als alles, was er je erlebt hatte. Er schloss die Augen und nahm King nervös in seinen Mund. Bay hatte keine Vorstellung davon gehabt, wie King schmecken würde, aber die Realität enttäuschte ihn nicht. Kings Haut war warm und seidig und als Bay seinen Mund tiefer rutschen ließ, bemerkte er ein Aroma, das er nur King zuschreiben konnte.

Sein eigener, einzigartiger Duft. Er realisierte erneut, wie es sich anfühlen mochte, nach etwas süchtig zu sein. Dieses unverkennbare Aroma war King pur.

„Oh, Baaaayyy", stöhnte King, wobei er seinen Namen in die Länge zog. Bay ließ seinen Mund erneut auf und ab gleiten, aber dann schob King ihn zurück. Kings Arme fuhren unter Bays Achseln und zogen ihn hoch.

„Stopp", flüsterte King.

Bay spürte Panik. *Es ist wieder genau wie in Las Vegas. King ist nicht bereit, ich bin zu weit gegangen. Was habe ich mir dabei gedacht?*

Bay stand auf. „Es tut mir leid, King. Ich habe dich zu sehr gedrängt."

„Nein, Baby", sagte King und stand auf, wobei seine Hose zu Boden fiel und an seinen Knöcheln liegen blieb.

Bay trat zurück und als King ihm folgte, blieb er in seiner Hose hängen, stolperte und fiel in Bays Arme. Bay fing ihn auf und sie standen einander gegenüber. „Es liegt nicht an dir, Baby. Ich war kurz davor, zu kommen. Du hast mich so schnell dahin gebracht. Ich wollte nicht … Ich möchte, dass das länger dauert."

Bay seufzte erleichtert. „Ich dachte …"

„Es tut mir leid", sagte King. „Ich hätte eindeutiger sein sollen. Du machst alles richtig."

King befreite sich von seiner Hose, zog seine Socken aus, nahm Bays Hand und führte ihn ins Schlafzimmer. Er küsste Bay tief und machte sich an seinem Gürtel zu schaffen. Sekunden später unterbrach King den Kuss und ließ sich auf die Knie fallen. Er zog Bays Jeans herunter, band dessen Schuhe auf, zog sie aus und streifte ihm als nächstes seine Socken ab. Er hob Bays Füße einen nach dem anderen an seinen Knöcheln an, zog die Jeans weg und warf sie beiseite.

Nackt dort zu stehen, sorgte dafür, dass Bay seiner Selbst sehr bewusst war, aber nicht genug, um wegzulaufen, sich zu verstecken oder selbst zu bedecken. Er wollte das. Wollte King. Als King auf seine Knie sank und Bay in seinen Mund nahm, hörte Bay tausend Instrumente in seinem Kopf erklingen, Streicher und Hörner, die gleichzeitig denselben Akkord spielten. Er glitt in eine neue, wundervolle Welt. Das war es also, was er sein ganzes Leben verpasst hatte.

King löste sich von Bay und stand auf. „Du bist wunderschön", flüsterte er. „Dein Körper. Dein Geist. Alles perfekt."

Bay wurde rot, aber King ließ ihm keine Zeit für Schüchternheit. Stattdessen drängte er ihn rückwärts, bis seine Beine das Bett berührten. Mit einem Stoß seiner großen Hand beförderte King Bay mit dem Rücken auf das weiche Bett und kletterte über ihn. King drückte ihre Lippen für einen hungrigen und intensiven Kuss aufeinander und Bays Erektion zuckte zwischen ihnen. Da er wollte, dass King im Mittelpunkt stand und nicht er, hob Bay schnell ein Knie, drückte nach oben und drehte King in einer fließenden Bewegung auf den Rücken. King lachte, seine Augen waren ungläubig geweitet.

Bay lächelte auf ihn hinunter. „Hier geht es um dich, schon vergessen?"

King zog Bay zu sich hinunter, schlang seine Arme um ihn und hielt ihn fest. Schließlich schlängelte Bay sich aus seiner Umarmung und rutschte erneut nach unten, um King in den Mund zu nehmen. Er tat, was er in den Videos gesehen hatte und bewegte sich langsam an Kings Länge auf und ab, während er eine Hand benutzte, um mit Kings Eiern und der weichen Haut darunter zu spielen. Als Bay aufsah, waren Kings Augen geschlossen und er hatte einen Arm über die Stirn gelegt. Er wimmerte.

Es war möglich, dass Bay das stunden- oder nur minutenlang tat; er wusste es nicht und es war nicht wichtig. Zum ersten Mal in seinem Leben fühlte er sich wirklich lebendig. King versteifte sich, umfasste Bays Kopf und schob ihn von sich weg. Er stöhnte Bays Namen, nahm sich selbst in die Hand und pumpte ein einziges Mal. Warme, zähe Flüssigkeit landete auf Bays Gesicht und seinem Mund. Bay leckte über seine Lippen und dann griff King unter seine Achseln und zog ihn nach oben, bis sie einander ansahen. King blickte in Bays Augen mit einem Ausdruck, den er nicht deuten konnte und küsste ihn tief. Er schauderte und zitterte einige Minuten länger und Bay blieb einfach so, streichelte sein Haar, küsste ihn und hielt ihn fest.

Als King seine Augen öffnete, lächelte er. „Das war unglaublich, Bay. Du musst eine Menge Filme gesehen haben."

„Ein paar", neckte Bay. „Aber so viel davon hat sich einfach natürlich angefühlt. Es ist, als hätte ich mein ganzes Leben auf diesen Moment gewartet. Es hat sich alles so richtig angefühlt."

King küsste Bay erneut und wechselte dann ihre Positionen. „Und es wird sich schon bald noch viel *richtiger* anfühlen."

King brachte sich über Bays Mitte in Stellung und nahm dessen noch immer harte Länge zwischen seine Lippen. Die Wärme von Kings Mund, die Bay sofort umgab, ließ Wellen der Lust über seinen Körper rauschen. King tat etwas mit seiner Zunge, das Bay beinahe den Verstand verlieren ließ, aber er wollte mehr. Als ob King gespürt hätte, dass Bay kurz davor war, ließ er ihn aus seinem Mund gleiten.

Bay vermisste die Wärme, bis King Bays Beine zurückdrückte und über die Haut zwischen seinem Arsch und seinen Eiern leckte und er sich ihm erneut hingab. Die Stelle war so empfindlich, dass Bays Nervenenden vibrierten, als stünden sie unter Strom. Als Kings Zunge zu Bays Öffnung wanderte, erstarrte Bay. Dieser Bereich war so intim, aber Kings Eindringen sandte Wellen der Lust durch seinen Körper. Er verdrängte seine Verlegenheit, griff in die Laken und ließ sich gehen. Als Kings Zunge sich hineinschob, ertönte wieder das Orchester in Bays Kopf. Wenn er zuvor geglaubt hatte, dass er lichterloh brannte, war es nichts im Vergleich zu dem hier.

Kings Hand bewegte sich an Bays Länge auf und ab, während eine warme, feuchte Zunge seine Öffnung neckte und ihn mit den überwältigenden Empfindungen beinahe zum Kommen brachte.

Bays Orgasmus begann sich in ihm aufzubauen. Er versteifte sich, krümmte seinen Rücken und Kings Mund berührte erneut seinen Schwanz, umschloss ihn, als seine Erlösung an die Oberfläche drang. Er kam länger und intensiver als je zuvor und King hatte es ihm förmlich entlockt. Als King ihm jeden Tropfen stibitzt hatte, kletterte King wieder nach oben, um ihn anzusehen. „War das okay?"

Bay konnte nicht sprechen. Tränen brannten hinter seinen Augenlidern, aber er weigerte sich, sie entkommen zu lassen. Er nickte und King lachte leise.

Als Bay wieder Worte bilden konnte, schlüpfte ein „voll geil" über seine Lippen, bevor er es zurückhalten konnte. *Wo kam das her?*

King lachte begeistert. „Wenn du glaubst, dass das geil war, warte die zweite Runde ab."

ALS BAY seine Augen öffnete, blinzelte er gegen den hellsten Sonnenschein, den er je gesehen hatte. Er schien durch die riesigen Fenster hinein, die vom Boden bis zur Decke reichten und die Strahlen erhellten die Staubpartikel, die durch die Luft tanzten. Kings langer fester Körper presste sich dicht an Bays Rücken und er hatte einen Arm um seine Mitte geschlungen und hielt Bays Hand fest in seiner. King schnarchte leise und das Geräusch war beruhigend.

Wenn er in diesem Moment sterben müsste, würde er glücklicher sterben, als er es je zuvor in seinem Leben gewesen war, dachte Bay. Erneut fragte er sich, wie ihm all das in etwas über einem Monat passiert sein konnte. Es musste irgendeine Art Rekord sein, innerhalb von dreißig Tagen von scheinbar hetero, an bisexuell vorbei, zu offensichtlich schwul zu kommen, aber das zeigte nur, dass Menschen nicht immer waren, was sie zu sein schienen, ihn eingeschlossen. In der Öffentlichkeit war er nie der, der er zu sein schien, aber auch privat war er nicht, was er gedacht hatte. Er wollte die Götter jedoch nicht mit zu vielen Fragen belästigen. Er vermutete, dass er später noch viel Zeit hatte, es zu analysieren.

„Ich kann dich denken hören", flüsterte King. „Bitte sag mir, dass das keine Reue ist."

Bay festigte seinen Griff um Kings Hand. „Nie im Leben. Bei dir?"

„Nein, Sir", sagte King. „Ich denke, ich muss mich heute Vormittag mit meinem Sponsor treffen, über ein paar der Gefühle sprechen, aber von meiner Seite gibt es auch keine Zweifel. Insgesamt geht es mir ziemlich gut."

King ließ Bay los und streckte sich. „Ich frage mich, wie spät es ist?"

Bay sah auf seine Uhr. „Kurz nach sieben."

Bay war noch nie über Nacht geblieben, nachdem er Sex gehabt hatte, daher hatte er keine Ahnung, wie das Protokoll für diese Sache aussah. „Soll ich gehen?", fragte er leise.

King kuschelte sich von hinten an ihn und seine Morgenlatte nestelte sich zwischen Bays Arschbacken. Er fragte sich kurz, wie es sich anfühlen würde,

King in sich zu spüren. Sam schien es genossen zu haben, so wie jeder von Kings Partnern in seinen Videos.

„Natürlich nicht", sagte King. „Ich habe um elf einen Dreh. Ich werde versuchen, mich vorher mit meinem Sponsor zu treffen und wenn du möchtest, können wir zusammen ein spätes Mittagessen einplanen."

Er hat einen Dreh. Bay kämpfte gegen einen Stich der Eifersucht an. *Es ist sein Job, Bay. Das wusstest du, bevor du dich auf ihn eingelassen hast.*

„Bay?"

„Ja. Ja", sagte Bay. „Das wäre großartig."

„Dann haben wir ein Date", sagte King. „Wir haben immer noch eine Stunde oder so, bevor wir losmüssen und ich weiß ganz genau, was wir tun können, um diese Zeit zu füllen."

King rollte sich auf den Rücken und Bay drehte sich um und rutschte zu ihm. Ihre Lippen trafen sich für einen intensiven Kuss, aber Kings Dreh geisterte noch immer in Bays Hinterkopf herum. Sie hätten vermutlich vorher darüber sprechen sollen, aber jetzt war es zu spät. Bay schloss die Augen und entschied, bis später nicht weiter darüber nachzudenken.

Er sah auf King hinab. „Lass uns sehen, was ich tun kann, um dieses harte Ding zu beseitigen, das sich da in meinen Schenkel bohrt."

19

ZWEI STUNDEN später brachte King Bay nach unten, umarmte ihn fest und ließ ihn in ein Taxi steigen. Er duschte und sprang ebenfalls in ein Taxi, um seinen Sponsor in ihrem üblichen Coffee Shop zu treffen. Auf dem Weg dorthin durchfluteten ihn viele Emotionen, aber vor allem fühlte er sich lebendig. Zum ersten Mal seit so langer Zeit fühlte er sich vollständig und ganz normal. Aber eine quälende Befürchtung sorgte dafür, dass er die Gehwege und Autos in der Nähe scannte und besonders auf jeden gut aussehenden Mann achtete, den er entdecken konnte. Zu seiner Überraschung spürte er kein Verlangen, Sex mit einem von ihnen zu haben. *Das muss ein gutes Zeichen sein.*

Als King den Coffee Shop erreichte, war sein Sponsor bereits dort und er setzte sich ohne zu zögern an den Tisch, begrüßte ihn und begann zu reden. Es war, als hätte sein Mund einen eigenen Willen und die Worte kamen mit Leichtigkeit und ohne bewussten Gedanken. King realisierte, dass er ein einziges Bündel aus Gefühlen war, während er seinen und Bays Abend beschrieb. Innerhalb weniger Tage hatte er erst den Vorschlag seines Sponsors, seine Gefühle für Bay auszuleben, infrage gestellt, war zu heilloser Nervosität sie beide betreffend übergegangen, dann zu vorsichtigem Optimismus im Restaurant und schließlich zu überschwänglicher Euphorie.

Während sie sich unterhielten, versicherte ihm sein Sponsor, dass alles, was er fühlte, ein normaler Teil der Genesung war. Die Gefühle, die ihm jetzt zu schaffen machten, waren Folge der Angst – Angst vor einem Rückfall, Angst davor, sich selbst wieder zu vertrauen und der Kraft seiner Genesung zu vertrauen, aber vor allem Angst davor, diesen ersten Schritt zu gehen.

King wusste, dass er recht hatte. Der Mann hatte alles selbst durchgemacht und mit Hilfe einer unterstützenden Frau und dem Verständnis seiner eigenen Dämonen überlebt. Jetzt würde King hoffentlich Bay haben, um sich auf diesem neuen Gebiet zurechtzufinden. Wenn alles gut lief. Aber selbst wenn Bay nicht blieb, konnte Bay es allein schaffen. Er fühlte sich irgendwie stärker.

Als er sich von seinem Sponsor verabschiedete und wieder in ein Taxi stieg, bereute er es, an diesem Morgen einen Dreh zu haben. Es war albern und irrational, aber er wollte bei Bay sein. Nicht für Sex, obwohl das keine schlechte Idee wäre, aber er wollte ihn richtig kennenlernen. Er wollte diese emotionale Verbindung, die sie am vergangenen Abend gehabt hatten. Eine Verbindung, die er sich so viele Jahre nicht zugestanden hatte. Aber King blieb weiter vorsichtig. Er war ein Pornodarsteller und Callboy. Das war sein Beruf. War eine echte Beziehung zukunftsfähig? Auf lange Sicht würde es jedem schwerfallen, damit umzugehen, womit er sein Geld verdiente. Was, wenn die Situation umgekehrt wäre? Er kannte Bay erst seit einem Monat, aber würde er damit klarkommen, wenn Bay jeden Tag zur Arbeit ging, um Sex mit anderen Männern zu haben? Nur der Gedanke daran, dass jemand anderes Bay berührte, machte ihn verrückt, also war die Antwort ein großes, deutliches Nein.

Wenn man Bays eigene Unsicherheiten und persönliche Situation hinzufügte, verlangte er verdammt viel, wenn er ihn bat, sich auf einen Mann mit Kings Beruf einzulassen. Niemand seiner Freunde in der Porno-Industrie hatte es geschafft, eine ernste Beziehung aufrecht zu erhalten. Wieso glaubte er, dass er es schaffen könnte? Er entschied, dass er, sobald der Dreh vorbei war, zu Bays Wohnung fahren würde und dass sie darüber reden mussten. Es war nicht richtig, diese Sache – aus Mangel eines besseren Wortes – zwischen ihnen fortzusetzen, ohne eine offene, ehrliche und direkte Unterhaltung zu führen. Wenn sie beide reife Erwachsene wären, hätten sie diese geführt, bevor irgendetwas anderes passiert wäre, aber als am vergangenen Abend alles in Gang kam, war es so schnell gegangen, dass sie beide den Überblick verloren hatten.

Der Gedanke, Bay wegen seiner Karriere gehen lassen zu müssen, brach ihm das Herz, aber Bay verdiente jemanden, bei dem er sich sicher und geborgen fühlte. Wenn Kings Jobs diese Sicherheit verhinderten, konnte er diese Beziehung nicht mit gutem Gewissen weiterlaufen lassen.

DER DREH stellte sich als unangenehm und erschöpfend heraus, aber King gab sein Bestes. Der Regisseur unterbrach die Szene immer wieder, ließ sie die Positionen wechseln, setzte den Dreh fort, veränderte die Perspektive, setzte den Dreh fort, und King hatte langsam genug. Das war nichts Neues für ihn und normalerweise arbeitete er gut unter Regieanweisungen, aber an diesem Tag ging es ihm sehr auf die Nerven.

Irgendetwas stimmte nicht mit ihm. Er fühlte sich unwohl, als täte er etwas Unangemessenes oder Falsches, als würde er auf irgendeine Art betrügen. Aber das war albern. Oder? Bay wusste, was er beruflich machte. Immerhin hatten sie sich so kennengelernt. Vielleicht war es, weil sie sich dem Thema nicht genähert hatten, seit sie ihre Beziehung auf eine neue Ebene gehoben hatten. Hoffentlich würde alles wieder zur Normalität zurückkehren, sobald sie miteinander gesprochen hatten. Was immer das bedeutete.

Als der Dreh vorbei war, duschte King, zog sich an und rief Bay an.

„Hey Schöner", begrüßte Bay ihn fröhlich.

„Entschuldigung. Ich muss mich verwählt haben."

„Sehr lustig", sagte Bay.

„Ich bin hier fertig. Bleibt es beim Mittagessen?", fragte King.

„Sicher? Ich habe mich den ganzen Morgen darauf gefreut. Wieso kommst du nicht her und dann entscheiden wir, was wir wollen?"

„Perfekt, aber ich brauche die Adresse noch einmal."

Bay gab ihm die Adresse und Nummer seiner Wohnung und sagte ihm, dass der Portier ihn erwarten würde.

„Bis gleich."

King beendete das Telefonat und winkte sich ein Taxi heran. Er gab dem Fahrer die Adresse und lehnte sich zurück, um eine Möglichkeit zu finden, das Thema anzusprechen.

„Wir sind da", sagte der Fahrer in einem starken, undefinierbaren Akzent und unterbrach Kings Gedanken.

King sah auf. Sie waren tatsächlich am richtigen Ort. *Mann, diese Fahrt ging schnell.*

Nachdem er den Fahrer bezahlt hatte, musterte King Bays Gebäude. Es war beeindruckend und Bay wohnte im zweiundzwanzigsten Stock. *Sein Ausblick muss großartig sein.*

Der Portier hielt ihm die Tür auf. „King Slater für Bay Whitman."

„Ja. Er erwartet Sie, Mr. Slater."

King nahm den Aufzug bis zu Bays Stockwerk und musterte die Nummern an der Wand, die ihm sagten, dass er nach rechts gehen musste. Er ging den Flur entlang bis zu der Wohnung am Ende, las die Nummer an der Tür und klingelte.

Er hörte Schritte und dann öffnete Bay die Tür.

Jedes Mal, wenn King ihn sah, fiel ihm auf, wie gut Bay aussah. Noch anziehender war, dass Bay nicht wusste, welche verheerende Wirkung er auf ihn hatte.

„Hey du", sagte Bay. „Komm rein."

Bay schloss die Tür, drückte King dagegen und küsste ihn hart. „Ich habe Stunden hierauf gewartet", sagte er atemlos.

„Ich auch", sagte King und meinte es so.

Bay nahm Kings Hand und führte ihn in die Wohnung. „Willkommen in meiner bescheidenen Hütte", neckte er.

„Bescheidene Hütte", sagte King und sah sich um. „Jesus, Bay!"

Direkt geradeaus befand sich ein enormes Wohnzimmer mit einem ebenso großen Balkon mit riesigen Schiebetüren. Das Wohnzimmer allein war vermutlich doppelt so groß wie Kings ganze Wohnung. Rechts von ihm eine vollausgestattete Küche und links befand sich ein Badezimmer.

„Ich brauche nicht so viel Platz", erklärte Bay. „Aber meine Verlegerin hat mir geraten, dass ich eine Wohnung nehme, die groß genug ist, um bei jeder Buchveröffentlichung ein paar Pressevertreter und andere wichtige Leute einzuladen."

„Das ist sie definitiv", sagte King und sah sich noch immer fasziniert um.

Er sah einen Schreibtisch mit Klauenfüßen, der so aufgestellt war, dass man einen Ausblick auf den Balkon hatte. „Schreibst du dort?"

„Oh nein", sagte Bay. „Ich schreibe hier drin."

Bay führte ihn ins Schlafzimmer und es war ebenso beeindruckend wie das Wohnzimmer.

King sah sich nach einem Tisch um, aber es gab keinen. „Du schreibst im Bett?"

„Nein, Dummerchen", sagte Bay und öffnete eine Tür. „Die Wohnung hat zwei begehbare Kleiderschränke." King sah hinein. Bays Kleider waren ebenso ordentlich aufgehängt wie damals in Vegas. Schuhe waren nach Farben sortiert aufgereiht und seine Oberteile lagen ordentlich gefaltet in durchsichtigen Schubladen.

Bay öffnete eine zweite Tür und zeigte hinein. „Ich schreibe hier."

King schob seinen Kopf hinein. Das Zimmer war nicht größer als zehn Quadratmeter. Es gab einen kleinen Schreibtisch, eine Lampe, einen Laptop und einen Drucker. „Mann. Du hast keine Witze gemacht, als du sagtest, dass du keine Ablenkung magst."

Bay lächelte verlegen. „Nicht, dass mir mangelnde Ablenkung in *letzter* Zeit etwas gebracht hat."

King runzelte die Stirn. „Noch immer kein Glück, hm?"

„Tatsächlich lief es heute Morgen viel besser", sagte Bay. „Ich denke, ich bin auf dem richtigen Weg. Und das hat viel mit dir zu tun."

„Mit mir?", fragte King überrascht.

„Indirekt", erklärte Bay. „Als ich kein Leben, keine Ablenkung hatte und durch Jack gelebt habe, gab es nichts, was meinen Schreibfluss behindern konnte und ich habe geschrieben, als würde ich sein Leben leben, aber jetzt, da du mein Leben bist, muss ich lernen, so zu funktionieren wie andere Autoren, die trotz Ablenkung Fakt und Fiktion differenzieren können."

„Aber ich will keine Ablenkung sein", sagte King.

Bay drückte seine Hand und küsste ihn auf die Wange. „Du kannst es nicht verhindern. Aber du wirst eine gute Ablenkung sein."

„Wie das?"

„Vor dir war das Schreiben mein Leben und auch mein Job", sagte Bay. „Aber wegen *dir* möchte ich jetzt lernen, diese beiden zu trennen."

„Ich denke, ich verstehe." King machte eine Pause. „Hey, wenn wir schon über Berufe sprechen: Ich denke, wir müssen uns über meinen unterhalten."

Bays Miene umwölkte sich sofort voller Sorge. „Okay."

„Können wir ins Wohnzimmer gehen und uns setzen?", fragte King.

„Oh Mann", sagte Bay. „Wenn wir uns hinsetzen müssen, muss es ernst sein."

King nahm Bays Gesicht in die Hände und küsste ihn sanft. „Ich hoffe nicht, aber es ist etwas, über das wir sprechen müssen."

„Komm", sagte Bay und führte King ins Wohnzimmer. Sie setzten sich nebeneinander auf die Couch und Bay spürte Kings Blick auf sich.

„Ich denke, wir hätten diese Unterhaltung gestern Abend beim Essen führen sollen", begann King. „Aber dann waren wir abgelenkt."

Bay warf ihm einen wissenden Blick zu. „Ich denke, ich habe eine Ahnung, wohin das führt."

„Tust du?", fragte King.

„Du willst vermutlich wissen, ob es nach dem, was gestern passiert ist, noch okay ist, was du beruflich machst?"

King nickte. „Das betrifft jetzt uns beide."

Bay stand auf und begann hin und her zu gehen. „Kann ich ganz ehrlich sein?"

„Bitte", antwortete King.

„Ist es meine erste Wahl?", fragte Bay rhetorisch. „Verdammt, nein. Das letzte, was ich will ist, dass mein Geliebter für Geld mit anderen Männern schläft. Und vermutlich werde ich nervtötend eifersüchtig sein."

Kings Magen schlug einen Salto.

„Aber …", sagte Bay, „es ist dein Job. Das ist, was du tust und ich wusste davon, bevor ich mich auf dich eingelassen habe. Ich werde mein Bestes geben, um meine Eifersucht unter Kontrolle zu halten."

King fühlte die sofortige Erleichterung. „Es tut mir leid", sagte er. „Ich weiß, dass es nicht einfach sein wird."

„Einfach?", fragte Bay. „Das ist eine Untertreibung. King, du sprichst hier mit einem Mann, der nur wenig Selbstvertrauen hat. Ich werde alles brauchen, was ich habe, um niemanden umzubringen."

King streckte seine Hand aus, nahm Bays, zog ihn an sich und küsste ihn.

Als der Kuss endete, zog Bay sich zurück. „Ich kann dich nicht guten Gewissens bitten, deinen Job aufzugeben, ebenso wenig wie du mich bitten kannst, meinen aufzugeben. Aber du wirst ein offenes Buch sein müssen. Es kann keine Geheimnisse zwischen uns geben."

„Nun, in diesem Sinne", sagte King, „will ich, dass du weißt, dass ich in den letzten paar Wochen keine Escort-Aufträge angenommen habe."

„Wieso?", fragte Bay.

„Ich weiß es nicht", sagte King. „Ich versuche es noch herauszufinden. Aber es hat sich nicht richtig angefühlt. Im Moment komme ich mit meinem Geld aus und ich mache noch immer die Pornodrehs, aber wenn ich wieder anfangen muss, Escort-Aufträge anzunehmen, werde ich es dir sofort sagen."

„Ich werde dich nur um eine Sache bitten und ich weiß, dass das alles neu ist und wir keine Ahnung haben, wohin es führt, aber bitte benutz das nie gegen mich", sagte Bay.

„Wie meinst du das?"

„Zum Beispiel", sagte Bay, „wenn wir uns streiten und du wütend auf mich bist, nutze den Callboy-Job nicht, um mich wütend zu machen oder zu verletzen. Wenn du das gegen mich benutzen würdest, könnte ich dir vermutlich nie wieder vertrauen. Und so seltsam es auch sein mag, ich vertraue dir."

„Das beruhigt mich." King runzelte die Stirn. „Aber ich bin nicht rachsüchtig."

„Das dachte ich auch nicht", versicherte Bay ihm. „Aber ich will, dass wir alles auf den Tisch legen. Vollkommene Offenheit."

„Du hast mich deinen Freund genannt", sagte King lächelnd.

„Habe ich?", fragte Bay. „Es kam einfach so raus. Es tut mir leid."

„Musst es nicht. Ich mag das."

„Ich bin nicht naiv genug zu glauben, dass es einfach oder perfekt sein wird", gab Bay zu. „Aber ich will sehen, ob wir eine Chance haben."

„Ich auch." King neigte seinen Kopf und küsste Bay erneut. Er zog sich zurück und sah ihm in die Augen. „Ich habe einen festen Freund. Wer hätte das gedacht?"

„Da sind wir zu zweit." Bay kicherte. „Einen Freund zu haben, macht müde. Können wir jetzt etwas essen gehen?"

„Schon genug von mir?", fragte King.

„Nie im Leben. Je früher wir essen, desto früher kann ich dir zeigen, wie wenig ich genug von dir habe."

„Ich werde dich daran erinnern."

20

ALS SIE satt und zufrieden vom Mittagessen zurückkehrten, nahm Bay Kings Hand. „Ich habe Pläne mit dir", sagte er. „Folge mir."

Bay führte ihn ins Schlafzimmer und deutete aufs Bett „Setz dich", sagte er und trat seine Schuhe von den Füßen.

King hob erneut, auf seine inzwischen sehr vertraute Art, seine Augenbraue, tat jedoch, worum Bay ihn bat. „Ich denke, ich mag diesen Bay Whitman, der die Kontrolle übernimmt", fügte er hinzu.

„Es geht heute nur um dich", sagte Bay.

„Nein. Warte", sagte King. „Ich dachte, das wäre gestern Abend gewesen?"

„So war es geplant", erklärte Bay. „Aber es ist anders gelaufen. Unsere Libido ist uns irgendwie in die Quere gekommen."

„Komm schon, Bay."

Bay trat vor und legte seinen Finger auf Kings Lippen. „Schhh. Entspann dich und lass mich das einfach tun, bitte."

Bay hatte alles durchgeplant. Er war definitiv unerfahren, aber er hatte im letzten Monat viele schwule Pornos angeschaut, viel gelernt und er würde all das Wissen gut umsetzen. Er hatte auf dem Heimweg einen Zwischenstopp eingelegt, um alle nötigen Hilfsmittel zu besorgen.

King lächelte. „Nun. Wenn du so nett fragst. Aber ich möchte wirklich nicht, dass du daraus eine Gewohnheit machst."

„Na gut", sagte Bay. „Das wird das letzte Mal sein."

King sah enttäuscht aus. „Du musst definitiv nicht so weit gehen", neckte er. „Vielleicht nur ab und zu."

„Schhhh." Bay zog Kings T-Shirt aus seiner Jeans. King hob seine Arme, das Oberteil wurde über seinen Kopf gezogen und landete zu Bays Füßen auf dem Boden. Bay glättete Kings Haar, strich es ihm aus dem Gesicht, küsste ihn auf den Kopf und drückte sanft gegen seine Brust. „Jetzt leg dich hin und entspann dich."

King befolgte die Anweisung.

Bay, der noch immer vor King stand, öffnete Kings Gürtel und einen Knopf seiner Hose nach dem anderen, bis seine schwarze Unterhose sichtbar war.

Bay erinnerte sich an alles, was er in Kings Videos gesehen hatte und hatte sich fest vorgenommen, jede einzelne Bewegung nachzuahmen. Er konnte sehen, dass King bereits hart wurde und er war begierig darauf, anzufangen.

Er legte seine Hände neben Kings Oberschenkel, um sich Halt zu verschaffen und beugte sich langsam runter. Ohne King seine Unterwäsche auszuziehen, fuhr Bay mit seiner Zunge über Kings Länge und leckte sie durch die dünne Baumwollschicht. Dann biss er sanft in die wachsende Beule und ließ seine Zähne darüberstreichen. Diese Bewegung entlockte King ein Keuchen, was Bay ermutigte, weiterzumachen.

Bay knabberte ein paar Sekunden länger und kniete sich dann zu Kings Füßen. Er zog Kings Stiefel aus und warf sie beiseite. Dann griff er nach Kings Jeans, zog sie über seine Hüfte, Waden und Füße, wobei er auch Kings Socken abstreifte und legte anschließend alle Kleidungsstücke auf den wachsenden Haufen.

Bay stand auf, zog sich seinen Pullover über den Kopf und sah, dass King ihn mit einem intensiven Blick ansah. Bay wollte ihm eine Show bieten, also öffnete er seine eigene Jeans und bewegte sich betont aufreizend, während er sie nach unten schob und anschließend seine Socken auszog.

„Rutschst du bitte weiter auf dem Bett nach oben?", bat Bay. King hob ein Bein, grub seine Ferse in die Matratze und drückte sich näher an das Kopfende.

Bay kletterte auf das Bett und setzte sich über Kings wachsende Erektion. Er fragte sich erneut, wie es sich anfühlen mochte, King in sich zu haben.

King unterbrach seine Gedanken, indem er Bays Gesicht berührte und ihn zu sich nach unten zog. Ihre Lippen trafen sich zu einem leidenschaftlichen Kuss und ohne zu zögern schob Bay seine Zunge in Kings Mund, während er seine Finger durch Kings dunkelblondes Haar streichen ließ. Als Bay sich zurückzog, erhob er sich auf seine Knie. „Dreh dich um", sagte er leise.

King drehte sich unter ihm, lag innerhalb von Sekunden auf dem Bauch und ließ den Kopf auf seinen verschränkten Armen ruhen. Bay beugte sich vor und holte eine Flasche aus seinem Nachttisch. Er öffnete den Deckel, goss ein wenig des Inhaltes in seine Hände und verrieb ihn gründlich. Dann legte er seine Hände auf Kings Schultern und verteilte die aufgewärmte Flüssigkeit darauf. Er begann die angespannten Muskeln zu massieren, zu drücken und zu kneten, bis King schnurrte wie ein Kätzchen. Er machte weiter und schenkte Kings Nacken besondere Aufmerksamkeit, so wie er es in einer Massage Szene gesehen hatte. Als er jeden Zentimeter von Kings Schultern abgedeckt hatte, glitt er tiefer und begann Kings unteren Rücken zu bearbeiten.

Bay bewegte sich noch tiefer, hakte einen Finger in Kings Unterwäsche und – mit ein wenig Hilfe von King, der seinen Hintern anhob – zog sie ihm aus. Bay drückte mehr Öl in seine Hände, wärmte es erneut auf und berührte Kings Arschbacken. Er rieb und massierte die runden Kugeln, bewegte sich weiter nach unten zu Kings Oberschenkeln und ließ seine Hände dann erneut nach oben streichen. Seine Finger glitten in Kings Spalte, um sanft über seine Öffnung zu streicheln, was King ein langes Stöhnen entlockte, bevor er sich noch tiefer bewegte. Er bedeckte Kings Waden und Füße mit Öl und massierte dort die Muskeln.

„Kannst du dich noch einmal für mich umdrehen?", fragte Bay, als er jeden Zentimeter von Kings Rückseite berührt und das Öl gründlich in Kings seidige Haut massiert hatte.

King drehte sich wieder auf den Rücken und seine glänzenden haselnussfarbenen Augen begegneten Bays Blick mit solch unverhüllter Lust, dass Bay nicht wegsehen konnte. Aber er nahm erneut die Flasche in die Hand. King nahm sie ihm ab und sah auf das Etikett. „Massageöl? Hast du schon oft massiert?"

„Das ist das erste Mal", sagte Bay. „Ich habe das Öl und ein paar andere Dinge heute Morgen auf dem Heimweg gekauft. War ich gut?"

„Wie ein Profi", sagte King und gab ihm die Flasche zurück.

„Wie gesagt, ich habe in den letzten Monaten eine Menge Pornos gesehen. Und ich plane, alles zu tun, was ich in diesen Videos gesehen habe."

„Alles?"

„Alles."

King lächelte verführerisch, als Bay mehr Öl auf seiner Brust verteilte und es einmassierte. Bay konzentrierte sich auf Kings Nippel, umkreiste sie, kniff hinein und rieb anschließend mit seinen Daumen darüber. Schließlich schloss Bay die Flasche und legte sie auf den Nachttisch. Er küsste einen Pfad über Kings Bauch und dann tiefer, bis er dessen eindrucksvolle Länge erreichte. Er strich mit seinem Kinn darüber, in der Hoffnung, dass seine ein Tag alten Bartstoppeln King ein wenig zusätzliche Stimulation und Lust bereiteten. Ein Zucken und ein Stöhnen sagten ihm, dass er erfolgreich gewesen war und er setzte seinen Plan fort. Bay senkte den Kopf, nahm Kings Eier in den Mund, rollte sie, wie er es gesehen hatte und neckte die Haut dahinter mit seinen Fingern. King wand sich jetzt beinahe unter ihm und Bay war überzeugt, dass er etwas richtig machte.

Bay drückte Kings Beine zurück, um seine Öffnung freizulegen und strich dann mit seiner Zunge sanft darüber. King griff in die Laken, krümmte den Rücken und wand sich. „Baaayyyy. Das fühlt sich so gut an", flüsterte King.

Bay wurde von einem Instinkt angetrieben, der alle Lektionen aus den Videos übertraf und umkreiste Kings Öffnung mit seiner Zunge, bevor er mit der Spitze eindrang. King erstarrte, entspannte sich und spannte sich mit jedem Versuch des Eindringens erneut an. Bay leckte wieder zu Kings Eier hoch und dann noch höher und nahm King in den Mund. Er versuchte, Kings Länge vollständig aufzunehmen, begann jedoch nach der Hälfte zu würgen und zog sich zurück. Angetrieben von purer Willenskraft und Verlangen entspannte Bay seine Kehle und versuchte es erneut, fest entschlossen, Erfolg zu haben.

Als hätte er das sein ganzes Leben lang getan, gelang es Bay, seine Kehle zu öffnen und King glitt ganz hinein. Als King vollständig in seiner Kehle versunken war, berührte Bays Nase die Haare in Kings Schritt. Es war ein seltsames Gefühl, aber kein unangenehmes. King bog erneut den Rücken durch und zischte: „Jesus, Bay."

Bay zog sich zurück, umkreiste die Eichel mit seiner Zunge und schluckte King dann erneut. Dieses Mal zögerte er nicht und bewegte sich ohne Schwierigkeiten an Kings Schaft auf und ab, was King stöhnen und keuchen ließ. Sekunden später nahm King Bays Kopf zwischen seine Hände. „Bay, Stopp!"

Bay erstarrte. Aber als er aufsah, musterte King ihn und Bay liebte, was er sah.

Eine dünne Schweißschicht hatte sich auf Kings Stirn gebildet und aus dem Mann, der sich sonst vollständig unter Kontrolle hatte, war ein Mann voller Verlangen, Sehnsucht und Verletzlichkeit geworden. Bay hatte in Kings Videos nie einen Blick gesehen, der diesem nahe gekommen wäre, was Bays Herz vor Stolz anschwellen – und dabei ein paar Schläge aussetzen – ließ.

Der schüchterne, introvertierte Bay Whitman hatte den schwulen Pornostar und Callboy King Slater in eine Position gebracht, wie es niemandem sonst gelungen war. Zumindest seit sehr langer Zeit nicht.

„Du machst mich verrückt", sagte King. „Und ich bin so kurz davor."

King griff Bay unter die Arme und zog ihn nach oben, sodass sie einander direkt ansehen konnten. Er hielt Bay fest, die eine Hand lag an seinem Rücken und die andere umfasste Bays Kopf. Als ihre Münder sich dieses Mal berührten, waren die hungrigen, verzweifelten Bewegungen ihrer Zungen erfüllt von Verlangen und Sehnsucht. Als sie sich voneinander lösten, um nach Luft zu schnappen, zischte King: „Unterwäsche ausziehen."

Bay schob sie bis zu seinen Knien und King zog sie ihm mit seinen Zehen ganz aus und warf den Stoff durch den Raum. In einer einzigen Bewegung, die Bay nicht für möglich gehalten hätte, hob King ihn hoch und drehte sie um, sodass Bays jetzt unter King lag.

King grinste siegesbewusst und attackierte Bays Hals und Schulter – knabbernd, beißend, küssend und leckend. Er glitt nach unten und nahm Bay in den Mund. Bay konnte spüren, wie seine Erektion härter wurde, als er es jemals erlebt hatte und das Verlangen, das durch seinen Körper schoss, sorgte dafür, dass er sich gewollt fühlte. Gebraucht.

Während King sich gleichmäßig bewegte, das Tempo erhöhte, ihn tiefer in sich aufnahm, hielt Bay Kings Kopf in seinen Händen und folgte den Bewegungen, als hätte er die Kontrolle. King hielt inne und griff nach Bays Beinen, um sie nach hinten zu drücken und Zugang zu seiner Öffnung zu bekommen. Nach der vergangenen Nacht wusste Bay, was als nächstes kommen würde und zitterte erwartungsvoll. Bay seufzte und schauderte, als King ihm gab, was er wollte. Kings warme Zunge neckte und quälte ihn, drang in ihn ein und stupste ihn an, und er wollte mehr.

„King!"

King sah auf.

„Ich will", bat Bay, „wissen, wie es sich anfühlt, dich in mir zu haben."

Die smaragdgrünen Punkte in Kings haselnussfarbenen Augen wurden dunkler. Ein weiterer Ausdruck, der Bay unvertraut war, huschte über Kings Gesicht. War es Enttäuschung?

„Nein", sagte King. „Keine Kondome!"

Bay grinste erleichtert. „In der Schublade."

Kings Blick wurde intensiver, während er sie öffnete und eine Flasche Gleitgel und Kondome herausholte.

Er goss Gleitgel auf seine Finger und schmierte Bays Loch großzügig ein. Als King einen Finger hineinschob, fühlte sich das störend und seltsam an, aber nicht unangenehm. King bewegte seinen Finger langsam vor und zurück und innerhalb von Sekunden hatte Bay sich an das Gefühl gewöhnt. Dann tat King etwas mit seinem Finger und Bays Schwanz wippte. Alle möglichen Raketen explodierten in seinem Kopf. „Oh Scheiße!", sagte Bay. „Mach das noch mal."

King tat wie befohlen und Bay bäumte sich vom Bett hoch. Er griff nach seinem Schwanz, aber King schob seine Hand weg. „Mein", murmelte er.

Während King seinen Finger in Bay bewegte, strich er an Bays Länge auf und ab. Bay fühlte sich, als würde er beinahe über dem Bett schweben. Er hatte noch nie zuvor in seinem Leben so etwas erlebt. Der einzige Vergleich, der ihm einfiel, war sein erster Orgasmus mit dreizehn und das stand weit entfernt an zweiter Stelle zu dem, was er in diesem Moment fühlte.

Seine Öffnung zog und brannte eine Sekunde lang, als King einen zweiten Finger hinzufügte. Aber nach ein paar weiteren Sekunden akzeptierte sein Körper die Eindringlinge und Bay spürte Wellen der Lust.

Nach ein paar Minuten stand Bay kurz vor dem Orgasmus. „Jetzt, King! Ich halte nicht mehr viel länger durch."

King öffnete das Kondom, streifte es über und positionierte sich an Bays Öffnung. Bay fühlte den Druck, als King sich gegen ihn drückte und dann wartete. Mehr Druck und eine weitere Pause. Bay spürte ein Ziehen und dann einen stechenden Schmerz. Als King in ihn eindrang, hätte er beinahe erneut vom Bett abgehoben und seine Erektion wurde schlaff. Das war überhaupt nicht, was er erwartet hatte.

„Atme", flüsterte King. „Und halte dagegen."

Bay stieß den Atem aus, den er angehalten hatte und tat, was King sagte. Es tat verdammt weh, aber er wollte das. Brauchte diese Verbindung. Für ihn und für King.

Nach kurzer Zeit wurde der Schmerz schwächer, bis nur noch ein dumpfes Pochen blieb. King bewegte sich und Bay spürte erneut einen Schmerz, der jedoch nicht so intensiv war. Es war jetzt mehr eine Dehnung. Als King sich das nächste Mal bewegte und sich tiefer in ihn schob, war es ein vollkommen anderes Gefühl. Es war kein Schmerz, sondern eher das Empfinden, ausgefüllt zu sein. Als King ganz in ihm war, griff Bay nach Kings Beinen.

King zog sich zurück und die Fülle ließ nach, aber als Bay ihn erneut in sich führte, war das Gefühl weniger fremd. Er leitete Kings Bewegungen und King ließ zu, dass er das Tempo bestimmte. Innerhalb von Minuten konnte Bay sich Kings Stößen entgegenbewegen, indem er sich gegen ihn drückte. Irgendwann wandelte der Schmerz sich in Lust und Bays Schwanz war wieder hart. King streichelte ihn, während er sich bewegte und jede Empfindung schien verstärkt. Das Gefühl von

King, der tief in ihn hineinglitt und ihn gleichzeitig streichelte, ließ Bay erneut schweben.

„Du bist so schön", flüsterte King.

Bay öffnete die Augen und entdeckte, dass Kings Gesichtsausdruck jetzt dem von der vergangenen Nacht ähnelte. Dass er King an einen solchen Ort bringen konnte, ermutigte ihn. Er war ein Mann, der hunderte Männer befriedigt hatte, und Bay bereitete *ihm* Lust. Kings Hand erhöhte die Geschwindigkeit und er drang gleichzeitig schneller in Bay ein.

„Bay!", rief King. „Oh mein Gott."

King warf den Kopf in den Nacken und schloss die Augen, während er wieder und wieder in Bay eindrang. Bays Orgasmus begann an seinen Zehenspitzen, kroch seine Beine hinauf, wickelte sich um seine Wirbelsäule und explodierte dann. Der erste Schub seiner Erlösung traf sein Kinn mit mehr Kraft, als Bay für möglich gehalten hätte. King stieß jetzt wild in ihn und Bay passte sich dem Tempo an. King stieß erneut vor und pumpte Bay noch immer in seinem Rhythmus. Bays zweiter Schub landete in der Mitte seiner Brust und der dritte auf seinem Bauch. Sekunden später brach King auf ihm zusammen, er atmete heftig, küsste jedoch seine Lippen, sein Gesicht und seinen Hals. Er leckte Bays Erguss von seinem Kinn und seiner Brust und küsste ihn dann erneut. Bay schmeckte sich selbst auf Kings Zunge und die Erinnerung an seinen Orgasmus ließ seinen Schwanz erneut zucken.

Das war alles beinahe zu viel für Bay. Sein Herz raste, ihm war schwindelig und jetzt, da der Akt vorbei war, tat ihm der Arsch weh. Er fühlte sich überfordert, aber auf exquisite Weise. King hatte ihn bis an den Abgrund geführt und ihn dann sicher zurückgebracht. King rutschte neben Bay, schlang seine Arme um ihn und sah Bay an.

Ihre Blicke trafen sich und King schien in Bays Augen nach etwas zu suchen. Bay hoffte, dass sie Wärme, Bewunderung, Mitgefühl und Zufriedenheit zeigten – die ganze komplizierte Mischung seiner Gefühle.

King musste gesehen haben, was Bay zu vermitteln versuchte, und mehr, denn er lächelte und seine Augen kehrten erneut zu der normalen glänzenden Haselnussfarbe zurück, die Bay liebte. King hielt ihn fester und für Bay fühlte es sich wie Heimkehr an. Welche Hemmungen Bay auch immer gehabt hatte, jetzt lösten sich alle in Luft auf und zum ersten Mal in seinem Leben fühlte er sich sicher und geborgen.

21

DER SAMSTAGMORGEN begann damit, dass King und Bay sich aneinanderkuschelten wie an jedem anderen Morgen der vergangenen Woche. Bays Kopf lag auf Kings Brust und er schlief tief und fest, während King die warme Morgensonne auf seinem Gesicht genoss. Es war die Nähe in diesen ruhigen Stunden, die er zu schätzen begann.

Die Woche war rasend schnell an ihm vorbeigeflogen. King war jeden Tag zu seinen Gruppentreffen gegangen und hatte sich ein paar Mal mit seinem Sponsor zum Kaffeetrinken getroffen. Er war sich sicher, dass er dabei geschwärmt hatte wie ein Teenager, der sich zum ersten Mal verliebte, aber er hatte nicht anders gekonnt.

Er und Bay hatten jeden Abend und jede Nacht gemeinsam verbracht seit sie zusammen zu Abend gegessen hatten und King begann, sich nach Bays Gesellschaft zu sehnen. Nicht auf eine sexuelle Art, was ihn überraschte, sondern auf eine intime. Ja, der Sex war gut. Verdammt großartig. Aber es waren Momente wie dieser – die Stille zwischen ihren Liebesakten – die er zu schätzen lernte.

An einigen Abenden waren sie kurz nach dem Abendessen ins Bett gekrochen, hatten gekuschelt, rumgeknutscht und gelacht und bevor sie sich versehen hatten, waren sie am nächsten Morgen aufgewacht und hatten einander in den Armen gehalten wie jetzt. Das war es, wonach King sich sehnte. Der logische Teil seines Hirns sagte ihm, dass es verrückt war. Ein Mann in seinem Alter, in diesem Lebensabschnitt, der sich nach einem anderen Mann sehnte. Lächerlich. Aber die Nähe und das Verständnis zwischen ihnen war für King wie eine Droge. Es machte ihn glücklich und es machte ihm gleichzeitig Angst. Aber da Bay seinen Enthusiasmus teilte, wollte King es genießen, so lange es auch anhielt.

Im Verlauf der Woche hatte King weiterhin an Drehs teilgenommen, aber er wurde immer ungeduldiger mit dem Geschäft im Allgemeinen. Die Arbeit an den Filmen war schon immer der Teil seines Jobs gewesen, den er am wenigsten mochte, aber es war nötig, seinen Namen und sein Gesicht in der Öffentlichkeit zu halten, zumindest für den Moment. Falls Bay ein Problem mit den Dreharbeiten hatte, war ihm nichts anzumerken und dafür war King dankbar. Aber er hatte keinen einzigen Escort-Auftrag angenommen und verspürte nicht das Bedürfnis dazu. Es waren beides Jobs, aber während der eine notwendig war, fühlte der andere sich im Moment falsch an.

In der Mitte der letzten Woche hatte er einen Auftritt in einer großen Bar in Manhattan gehabt und Bay überzeugt, ihn zu begleiten. Aber er hatte Bay gebeten, sich im Hintergrund zu halten und Kameras zu meiden, während King Autogramme gab und Zeit mit seinen Fans verbrachte. Er hätte Bay gern als seinen Freund vorgestellt, aber das wäre vermutlich nicht gut für Bay gewesen. Falls und wenn sie entschieden, ihre Beziehung auf diese Ebene zu bringen oder sie öffentlich zu machen, war Bay es seinem Verlag schuldig, sie nicht zu überrumpeln.

Was Bay anging, hatte er King versichert, dass er mit dem dritten Band seiner Trilogie, *Discovery in Paris,* gut vorankam. Er schrieb jeden Tag und übertraf das Ziel, das er sich in einem Versuch, die willkommene Ablenkung durch King und den Verpflichtungen eines halbwegs normalen Lebens auszugleichen, selbst gesetzt hatte. Ob sein Verlag es mögen würde war eine vollkommen andere Frage, aber immerhin schrieb er etwas.

Der Wecker klingelte und King streckte schnell seine Hand danach aus, um den Snooze-Knopf zu drücken und Bay noch ein paar Minuten friedlich schlafen zu lassen. Um ganz ehrlich zu sein, war es King, der noch nicht bereit war, sich zu bewegen. Aber glücklicherweise rührte Bay sich nur und kuschelte sich dann sofort wieder an Kings Brust, wo er ruhig liegen blieb.

Bay hatte an diesem Tag eine Signierstunde und Pressekonferenz bei Barnes & Noble. King hatte im Laufe der Woche gehört, wie er mit Rachel, seiner Assistentin, seiner Verlegerin und den Repräsentanten von DreamWorks gesprochen hatte und es klang, als wären die Verhandlungen mit Hollywood in vollem Gange. Bay hatte nach jedem Telefonat ein wenig nervös und zögerlich gewirkt, aber King hatte sein Bestes gegeben, Bay zu versichern, dass er das verdiente und großartige Arbeit leistete. Aber er würde sich bei der Signierstunde zurückhalten, so wie er Bay davon überzeugt hatte, bei *seinen* Dreharbeiten im Hintergrund zu bleiben. Bay wollte wirklich, dass er bei ihm war und dass er ihn unterstützen wollte war der einzige Grund, Bay zu begleiten, denn die Ähnlichkeit zwischen ihm und Jack Robbins war unheimlich und er wollte nicht von Bays Erfolg ablenken.

Der Wecker klingelte erneut und riss King aus seinen Gedanken. Bevor er auf die Snooze-Taste drücken konnte, beugte Bay sich rüber und kam ihm zuvor. King küsste Bay auf den Kopf. „Du bist wach", flüsterte er.

„Ja. Schon seit einer Weile, aber ich bin einfach liegen geblieben, um deinem Herzschlag zu lauschen."

„Klingt gut?", fragte King.

„Klingt perfekt", sagte Bay, hob seinen Kopf und schürzte die Lippen.

King gab ihm einen langen Guten-Morgen-Kuss und Bay legte sich wieder hin, den Kopf auf Kings Brust.

„Heute ist dein großer Tag", sagte King.

„Erinnere mich nicht daran", sagte Bay und kuschelte sich enger an ihn.

„Ich habe dir doch gesagt", versicherte King ihm, „du wirst großartig sein."

„Du meinst Jack wird großartig sein", sagte Bay. „Heute brauche ich seine Persönlichkeit definitiv, um den Tag zu überstehen."

„Ich denke, du liegst falsch", flüsterte King. „Aber du darfst tun, was nötig ist, um ihn zu überstehen."

King küsste Bay erneut auf den Kopf. „Wie ist dein Plan?"

„Um halb elf habe ich ein Meet & Greet, Mittagessen mit den Leuten von DreamWorks ist um halb zwölf und die Pressekonferenz um ein Uhr und direkt danach ist die Signierstunde."

„Du wirst verdammt beschäftigt sein."

„Ich weiß", sagte Bay. „Aber bitte sag mir, dass du trotzdem kommst."

„Wenn du mich dabeihaben willst, werde ich da sein."

„Will ich", sagte Bay. „Oh, und um halb zehn holt ein Wagen uns ab. Ich lasse dich bei deiner Wohnung raus und du kannst um eins zu Barnes & Noble kommen. Ich habe Rachel gesagt, dass du kommst, aber keine Aufmerksamkeit auf dich ziehen willst. Sie wird nach dir Ausschau halten, damit du dich nicht anstellen musst."

King umarmte Bay fester. „Danke." Er sah auf die Uhr. „So gerne ich den ganzen Tag so liegen bleiben würde, es ist schon nach acht. Du solltest dich besser fertigmachen."

Bay grunzte. „Nur noch ein paar Minuten."

King kicherte und pikste mit dem Finger in Bays Seite. „Raus aus den Federn, Mister."

„Neeeiiin", jammerte Bay.

King begann jede Stelle an Bays Körper zu attackieren, von der er wusste, dass er dort kitzelig war und Bay begann zu zappeln wie ein Fisch am Land.

„Du spielst nicht fair", sagte Bay und schnappte nach Luft.

Aber im Bruchteil einer Sekunde zog Bay ihnen die Bettdecke weg und kniete über King, um es ihm mit gleicher Münze heimzuzahlen. Nach mehreren Minuten hatte King genug von Bays Kitzelattacke. „Okay! Okay! Ich gebe auf!", sagte er und keuchte schwer. „Du bist stärker, als du aussiehst."

„Vergiss das bloß nicht." Bay streckte seine Hand aus, packte Kings Morgenlatte und drückte zu.

Kings Schwanz zuckte bei der Berührung und Bay begann seine Hand langsam auf und ab zu bewegen.

King schloss die Augen, atmete tief durch und genoss das Gefühl. Dann erinnerte er sich, dass sie keine Zeit dafür hatten. Bay musste sich anziehen. King griff nach Bays Hand, hob sie an seine Lippen und küsste sie. Er nahm Bays andere Hand und tat dasselbe. „So gern ich weitermachen würde, du musst dich anziehen."

„Spielverderber", neckte Bay.

„Hey, ich verpasse auch was", antwortete King.

„Na gut." Bay gab King einen schnellen Kuss, sprang vom Bett und machte sich in voller Pracht auf den Weg ins Badezimmer. King sah ihm nach. Es faszinierte ihn, wie sehr Bays Selbstvertrauen gewachsen war, seit sie aus Vegas zurückgekehrt waren. Er begann endlich, sich selbst zu finden und King war beeindruckt.

King hörte, wie die Dusche angestellt wurde und dann steckte Bay mit einem albernen Grinsen den Kopf durch die Tür des Badezimmers. „Lust, mich zu begleiten?"

King lächelte und zeigte mit dem Finger auf ihn. „Netter Versuch, aber nicht genug Zeit für das, was ich tun möchte, wenn ich zu dir kommen würde."

Bay runzelte die Stirn und zeigte King den Mittelfinger, bevor er wieder im Bad verschwand. King stand auf, machte das Bett und zog seine Kleidung vom vergangenen Abend an. Mit seinen Schuhen in der Hand ging er in die Küche, setzte eine Kanne Kaffee auf und griff nach der Zeitung. Minuten später saß er auf dem Balkon, nippte an heißem Kaffee und überflog die Nachrichten. Er hielt inne, als er den Artikel in der Mitte entdeckte. „Bay Whitman signiert Ausgaben seines aktuellen Jack-Robbins-Romans, *Revenge in Monte Carlo,* bei Barnes & Noble. Heute um zwei Uhr."

Auf der nächsten Seite, im Feuilleton, fand er einen Bericht über Bay und die Pressekonferenz, von der erwartet wurde, dass sie eine Ankündigung der langerwarteten Verfilmung der Jack-Robbins-Romane beinhaltete. Der Autor ging so weit, zu sagen, dass *Revenge in Monte Carlo* der erste einer dreiteiligen Filmreihe war, für die Bay unterschrieben hatte und die den Playboy-Privatdetektiv auf die große Leinwand bringen sollte. Er beschrieb den Charakter als Mischung aus James Bond und Jason Bourne und spekulierte, dass die Filme einen großen Erfolg im Kino feiern würden.

King klemmte sich die Zeitung unter den Arm, schenkte Bay eine Tasse Kaffee ein und machte sich auf den Weg ins Schlafzimmer. Er erstarrte, als Bay aus seinem Kleiderschrank trat. Er sah wie das heißeste *GQ*-Model aus, das King je gesehen hatte. „Schick!"

Bay breitete seine Arme aus und drehte sich. „Gefällt es dir?"

Bay trug einen dreiteiligen marineblauen Anzug, der schwach glänzte. Sein Hemd war hellblau, hatte einen weißen Kragen und seine Krawatte war golden mit blauen, diagonalen Streifen.

„Verdammt, ja klar gefällt mir das", sagte King und gab ihm die Kaffeetasse. „Du siehst unglaublich aus."

„Danke. Alle Ehre gebührt wieder meinen Betreuern."

„Apropos Betreuer", sagte King und gab Bay die Zeitung. „Jemand hat deine Pressekonferenz durchsickern lassen."

Bay trank einen Schluck Kaffee und überflog den Artikel. „Oh, das. Ich wusste, dass meine Verlegerin gestern ein paar Infos durchsickern lassen wollte, um im Voraus etwas Aufmerksamkeit zu erregen. Anscheinend ist das Standardvorgehen."

King zuckte die Schultern. „Wer hätte das gedacht?"

Das Telefon klingelte und King setzte sich auf den Bettrand und gab es Bay.

„Hallo", sagte Bay. „Okay. Danke. Wir sind gleich unten." Er legte auf und küsste King nebenbei. „Unser Wagen ist da."

„Ich muss nur meine Zähne putzen und Schuhe anziehen", sagte King. „Ich brauche nur eine Minute."

Als King aus dem Badezimmer kam, stand Bay wie erstarrt vor dem Spiegel. Seine Arme hingen an seinen Seiten herab und er hatte die Augen geschlossen. „Bist du okay?"

Bay öffnete die Augen und sah King an. „Ich sammle nur meine Kraft und bereite mich auf den Tag vor."

King trat hinter ihn, schlang seine Arme um Bays Taille und küsste seinen Hals. „Du wirst großartig sein. Sei einfach du selbst."

Bay lachte. „Das wäre mal was", sagte er sarkastisch.

King verstärkte seine Umarmung. „Es *wäre* wirklich etwas. Und auf eine gute Art, denke ich."

„Daran zweifle ich wirklich." Bay drehte sich in seinen Armen um. „Bereit?"

„Ja."

Bay griff nach seiner Ledertasche auf der Ablage im Flur. „Dann lass uns gehen und es hinter uns bringen."

WÄHREND SIE fuhren, bemerkte King, dass Bay nicht sein übliches Selbst war. Er schien sich an einen Ort zurückgezogen zu haben, der nicht im Hier und Jetzt war und das bereitete King Sorgen.

Er legte eine Hand auf Bays Oberschenkel und dieser zuckte zusammen, bevor er King ansah und ihm ein schwaches Lächeln schenkte.

„Bist du okay?", fragte King.

Bay nickte. „Versuche nur, mich mental vorzubereiten."

„Rede mit mir", sagte King und nahm Bays Hand.

Bays Gesichtsausdruck ähnelte Verlegenheit oder vielleicht sogar Scham, aber er sagte nichts.

„Bitte, Bay."

Bay seufzte. „Du wirst mich für erbärmlich halten."

„Das bezweifle ich, aber lass hören."

„Okay, aber sag nicht, dass ich dich nicht gewarnt habe", sagte Bay. „Bevor ich meine Wohnung für einen dieser persönlichen Auftritte nutze, habe ich normalerweise dieses Mantra, mit dem ich zu Jack werde. Ich übernehme sein Selbstvertrauen, seine Haltung und seine Verhaltensweisen. Deswegen glauben so viele Menschen, dass Jack nach meinem Abbild geschaffen wurde. Aber heute hatte ich Schwierigkeiten, diesen Wandel zu vollziehen. Ich habe es nicht geschafft, in Jacks Kopf zu kommen."

King dachte darüber nach, aber antwortete nicht sofort.

„Siehst du?", sagte Bay. „Ich habe gesagt, dass es albern ist."

„Nein, ist es nicht", sagte King. „Ein wenig unnötig, aber nicht albern."

„Oh, ich denke, es ist nötig."

„Hast du jemals darüber nachgedacht, dass dein Selbstvertrauen sich langsam gesteigert haben könnte und du dich nicht mehr hinter Jack verstecken musst?"

Bay lachte.

„Lach so viel du willst", sagte King. „Aber ich habe darauf geachtet und wenn wir in letzter Zeit in der Öffentlichkeit waren, habe ich immer weniger von Jack, und immer mehr von dem, für den ich dich halte, durchkommen sehen. Es ist subtil, aber es ist da."

„King. Ich kann das nicht ohne Jack tun. Heute muss ich mit einem ganzen Haufen Leute interagieren. Ich muss Smalltalk halten, zuhören, was sie zu sagen haben, meinen Namen hunderte Male schreiben und als wäre das nicht genug, muss ich noch versuchen, die Führungskräfte von DreamWorks zu beeindrucken. Das kann ich nicht allein." Bay seufzte erneut tief. „Das wird ein langer Tag."

„Ich denke, da täuschst du dich", sagte King. „Aber du musst diese Entscheidung treffen."

Der Wagen hielt vor Kings Wohnung. Der Fahrer stieg aus und als er um den Wagen herumging, beugte King sich rüber und küsste Bay. „Du schaffst das und ich werde um ein Uhr da sein und dich anfeuern. Wenn du festhängst oder Unterstützung brauchst, kannst du dich auf mich konzentrieren. Ich bringe dich da durch."

Bay nickte und lächelte. Er beugte sich vor, küsste King auf die Wange und zog sich zurück, als die Tür sich öffnete.

King stieg aus dem Wagen und streckte seinen Kopf noch einmal hinein. „Denk an das, was ich gesagt habe."

Bay nickte und King schlug die Tür zu.

152

22

KING WUSCH sich sein Gesicht, zog sich um und rannte die sieben Blocks zum Gemeindezentrum, wo seine Sexsuchttreffen stattfanden. Als er den Gemeinschaftsraum betrat, war seine übliche Gruppe bereits anwesend und saß in einem Kreis. Er hatte diese Gruppe ausgewählt, da er zwar eine gläubige Person *war*, aber nie zu einem Kirchengänger werden würde. Er glaubte nicht an organisierte Religion und diese Gruppe konzentrierte sich mehr auf eine „höhere Macht" als auf „Gott". Da Gott in ein paar der zwölf Schritte erwähnt wurde, hatten sie diese umgedeutet und sprachen für ihre agnostischen Mitglieder lediglich von Spiritualität und Liebe.

Er setzte sich schwer atmend. „Tut mir leid, dass ich zu spät bin."

„Kein Problem", sagte sein Sponsor, der der Leiter der Gruppe war. „Wir haben uns gerade erst gesetzt."

Die meisten der vierzehn Männer und Frauen waren seit über drei Jahren ein großer Teil von Kings Leben gewesen, sozusagen seine Rettungsleine. Verdammt, sie kannten ihn besser als seine eigene Familie.

Der Leiter eröffnete das Treffen. „Hallo, mein Name ist Bob und ich erhole mich von einer Sexsucht. Willkommen zu diesem Treffen der Anonymen Sexsüchtigen."

Sie standen alle auf, nahmen einander an den Händen, sprachen das Gelassenheitsgebet und gaben sich dann eine Minute zur Meditation, damit alle, die noch immer litten, Kraft und Vertrauen sammeln konnten.

Als diese Minute endete, setzten sie sich alle wieder.

Nachdem jemand die „Wer wir sind"-Begrüßung aus der SAA-Literatur vorgelesen hatte, sagten sie alle nacheinander ihren Namen und ob sie süchtig waren oder bereits dabei, die Sucht zu überwinden.

Dann las der Leiter den Schritt aus dem 12-Schritte-Programm, der zum aktuellen Monat gehörte, vor. Anschließend verbrachte er zehn Minuten damit, sein eigenes Verständnis davon zu beschreiben, wie er es auf seine Genesung angewandt hatte und ermutigte sie, es auf ihre eigenen Leben anzuwenden. Dann sprach jeder über Probleme oder Meilensteine, die seit ihrem letzten Treffen aufgekommen waren. Ein paar der Mitglieder waren auf Hürden gestoßen, was normal war, und sie wurden auf keinerlei Art verurteilt, sondern nur aufgefangen und unterstützt. Die einzige Folge war, dass ihre Zählung von vorne begann und anschließend kehrten sie sofort zu ihrem gesunden sexuellen Abstinenzplan zurück.

Als King an der Reihe war, fühlte er sich sicherer, seit er seine Sexsucht bekämpfte, als je zuvor und wollte das mit den anderen teilen, die auf ihrem Weg noch nicht so weit waren.

„Erst einmal", sagte King, „habe ich gerade den besten Punkt erreicht, seit ich die Therapie begonnen habe."

Alle lächelten, klatschten und schienen sich ehrlich für ihn zu freuen.

King fuhr fort. „Wie ihr alle wisst, hatte ich furchtbare Angst, den nächsten Schritt zu gehen, aber wir wussten alle, dass ich es irgendwann wagen musste. Ihr wisst alle Bescheid darüber, was ich mache und wie kompliziert meine Genesung war, aber ich bin eins damit geworden. Nach meinen ersten neunzig Tagen der Abstinenz, konnte ich zwischen meiner Arbeit und meiner Genesung trennen und obwohl die Arbeit das körperliche Bedürfnis befriedigen konnte, habe ich jegliche persönliche oder emotionale Intimität gemieden. Mit anderen Worten: Ich hatte nur Sex, wenn ich dafür bezahlt wurde."

King hob eine Hand. „Wenn wir heute neue Leute dabei hätten, würden sie sicher sagen, dass das Mist ist, aber hey – für mich hat es funktioniert."

Eine weitere Runde Applaus.

„Danke. Danke", neckte King und verbeugte sich im Sitzen. „Ernsthaft, ich glaube, ich habe den Menschen gefunden, dem ich wichtig bin, der mich versteht und der meine Fehler und alles, was ich bin, akzeptiert. In letzter Zeit habe ich mich nach Intimität und Nähe zu ihm gesehnt und glaubt es oder nicht, es hat nichts mit Sex zu tun."

King hob erneut seine Hand. „Versteht mich nicht falsch, der Sex ist gut. Aber auf gesunde Art und Weise. Noch viel wichtiger, und das ist zum Teil wegen euch – diesen Treffen und meinem Sponsor – kann ich zum ersten Mal in meinem Erwachsenenleben sagen, dass ich wirklich nach einer emotionalen Verbindung suche. Sex steht nicht oben auf meiner Liste, aber es ist ein Sahnehäubchen auf der emotionalen Verbindung und der Intimität, die wir teilen."

Alle standen auf und applaudierten erneut.

King kämpfte gegen die Tränen an, die hinter seinen Augenlidern brannten. Er hatte jahrelang darauf gewartet, das sagen zu können und der Tag war gekommen. Alles wegen Bay Whitman.

King stand auf. „Aber das erzähle ich euch vor allem, weil jeder einzelne von euch ebenfalls so weit kommen kann, wenn ich es geschafft habe."

Die Gruppe umringte King. Er spürte Arme, die sich um ihn legten, Küsse auf seinen Wangen, Schläge auf seinen Rücken und er hörte so viele gratulierende Worte.

Nachdem alle geredet hatten und das Treffen sich seinem Ende zuneigte, stand der Leiter auf und las die „siebte Tradition" vor, die im Prinzip davon handelte, wie die Gruppe von persönlichen Beiträgen lebte. Dann reichte er einen Korb herum.

Nachdem der Leiter abschließend das Gelassenheitsgebet sprach, endete das Treffen.

Als King ging, schwebte er im siebten Himmel. Er entschied, dass er das Gefühl mochte und widerstand dem Drang, zurück in seine Wohnung zu hüpfen, weil er annahm, dass ein knapp zwei Meter großer Mann, der die West Fitfty-Sixth Street entlanghüpfte, ein wenig seltsam wirken könnte. Als er zu Hause ankam, duschte er, zog seinen besten Anzug an und rief sich ein Taxi.

Das Taxi wartete auf ihn, als er unten ankam und als er das Barnes & Noble erreichte, erstreckte die Warteschlange sich bereits die Straße hinunter und um die Ecke. Er ging daran vorbei und direkt nach vorne. „Ich bin ein Freund von Bay Whitman und er hat mir gesagt, dass ich nach seiner Assistentin Rachel fragen soll, die mich dann reinbringen würde."

Der Wachmann sah sich um, entdeckte scheinbar niemanden in Reichweite, den er fragen könnte und sagte King, dass er einen Moment warten müsste, da er seinen Posten nicht verlassen konnte.

King nickte und innerhalb von Sekunden hatte die erste Person in der Schlange ihre Kopie von Bays Buch hochgehalten, das Cover angesehen und dann wieder zu King geblickt. „Er ist Jack Robbins. Oh mein Gott." Sie wandte sich an King. „Du bist Jack Robbins."

Der Wachmann sah das Cover an und dann King. „Hey. Sie hat recht."

King hörte Gemurmel und leise Stimmen und die Leute begannen auf ihn zu zeigen. King wandte sich an den Wachmann. „Vielleicht wollen Sie mich reinlassen, bevor ich einen Aufruhr verursache."

„Gute Idee", sagte der Wachmann, öffnete die Tür und ließ ihn hinein.

Als er durch die Türen ging, sah er einen großen Tisch. Zwei Personen packten Koffer voller Ausgaben von *Revenge in Monte Carlo* und stapelten sie darauf auf. Das Geschäft schien vollkommen im Chaos zu versinken. Mitarbeiter rannten hektisch hin und her, bewegten Tische, stellten Stühle auf und errichteten ein Redepult auf einer kleinen Bühne, die mit schwarzem Samt verkleidet war.

King sah auf seine Uhr. Es war Mittag, also hatte er noch eine Stunde, bevor die Veranstaltung begann. Er entdeckte Rachel, vor der drei Personen standen, während sie eilig durch einen Ringbuchordner blätterte. Glücklicherweise sah sie nicht auf und er ging durch das Geschäft, um sie zu meiden, und in das Café, wo er sich einen Kaffee bestellte und eine ruhige Ecke suchte.

Er lehnte sich in seinem Stuhl zurück, legte ein Bein auf seinem Knie ab, nippte an seinem Kaffee und beobachtete, wie das Organisationschaos sich vor ihm ausbreitete. Plötzlich hörte er ein donnerndes Geräusch, beinahe wie ein Massenansturm. Er sah durch die Türen des Cafés und erblickte Unmengen an Leuten, die es eilig hatten, die besten Plätze zu erhaschen. Die Stunde hatte nur gefühlte Minuten gedauert, da die Vorbereitungen ihn so eingenommen hatten.

King verließ das Café und machte sich auf die Suche nach einer Ecke, in der Bay ihn sehen konnte, wenn er sich nach ihm umblickte, aber in der er keine unerwünschte Aufmerksamkeit auf sich ziehen würde. Minuten später lächelte King, als er Bay mit drei Männern in schwarzen Anzügen und zwei konservativ gekleideten Frauen durch eine unbezeichnete Tür in das Geschäft kommen sah. Rachel ging voran. Die Menge applaudierte höflich, als die Männer sich auf die kleine Bühne stellten.

SOBALD BAY durch die Tür kam, schob er seine zitternden Hände in die Taschen, um seine Nervosität nicht zu zeigen. Er scannte den Raum und atmete durch sein aufgesetztes Lächeln hindurch tief aus, als er King in einer Ecke stehen sah. Er hatte die Arme vor seiner Brust verschränkt und lächelte ihn an.

King nickte und Bay wurde von Erleichterung überflutet. So sehr, dass sein falsches, breites Lächeln zu einem echten Lächeln und noch breiter wurde. *Gott sei Dank ist er hier!*

Egal, wie sehr Bay es versucht hatte, es war ihm nicht gelungen, seinen üblichen Wandel zu vollziehen. Jack war einfach nicht zu ihm gekommen. Den ganzen Morgen über hatte er sich durch Vorstellungsrunden und Nettigkeiten mit den DreamWorks-Leuten gequält und er glaubte ehrlich, dass er sich ganz gut angestellt hatte, aber er hatte Jacks übliche selbstbewusste und offene Persona nicht ansatzweise erreicht. Er hatte den Smalltalk überstanden und als er endlich ein wenig Zeit für sich gehabt hatte, waren Kings Worte in seinen Gedanken aufgetaucht. *„Hast du jemals darüber nachgedacht, dass dein Selbstvertrauen sich langsam steigert und du dich nicht mehr hinter Jack verstecken musst?"*

Bay hörte seinen Namen, schob alle negativen Gedanken von sich und konzentrierte sich auf seine Pressesprecherin, die auf dem Podium stand. „Meine Damen und Herren, darf ich Ihnen den Autor von sechs New-York-Times-Bestellern und das Superhirn hinter dem Privatdetektiv Jack Robbins vorstellen? Begrüßen wir Mr. Bay Whitman!"

Applaus füllte den Raum.

Bay atmete tief durch. *Mit oder ohne Jack Robbins, los geht's.* Er ging auf das Podium zu und lächelte breit. Er griff mit den Händen nach dem hölzernen Rednerpult, um sein Zittern zu verbergen und sah seine Pressesprecherin an. „Superhirn? Wirklich, Meg? Das klingt so verschlagen." Bay sah sich im Raum um und duckte sich ein paar Mal suchend. „Ich warte darauf, dass hier gleich ein Superheld mit Cape vorbeikommt, mich hochhebt und wegträgt."

Die Menge brüllte vor Lachen. Bay entdeckte King, der ihn mit einem „Ich hab's dir doch gesagt"-Blick anlächelte. Bay zwinkerte. „Ernsthaft. Ich kann nicht glauben, dass so viele wundervolle Leute hergekommen sind, um mein bescheidenes Ich zu sehen."

Die Menge lachte erneut.

„Das wird ein wirklich großartiger Tag werden." Bay deutete auf eine Gruppe Menschen, die hinter ihm saß. „Ich meine, alle haben ihre Anzüge aus dem Schrank geholt. Sind sie nicht hübsch?"

Die Männer und Frauen hinter Bay verbeugten sich alle kurz und lachten herzlich. „Jetzt hören Sie mir bitte zu und lassen Sie sich von niemandem etwas anderes erzählen. Ich verspreche, dass ich bleiben werde, bis das letzte Buch signiert ist und niemand auch nur das geringste Interesse hat, mit mir zu sprechen, was nach einer Begegnung mit mir vermutlich weniger als eine Minute dauern wird."

Die Menge lachte erneut, aber diesmal schüttelten alle den Kopf.

„Wie auch immer, ich würde Ihnen gern meinen sehr loyalen Verleger vorstellen. Das sind die Leute, die dafür verantwortlich sind, dass das uns allen möglich gemacht wird. Meine Damen und Herren, einen großen Applaus für Mr. Druid S. Gold, bitte. Komm her, Dru."

Bay schüttelte Drus Hand und trat beiseite.

Während Dru die DreamWorks-Führungskräfte vorstellte, seufzte Bay erleichtert. Er hatte es hinter sich gebracht. Dann realisierte er, dass er es nicht nur überstanden, sondern sogar recht gute Arbeit geleistet hatte. Er begegnete erneut Kings Blick. Kings Lächeln sagte alles und er deutete lautlos Applaus an. Bay nickte dankbar und wünschte sich, dass King neben ihm stünde. Und das sollte er. Immerhin war er Jack Robbins. Dann kam Bay eine Idee. Eine verrückte Idee. Eine seltsame Idee, die vielleicht funktionieren konnte, wenn King mitspielte.

Als Bay gerufen wurde, um sich zu den Leuten von Random House und DreamWorks zu stellen, kündigte der PR-Leiter an, dass alle Jack Robbins im ersten von mindestens drei Kinofilmen, live und in Farbe auf der großen Leinwand sehen können würden. Den Anfang würde *Revenge in Monte Carlo* machen.

Die Menge sprang auf und es wurde laut im Raum. Blitzlichter erhellten den Saal und die Presse begann Fragen in Richtung des Podiums zu brüllen. „Wer will Jack Robbins spielen und wer wird seine erste Filmpartnerin sein?"

Der DreamWorks-Agent nahm die erste Frage auf. „Wir sind erst im Anfangsstadium der Filmadaption, daher haben wir noch niemanden für die Rollen gecastet. Aber –" Er machte eine effektvolle Pause und hob einen Finger. „– wir ziehen bekannte Hollywoodschauspieler ebenso wie Newcomer und unbekannte Darsteller in Betracht. Wir werden den richtigen Mann finden. Das versprechen wir."

Eine Frau in der ersten Reihe stand auf und deutete direkt auf King. „Ich denke, Sie haben den richtigen Mann schon gefunden."

Bay sah den überraschten Ausdruck auf Kings Gesicht, der sich schnell in Verlegenheit wandelte. Die Menge war begeistert. Gemurmelte „Jack Robbins" füllten den Raum. „Hey, das ist Jack", sagte ein Mann. Plötzlich hatten alle, von den DreamWorks-Führungskräften bis zu den Gästen, ihre Blicke auf King gerichtet. Bay entdeckte Rachel, die auf dem Weg zu King war und drückte die Daumen. Das hätte nicht besser laufen können, wenn er die Idee vor Wochen gehabt hätte statt erst vor ein paar Minuten.

KING BEOBACHTETE, größtenteils entsetzt, wie Rachel sich ihm näherte und seine Hand nahm. Er war so schockiert, dass er einem Zombie ähnelte und nicht versuchte, sich zu wehren, als sie ihn zur Bühne führte. Sein Gehirn sagte ihm, dass er stehen bleiben sollte, aber seine Füße gingen weiter. *Nein, King. Das wird nicht gut für Bay sein.* Als er die Bühne erreichte und einen Fuß daraufsetzte, kam er zu Sinnen und versuchte zurückzuweichen, aber Rachel stand hinter ihm und gab ihm einen Schubs. Er ging hinauf, um zu verhindern, auf der Nase zu landen und bevor er wusste, wie ihm geschah, drehte er sich um und stellte sich der Menge, die jetzt auf den Beinen war, klatschte und rief: „Jack! Jack! Jack!"

King sah Bay an, der grinste und gemeinsam mit allen anderen Gästen applaudierte. Sein Gesichtsausdruck veränderte sich. Es wirkte, als wollte er ihm etwas mitteilen, aber King war sich nicht sicher, was. Was immer es war, Bay klatschte weiterhin und das milderte Kings Besorgnis etwas. Als King die anderen auf der Bühne ansah, erkannte er, dass sie ebenfalls klatschten, aber ihre Münder standen in offensichtlicher Überraschung offen.

King sah wieder zur Menge, lächelte schwach und zuckte die Schultern.

„Wen haben wir hier?", fragte Dru King und musterte ihn einmal von oben bis unten.

Jetzt war King wirklich überfordert. Sagte er seinen echten Namen und riskierte, dass jemand in der Menge ihn erkannte? Das letzte, was er wollte, war, dass er Bay oder seinen Verleger blamierte und das wäre definitiv nicht gut für Bays Filmdeal.

Er drehte sich zu Bay und warf ihm einen flehenden Blick zu. *Was mache ich?*

Als Bay neben ihn trat, atmete King erleichtert aus.

„Nun, Dru", sagte Bay. „Das ist King. Er ist ein Schauspieler und ich hatte das Glück, ihn während meiner letzten Tour in Las Vegas kennenzulernen. Es war alles ein großer Zufall, aber stell dir meine Überraschung vor, als *mein* Jack Robbins bei einer meiner Signierstunden aufgetaucht ist."

Was zur Hölle? Ein Teil der Wahrheit. Nicht wie wir uns wirklich getroffen haben, aber ich habe Bay tatsächlich überrascht, indem ich bei einer Signierstunde aufgetaucht bin. Was hast du vor, Bay?

Bay nickte King zu und King interpretierte es als *lass mich nur machen.* Dann sah Bay die Führungskräfte und anschließend die Menge an. „Glauben Sie mir, ich war ebenso schockiert wie Sie. Ist die Ähnlichkeit nicht unheimlich? Der Körperbau, die Haare, die Augen. Er ist durch und durch Jack."

Die Menge wurde erneut laut. „Sie meinen, er ist nicht wirklich das Covermodel für die Jack Robbins Romane?", rief ein Mann.

„Leider nicht", sagte Bay zur Menge. „Jack Robbins ist ein Charakter, der in meinem Kopf entstanden ist. Frei erfunden. Und das Bild auf den Covern wurde mit einem Computer nach meinen Beschreibungen im Buch generiert. Aber wenn ich King gekannt hätte, als das erste Buch erschienen ist, wäre er es definitiv gewesen."

Bay schien King entlasten zu wollen und sagte: „Können wir noch einen Stuhl für den Signiertisch bekommen? Vielleicht wird King uns ein wenig seiner Zeit schenken und Ihnen erlauben, ein paar Fotos mit uns beiden zu machen."

Auf King wirkte Bay wie ein Mann mit einem Plan und King war vollkommen überrumpelt. *Was hast du vor, Bay Whitman?*

King erkannte, dass die Leute von DreamWorks sich zusammenstellten und ihn musterten. Es sorgte dafür, dass er sich unwohl fühlte und es kam ihm vor, als wäre er kurz davor, enttarnt zu werden. Um seinetwillen wäre es ihm egal. Er war in diesen Beruf hineingestolpert und er hatte diese Dämonen vor langer Zeit bekämpft, aber er wollte Bay auf keinen Fall irgendwie verletzen. Alles, was es brauchte, war eine Person in dieser Menge, die ein Foto machte, eine Bildersuche durchführte und dann war alles vorbei. *Was jetzt?*

Als jemand einen zweiten Stuhl an den Signiertisch brachte, zwinkerte Bay King zu und sie setzten sich beide.

„Was passiert hier?", fragte King durch zusammengebissene Zähne, während er noch immer lächelte.

„Vertrau mir einfach. Bitte?"

King nickte noch immer, während Handy- und Kcamerablitze rechts und links den Raum erhellten. „Du hättest mich vorbereiten oder wenigstens warnen können, bevor ich hier ankam."

„Keine Zeit", sagte Bay und drehte seinen Kopf von einer Seite zur anderen, damit alle ein Foto machen konnten. „Hatte die Idee erst vor ein paar Minuten."

„Welche Idee?", fragte King und imitierte Bays Bewegung.

„Ich bin noch nicht ganz sicher, aber ich werde dir später alles erklären", sagte Bay. „Lass uns für den Moment einfach mit dem Strom schwimmen."

King seufzte. „Was immer du willst."

ZWEI STUNDEN später hatte King gelächelt, für Fotos posiert und Jack Robbins Namen so oft geschrieben, dass seine Wangen, sein Hals und seine Hand schmerzten. Bay schien seltsamerweise in seinem Element zu sein. Er hielt Smalltalk, plauderte mit allen, personalisierte jedes Buch und wirkte, als könnte er es noch zwei Stunden länger durchziehen.

Als sie das letzte Buch signiert und für das letzte Foto posiert hatten, nahm Rachel das Mikrofon, bedankte sich bei allen für ihr Kommen und scheuchte dann King und Bay aus der Tür, durch die Bay vor ein paar Stunden eingetreten war.

Die Führungskräfte von Random House und DreamWorks waren immer noch dort, sie standen beieinander und unterhielten sich leise. Der Mann namens

Druid, den Bay Dru genannt hatte, war der erste, der sich ihnen näherte. „Hi, King. Ich bin Dru Gold."

King schüttelte seine Hand. „Freut mich."

„Mann. Es *ist* unheimlich", sagte Dru und sah zwischen Bay und King hin und her. „Sie sind das exakte Spiegelbild von Bays Buchcharakter. Ich habe Sie auf die Bühne kommen sehen und konnte meinen Augen kaum trauen. Haben Sie den Charakter studiert?"

„Jack studiert?", lachte King. „Ich habe Jack nicht nur nicht studiert, ich wusste nicht einmal, dass die Romane existieren, bevor ich Bay in Las Vegas kennengelernt habe. Ich bin kein großer Leser."

Dru starrte King noch immer an. „Ich komme nicht darüber hinweg. So etwas Seltsames habe ich noch nie gesehen."

„So habe ich mich in Vegas gefühlt", sagte Bay. „Ich war sprachlos."

„So wie ich, nachdem ich das erste Buch gelesen hatte", sagte King.

Eine weitere DreamWorks-Mitarbeiterin kam zu ihnen und stellte sich vor. „Hi King. Ich bin Sydney Edelstein. Bay sagte, dass Sie ein Schauspieler sind. Wo kann ich Ihre Arbeit sehen?"

Kings Herz rutschte ihm in die Kniekehlen. Er sah Bay an.

„Syd", übernahm Bay. „King ist ein wenig überwältigt. Wie gesagt, wir haben uns in Vegas getroffen und wurden Freunde. Ich habe ihn zur moralischen Unterstützung gebeten, mit mir hierherzukommen. Er hatte keine Ahnung, was auf ihn zukommen würde."

„Ich verstehe", sagte Syd.

Bay hob einen Finger. „King hat vor allem am Theater gearbeitet, aber ich bin mir sicher, dass er Ihnen zu einem Teil Zugang verschaffen kann. Über seine spätere Arbeit können wir demnächst sprechen. Darf ich es so verstehen, dass Sie interessiert daran wären, mit ihm über die Rolle als Jack Robbins zu sprechen?"

„Ich denke, ja", sagte Sydney. „Er hat in meiner Vorstellung den Körperbau, das Aussehen und das Verhalten des Jack Robbins, aber nur du kannst das sicher bestätigen."

„Er hat all das und mehr", sagte Bay. „Ich wollte sowieso vorschlagen, dass Sie einmal mit ihm sprechen, also werde ich Rachel einen Termin ausmachen lassen."

King konnte seinen Ohren nicht trauen. *Bay will, dass ich Jack spiele. Verliert er den Verstand?*

„Perfekt", sagte Sydney. „Ich freue mich, Sie zu treffen, King."

King nickte. „Ebenso."

King war immer noch benommen, als sie auf den Rücksitz des Sedans kletterten. Bay drückte sein Knie. „Ich werde dir alles erklären, sobald wir bei mir sind."

King nickte, sagte jedoch nichts. In seinem Kopf drehte sich alles wie ein Kreisel.

„Du warst heute wirklich gut", sagte Bay. „Du hast beinahe so viele Bücher signiert wie ich."

„Was? Oh ja, das war schräg", sagte King. „Und wo wir gerade davon sprechen, du hast alle Erwartungen übertroffen. Du warst geistreich und sehr charmant auf diesem Podium."

„Bedank dich bei Jack."

„Das war nicht Jack", sagte King. „Ich kenne deine Jack-Robbins-Imitation. Das heute war ganz Bay Whitman."

„Nein."

King nickte. „Doch."

Bay starrte aus dem Fenster, aber nach einer Weile sah er wieder King an. „Weißt du, ich fühle mich ein bisschen anders. Ich war nicht ganz im Jack-Modus, aber ich kam klar."

„Das war viel besser als nur klarkommen", sagte King. „Du warst Bay Whitman und du warst großartig."

„Wenn ich gut war", sagte Bay, „dann, weil du bei mir warst."

BAY SCHLOSS seine Tür auf und hielt sie für King geöffnet. „Mann, ich bin müde und meine Füße tun weh. Es war ein verdammt langer Tag."

„Okay, du hast mich lange genug hingehalten", sagte King, während er seine Krawatte lockerte und den obersten Knopf öffnete. Er berührte Bays Beine und bedeutete ihm, sie auf seinen Schoß zu legen. King schnürte Bays Schuhe auf, zog sie ihm aus und ließ sie mit einem dumpfen Schlag auf den Boden fallen. „Was zur Hölle ist gerade passiert?"

Bay bewegte seine Zehen und King folgte der stummen Aufforderung. Er massierte Bays Füße, aber sein Blick löste sich nicht von Bay.

„Es war nicht geplant, falls du das denkst", gab Bay zu.

„Aber du hast Syd gesagt, dass du vorschlagen wolltest, dass wir uns unterhalten."

„Das habe ich mir ausgedacht", sagte Bay. „Ich wollte, dass es ihre Idee ist."

„Du wolltest, dass *was* ihre Idee ist?", fragte King.

„Als ich auf dieser Bühne stand und dich am anderen Ende des Raumes, gut aussehend wie immer, beobachtet habe", sagte Bay lächelnd, „warst du in meinen Augen Jack Robbins *und* King Slater. Da kam mir der Gedanke. Du hast Schauspielerfahrung und ich habe mit dem Studio über die Entscheidung zwischen einem Hollywoodstar und einem unbekannten Schauspieler gesprochen, wieso sollten wir also nicht dich in Erwägung ziehen?"

„Mich? Jesus, Bay. Du weißt, was mein Job ist. Sie müssen mich nur googeln und werden alles finden."

„Na und?", sagte Bay. „Jeder berühmte Schauspieler hat getan, was er musste, um zu überleben. Dinge, die sie sich wünschen, nie getan zu haben."

„Aber was ich mache ist nicht nur etwas, das ich tue, um mich zu finanzieren. Ich verdiene verdammt gut damit. Und ich schäme mich nicht dafür, Bay."

Bay schüttelte den Kopf und fluchte leise. „Sorry. Das habe ich nicht richtig formuliert. Was ich sagen wollte", fuhr Bay fort, „ist, dass es für viele ein langer beschwerlicher Weg ist, bis sie es ins Showbusiness schaffen. Menschen müssen überleben, während sie versuchen Fuß zu fassen. Und sie machen viele verschiedene Dinge, die irgendwann bekannt werden."

King begann zu sprechen, aber Bay hielt ihn auf. „Bitte, lass mich ausreden."

King schwieg.

„Aber … wenn wir uns mit dem Studio treffen und sie dich mögen, werden wir ihnen alles vorher erklären. Wenn sie dich noch immer mögen, können sie vielleicht einen Weg finden, um das alles im Filmstart integrieren zu können. Ich meine, wenn sie es selbst durchsickern lassen, könnte es eine Menge Aufmerksamkeit auf dich und den Film lenken."

„Darf ich jetzt was sagen?", fragte King.

Bay nickte.

„Woher weißt du überhaupt, ob ich die Rolle will?", fragte King.

„Das weiß ich nicht. Aber sei bitte ein wenig nachsichtig mit mir. Ich hatte die Idee erst, als ich auf der Bühne war und ich hatte keine Zeit, um sie wirklich durchzudenken. Du hast Schauspielerfahrung und du hast gesagt, dass du die Arbeit wirklich genossen hast, also wollte ich mir die Möglichkeit nicht entgehen lassen, falls sie sich bieten würde. Und Junge, besser hätte es nicht kommen können."

King schien über Bays Punkte nachzudenken. „Ich weiß nicht, Bay", sagte King. „Das ist alles so seltsam. King Slater auf der großen Leinwand?"

„Vermutlich nicht *King Slater.* Du wirst vermutlich einen anderen Namen benutzen müssen, aber du wärst noch immer du. Und du wirst vermutlich deinen aktuellen Beruf aufgeben müssen."

King schwieg erneut.

„Hör mal", sagte Bay. „Ich weiß, dass es viel auf einmal ist und wenn du es nicht tun willst, ist das okay für mich. Es wird zwischen uns nichts verändern und wir werden mit unseren Leben weitermachen. Wir werden dem Studio einfach sagen, dass du nicht interessiert bist und nie wieder darüber sprechen. Ende der Geschichte. Aber bitte hör dir erst an, was DreamWorks zu sagen hat und entscheide dann."

King seufzte und hob die allzu vertraute Augenbraue.

„Für mich?", bat Bay.

„Da du dir all die Mühe gemacht hast, nehme ich an, dass wir uns mit ihnen treffen können. Und mit Matthew."

Verwirrt wiederholte Bay: „Matthew? Wer ist Matthew?"

„Matthew ist mein Taufname. Matthew King Slater."

„Ohh. Matt Slater. Gefällt mir."

Bay schwang seine Füße auf den Boden und schob sich über King. Er küsste ihn und zog sich dann zurück, um ihm in die Augen zu sehen. King lächelte und Bay lächelte zurück und küsste ihn erneut. Der nächste Kuss wurde von sanft zu tief, von zärtlich zu intensiv und dann wurde er innerhalb weniger Sekunden verlangend. King tat das mit ihm. Ließ ihn verlangen. Er wollte King. Ein normales Leben. Alles, was diese Welt zu bieten hatte.

Bay stand auf und zog King auf die Füße. Er führte King ins Schlafzimmer. Ihm war klar, dass sein Leben sich in einem verblüffend schnellen Tempo veränderte. Überraschenderweise akzeptierte er es.

23

KING SASS nervös im Wartezimmer im Büro von DreamWorks Pictures. Er hatte seine Beine an den Knöcheln überkreuzt und beobachtete, wie Bay auf und ab ging. „Bay, bitte setz' dich. Mir wird ganz schwindelig."

„Es tut mir leid." Bay setzte sich neben ihn. „Das ist alles so aufregend."

King sah sich um und entdeckte niemanden in Sichtweite, also beugte er sich zu Bay hinüber und küsste ihn auf die Wange. „Ich weiß, aber hin und her zu laufen wird das Ergebnis nicht verändern."

Die Sekretärin tauchte wie aus dem Nichts auf. „Mr. Lowenstein wird Sie jetzt empfangen."

King und Bay standen auf und folgten der attraktiven, blonden Frau.

„Bayyy!", sagte David Lowenstein und begrüßte ihn in der Mitte seines riesigen Büros. „Es ist großartig, Sie wiederzusehen."

„Gleichfalls", sagte Bay und schüttelte seine Hand. „Und das ist King Slater."

David musterte King mit einer Hand auf seiner Hüfte von Kopf bis Fuß. „King Slater? King Slater? Woher kenne ich diesen Namen?"

David sah aus, als würde er seine Erinnerung durchsuchen, während er King musterte, bis er offensichtlich aufgab. „Cool", sagte er und sie gaben sich die Hände. „Ich habe von meinem Team viel über Sie gehört."

Kurze Aufmerksamkeitsspanne, dachte King.

Die Bürotür schloss sich hinter ihnen und King sah sich um und musste ein zweites Mal hinsehen, als er erkannte, dass dort Rob Offernan, einer von Hollywoods legendären Regisseuren stand.

„Hey, Bay", sagte Offernan. „Wie geht's?"

„Gut, Rob. Bei Ihnen?"

„Kann mich nicht beschweren."

Er konnte nicht glauben, dass Bay diese Leute kannte und mit ihnen sprach, als wären sie beste Freunde. Keine Spur von Jack Robbins, nur Bay.

„Rob, das ist King Slater."

„Hi, King. Wir haben nur gute Dinge über Sie gehört."

„Das ist schmeichelhaft, aber –"

„Oh, nehmen Sie das Kompliment ruhig an", sagte Rob, setzte sich und bedeutete allen, sich zu ihm zu gesellen.

David lehnte sich an den Rand seines Schreibtisches. „Also, Sie wollen die Rolle des Jack Robbins, hm?"

„Um ehrlich zu sein, bin ich mir nicht sicher", sagte King. „Verstehen Sie mich nicht falsch. Ich bin sehr fasziniert von der Idee, aber wir alle schulden es Bay und Jack, es richtig zu machen und ich habe seit dem College nicht mehr echte Rollen gespielt."

„Er ist viel zu bescheiden", unterbrach Bay. „Ich habe ihn spielen sehen und er ist großartig. Nicht zu vergessen, dass er Jack Robbins Ebenbild ist."

King spürte Davids und Robs Blicke auf sich und es machte ihn schrecklich nervös.

„Das ist er", sagte David und lächelte schief. „Und was fürs Auge."

Rob nickte. „Ich stimme zu. Nun, ihr wisst schon. Nicht der Augen-Teil. Obwohl Sie's sind. Oh, wie auch immer."

Bay warf eine CD auf Davids Schreibtisch. „Hier ist ein wenig seiner Arbeit am Theater. Schauen Sie es sich an. Ich bin mir sicher, Sie werden beeindruckt sein."

Zu Kings großer Überraschung drückte David einen Knopf, die Lichter wurden gedimmt, Rollos wurden vor den Fenstern heruntergelassen und ein Samtvorhang öffnete sich hinter dem Schreibtisch, womit eine recht große Leinwand freigegeben wurde. David tat noch etwas anderes und Sekunden später tauchte Kings Bild auf der Leinwand auf. Es war eine Aufnahme aus seinem letzten Jahr im College und er spielte die Hauptrolle von Magnus Pym in der NYU-Produktion von *A Perfect Spy* von John le Carré.

Das Stück wechselte zwischen einer Fahndung nach Pym, einem verdeckten Spion auf der Flucht in der Gegenwart und Pyms erzählten Erinnerungen an sein Leben im Verborgenen.

Im Stück hatte King große Mengen an Dialogen auswendig lernen müssen und lediglich mit dem Publikum interagiert, während er sein Leben laut erneut durchlebte und seine Memoiren schrieb.

„Du kannst es ausschalten", sagte Rob nach nur fünfzehn Minuten. „Ich glaube, ich habe genug gesehen."

„Ich habe euch gesagt, dass Bay und Jack etwas Besseres verdienen." King stand auf. „Es tut mir leid, dass ich Ihre Zeit verschwendet habe, meine Herren."

„Unsinn", sagte Rob. „Setzen Sie sich hin."

King hielt inne und setzte sich.

„Es hat mir gefallen", sagte Rob. „Egal, was manche denken, das ist keine einfache Rolle."

„Sehe ich auch so", sagte David.

King traute seinen Ohren nicht.

„Ich habe doch gesagt, dass er gut ist", sagte Bay.

„Lasst uns eine Probeaufnahme machen", verlangte David.

King unterdrückte ein nervöses Lachen, das bei dieser Forderung hervorzubrechen drohte. Alles, was sie tun mussten, war auf *Pornhub* zu gehen und sie konnten so viele Probeaufnahmen sehen, wie sie wollten. Glücklicherweise gelang es ihm, die Ruhe zu bewahren.

Bay stand auf. „Leute, bevor wir weitermachen, gibt es ein paar Dinge, die Sie wissen sollten."

„Was zum Beispiel?"

Los geht's. Der Anfang vom Ende.

Bay und King hatten ihren Plan bereits abgesprochen. Bay dachte, dass David einfacher zu überzeugen sein würde, weil er schwul war. David hatte keine Ahnung, dass *Bay* auch schwul war, aber das würde sich jetzt ändern. Bay hatte die Analogie benutzt, dass sie sich entschieden hatten, alle Karten auf den Tisch zu legen und zu sehen, wie die Würfel fielen. Von der Sexsucht abgesehen. Das war eine Privatsache und vollkommen anonym. Die einzigen Menschen, die davon wussten, waren Kings Sponsor und seine Selbsthilfegruppe und sie hatten sich alle einem Verhaltenskodex verpflichtet. Er vertraute jedem einzelnen mit seinem Leben. Aber wenn es herauskam, müssten sie sich damit auseinandersetzen.

„Nun", sagte Bay. „Erstens sind King und ich –" Er sah zwischen David und Rob hin und her und dann zu King. „– ein Paar."

Davids Augen weiteten sich, aber Rob schien überhaupt nicht beeindruckt von diesem Geständnis.

„Und?", fragte Rob.

„Wir haben uns in Vegas kennengelernt. Und um ehrlich zu sein, ist es eine sehr lustige Geschichte." Bay lachte. „Ich habe ihn in einem Pokerspiel gewonnen."

„Ihn gewonnen?", fragte David. Er sah King an und pfiff. „Ich wüsste gern, wo ich an so einem Pokerspiel teilnehmen kann."

Bay klärte beide Männer darüber auf, wie er und King sich kennengelernt hatten, über die Tatsache, dass er ein schwuler Callboy war und was sich seitdem zwischen ihnen entwickelt hatte.

„Das", sagte Rob, „wirft ein ganz neues Licht auf diese ganze Sache. Es könnte in Zukunft zu einem Problem werden."

„Da ist mehr", sagte Bay.

„Ich bin außerdem ein Pornodarsteller", gab King zu.

David schlug mit der Hand auf den Tisch. „Daher kenne ich Sie. Sie sind *der* King Slater. Ich wusste, dass ich diesen Namen kannte. Ich habe viel von Ihrer neueren Arbeit gesehen", sagte er mit einer Spur Sarkasmus und zwinkerte.

„Warte, was?", sagte Rob. „Eine Nutte und ein Pornostar?"

„Ich fürchte", sagte King und erhob sich erneut. „Ich weiß Ihre Zeit wirklich zu schätzen und verstehe es vollkommen. Ich nehme es Ihnen nicht übel."

„Wenn ich Ihnen noch einmal sagen muss, dass Sie sich hinsetzen sollen", sagte Rob, „bin ich raus."

King setzte sich.

„Hören Sie", sagte Rob, „das ist höchst ungewöhnlich, aber keinesfalls noch nie dagewesen. Viele junge Schauspieler nehmen solche Rollen an, wenn sie versuchen, in der Industrie Fuß zu fassen. Und keine Presse ist schlechte Presse und so weiter und so fort. Sie kennen das. Aber das strapaziert die Grenzen ein wenig." Er sah David an, der King noch immer mit seinen Blicken auszog. „Es ist ziemlich offensichtlich, dass *du* ihn magst."

„Ja, ich mag ihn", sagte David. „Aber ich schlafe nicht mit dem Freund eines anderen Mannes."

Rob verdrehte die Augen. „Ich meine es nicht so, verdammt."

„Und ja", sagte David. „Ich denke, wir sollten die Probeaufnahme planen und mit der PR-Abteilung sprechen. Wenn sie eine Möglichkeit finden, das zu drehen, könnte es zu unserem Vorteil sein."

Bay lächelte und King konnte die Erleichterung auf seinem Gesicht sehen. „Das ist großartig", sagte er. „Schaut, Leute, es ist kein Geheimnis, dass ich möchte, dass er die Rolle bekommt und zwar nicht, weil wir zusammen sind, sondern weil ich denke, dass er perfekt dafür wäre. In meinem Kopf ist er Jack Robbins. Das ist das Seltsame an dieser ganzen Sache."

Rob sah King an. „Die große Frage ist – wenn wir das regeln können – wollen Sie die Rolle dann?"

King begegnete Bays Blick und hielt ihn fest. Er konnte das Flehen darin beinahe sehen. „Wenn ihr alle glaubt, dass ich mit der Rolle klarkomme, werde ich es versuchen."

„Wir müssen noch die Probeaufnahme machen und alles mit der PR-Abteilung klären", sagte Rob. „Aber wenn alles gut läuft, werden wir Sie für die Rolle in Erwägung ziehen."

„Mehr kann ich nicht verlangen", sagte King.

„Ich denke nicht, dass Sie es bereuen werden", sagte Bay.

Alle außer King erhoben sich. Sie warfen ihm alle einen fragenden Blick zu. „Ich war mir nicht sicher, ob ich jetzt wieder aufstehen darf."

„Ich mag Männer, die Anweisungen befolgen können", sagte Rob.

„Ich auch", stimmte David mit einem Zwinkern zu.

EINE WOCHE später waren King und Bay erneut im selben Büro, um David zu treffen. Als Davids Sekretärin angerufen hatte, hatte sie nur gesagt, dass sie um zehn Uhr an diesem Morgen da sein sollten.

Bay war die ganze Woche über nervös gewesen. Er hatte sich bei seinem Verlag geoutet, was überraschenderweise überhaupt nicht schwierig gewesen war und ihnen von dem Meeting mit David und Rob erzählt. Aber scheinbar hatten die Nachrichten sich schnell verbreitet und die PR-Abteilungen von DreamWorks und Random House standen bereits in engem Kontakt, um gemeinsam herauszufinden, ob das alles funktionieren könnte.

Bay hatte King auch zu seiner Probeaufnahme begleitet und war überhaupt nicht überrascht, dass King auf der großen Leinwand unglaublich aussah. Er *war*

Jack Robbins, in jeder Hinsicht, und die Probeaufnahme hatte Bays Überzeugung nur bestätigt.

Sie warteten weniger als drei Minuten, als die Sekretärin auftauchte und sie ins Büro begleitete.

„Machen Sie es sich bequem, meine Herren", sagte David und deutete auf die Couch. Er lehnte sich erneut an die Kante seines Schreibtisches. „Ich bin mir sicher, Sie sind gespannt, wieso Sie hier sind."

„Milde ausgedrückt", sagte Bay.

„Kurz gesagt: Nach vielen Überlegungen, Unmengen von Meetings und, um ehrlich zu sein, einem Haufen Gras", sagte David, „denken wir, dass wir einen Plan haben, um die Informationen zu kontrollieren und sie bekanntzugeben."

„Was genau sagen Sie?", fragte Bay.

„Wir sagen, dass wir Mr. Matthew Slater die Rolle des Jack Robbins anbieten wollen."

Bay sprang auf die Füße und sah King an, dem der Unglaube ins Gesicht geschrieben stand. Dann sprang King ebenfalls auf, nahm Bay in die Arme und wirbelte ihn herum.

David lächelte. „Ich schließe daraus, dass Sie zufrieden sind."

„Verdammt, ja, wir sind zufrieden", sagte King. „Und ich verspreche, ich werde alles geben, was ich habe."

„Das weiß ich oder ich werde Ihnen persönlich den Hintern versohlen", sagte David.

„Nur über meine Leiche", neckte Bay.

„Willkommen bei DreamWorks Pictures."

Epilog

KING STARRTE im Spiegel seine zitternden Hände an, während er versuchte, seine Fliege zu knoten. Die langerwartete Premiere von *Revenge in Monte Carlo* stand kurz bevor und King war so nervös wie nie. Er lächelte, seufzte und entspannte sich ein wenig, als Bay hinter ihn trat, seine Arme um Kings Taille legte und ihn an sich drückte.

„Entspann dich, Baby. Du wirst der bestaussehendste Mann des ganzen Abends sein. Jetzt dreh dich um und lass mich dir helfen."

King drehte sich um und Bay schob seine Hände weg. Bay lächelte breit, während er mühelos die Seidenkrawatte knotete.

Das erste Treffen mit DreamWorks war etwas mehr als zwei Jahre her. Man musste ihnen lassen, dass sie es, nachdem alle Fakten auf dem Tisch lagen, geschafft hatten, die schwierigen Gewässer zu umfahren und die Premiere zu einem Erfolg zu machen.

King hatte noch immer keine Ahnung, wie viel Druck Bay auf sie ausgeübt hatte, damit alles so perfekt funktionierte, aber wenn er gefragt wurde, verleugnete Bay hinter den Kulissen beteiligt gewesen zu sein. King glaubte das nicht hundertprozentig, aber es war nicht wirklich wichtig. Die einzige Möglichkeit, es Bay zu vergelten war, Jack auf die bestmögliche Art zum Leben zu erwecken. Und er hoffte, dass ihm das gelungen war.

Nach ihrem ersten gemeinsamen Jahr, in dem ihre Beziehung mit jedem neuen Tag stärker geworden war, hatten sie sich mit der Hilfe von Bays Verleger vor der Welt geoutet. Es hatte die übliche Negativität von Konservativen aus dem rechten Flügel gegeben, aber im Großen und Ganzen hatte es niemanden gestört. Schließlich war es das Jahr 2017.

Mit Kings Hilfe und Unterstützung hatte Bay hart an seinem öffentlichen Leben gearbeitet und er hatte nie aufgehört, King mit den großen Fortschritten, die er machte, zu überraschen. Mit jedem vergehenden Tag sah King mehr und mehr von dem Bay Whitman in der Öffentlichkeit, den er auch hinter geschlossenen Türen erlebte. Bay wurde zu dem starken und selbstbewussten Mann, der er immer hatte sein wollen. Es hatte eine Therapie gebraucht, um zu erkennen und zu akzeptieren, woher seine Unsicherheiten stammten und wie sie ihn eingeschränkt hatten, aber er war auf dem richtigen Weg.

King hatte sein Porno- und Escort-Geschäft schon lange hinter sich gelassen und begonnen seinen Taufnamen, Matthew Slater, zu benutzen. Er hatte besonders hart daran gearbeitet, seinen inneren Jack Robbins zu finden. Um ganz ehrlich zu sein, war ihm das nicht sonderlich schwergefallen. Es war wirklich so, als wäre der Charakter nach seinem Vorbild geschrieben worden und es hatte sich als recht einfach herausgestellt, sich selbst zu spielen.

Nach ein paar Verhandlungen hatte King mit DreamWorks einen Vertrag für drei Filme unterschrieben und sie waren bereits in der Vorproduktion von *Assassination in Argentina*, dem zweiten Film der Trilogie, und würden bald zu drehen beginnen. Sobald dieser seine Premiere feierte, würden sie beginnen, *Discovery in Paris* zu drehen.

Im Privaten waren sie unerschütterlich, aber beruflich war nicht alles ein Zuckerschlecken.

Ein paar Tage bevor das Marketing- und PR-Team Informationen über Kings Porno-Vergangenheit durchsickern lassen wollten, hatte einer seiner ehemaligen Drehpartner ein Interview für TMZ gegeben und die Nachricht verbreitet. Die Presse hatte eine Menge Spaß mit den Neuigkeiten gehabt. Kings gut aussehendes Gesicht, sowie sein nackter Körper – mit verpixeltem Intimbereich natürlich – hatten mindestens zwei Wochen die Titelseite jedes Boulevardblattes und jeder Zeitung geschmückt.

Während der Vertragsverhandlungen hatte King vorgeschlagen, seine Sucht als ein Mittel zu nutzen, um die Pornos und wie King damit umgegangen war zu erklären und das Studio hatte zugestimmt. King war der Meinung, dass er seine Sucht lang genug versteckt hatte. Es war Zeit, Licht auf eine Form der Sucht zu lenken, die viele Leute weder verstanden noch ernst nahmen. Er nutzte die Gelegenheit, nicht nur sich selbst, sondern auch vielen anderen, die darunter litten, zu helfen. Ihm wurde eine Plattform geboten, die er dafür nutzen konnte, und wer würde einen Außenseiter nicht unterstützen?

Nachdem die Nachricht aus dem Sack war, wurden sie alle aktiv und es dauerte nur einige wenige angespannte Tage, um die Story unter Kontrolle zu bringen. King begann an Talkshows teilzunehmen, Interviews für alle Zeitschriften der Unterhaltungsindustrie zu geben und gewann immer innerhalb weniger Minuten die Sympathien der meisten Journalisten für sich. Natürlich verschwanden die Konservativen aus dem rechten Flügel nicht, aber das würde nie geschehen und niemand erwartete das.

Im Großen und Ganzen erinnerte die ganze Erfahrung King an den Skandal, als die Sexvideos von Rob Lowe aufgetaucht waren. Es dauerte ein paar Wochen, aber sobald die nächste große Story bekannt wurde, war er Schnee von gestern. Und glücklicherweise wurden die Nachrichten von einem gewissen Filmmogul geflutet, der für sexuelle Belästigung verhaftet wurde und lenkte das öffentliche Interesse von ihm ab. Sie hätten es nicht besser planen können.

Bays Handy machte sich mit einer Nachricht bemerkbar. Bay stellte sich auf die Zehenspitzen, küsste King auf die Wange und holte es hervor. „Die Limo ist hier."

Schmetterlinge flatterten durch Kings Magen, aber er gab sein Bestes, um sie zu ignorieren, während Bay ihm seinen Mantel hinhielt. „Heute Abend wird großartig werden. Ich liebe dich."

„Ich liebe dich auch", antwortete King. „Und danke, dass du mich liebst."

BAY UND King gingen Hand in Hand den roten Teppich hinunter; beide trugen mitternachtsblaue Smokings und blieben alle paar Schritte stehen, um für Fotos zu posieren. Wenn jemand Kings Namen kreischte, zog er an Bays Hand und sie drehten sich um und lächelten in blendende Blitzlichter, während aus allen Richtungen Kameras sie fotografierten.

King drückte Bays Hand. „Dann mal los."

Bay beugte sich zu ihm und flüsterte ihm ins Ohr: „Daumen drücken. Wenn es gut läuft, wird uns das definitiv dabei helfen, *Discovery in Paris* den Weg zu bereiten."

Der zweite Film war gerade in der Vorproduktion, aber beim geplanten dritten Film würden die Dinge interessant werden. Zum ersten Mal in der Geschichte bekam eine männliche Hauptrolle, in diesem Fall Jack Robbins, einen männlichen Partner. Bay hatte DreamWorks überzeugt, dass es aufgrund der Veränderungen bei der Akzeptanz der LGBTQ-Community Zeit war, Stellung zu beziehen.

Als Bay das Studio darauf angesprochen hatte, waren sie zunächst skeptisch gewesen. Sie glaubten nicht, dass es richtig war, dass Jack plötzlich schwul wurde und auch Bay und King stimmten darin überein. Sie alle stimmten überein, dass ein solcher Handlungsstrang nur die Propaganda, dass Homosexualität eine Wahl war, begünstigen würde. Aber da diese Romane der Reihe speziell für DreamWorks geschrieben worden waren, hatte Bay eine Idee gehabt, die funktionieren könnte.

Bay hatte vorgeschlagen, dass Jack im dritten Buch undercover gehen würde, um den inneren Kreis eines bekannten Pariser Teams eines verheirateten Paars – die von ISIS großzügig bezahlt wurden, um Beihilfe zu einem terroristischen Anschlag auf den Eifelturm zu leisten – zu infiltrieren.

Nach beinahe einem Jahr gelingt es Jack endlich, in den inneren Kreis vorzudringen, aber er bekommt noch immer keine nötigen Informationen. Als der gut aussehende, charmante Pariser ihm schließlich sexuelle Avancen macht, hält Jack es für den einzigen Weg die Information zu bekommen, die er braucht und wird zögerlich zum Geliebten des Mannes. Innerhalb von wenigen Wochen wird Jack ein geschätzter Vertrauter, der Informationen erhält und das Pariser Paar wird verhaftet. Plan vereitelt.

Der beste Teil von Bays Idee war, dass Jack, sobald alles erledigt ist, überraschend feststellt, dass er es genießt, diese Rolle zu spielen und beginnt, zu seiner Bisexualität zu stehen. Ziel erreicht!

Nachdem sie schließlich die ganze Bandbreite von Presse und Fans überstanden hatten, setzten Bay und King sich an ihre Plätze in der Mitte der ersten

Reihe. Das Kino verdunkelte sich und King nahm Bays Hand. „Egal, wie die Dinge heute Abend laufen, wir haben beide siegreiche Blätter."

Bay war glücklich. King war glücklich. Und wichtiger, sie waren gemeinsam vollständig und glücklich. Für sie war alles an den richtigen Platz gerückt und King würde ewig dankbar für den Verlust eines Mannes am Pokertisch sein, der Bay Whitman ermöglicht hatte, dass er einen König fand.

SCOTTY CADE hat im Jahr 2004 die Geschäftswelt der USA und fünfundzwanzig Jahre Marketing- und PR-Arbeit hinter sich gelassen, um mit seinem Ehemann, mit dem er seit beinahe zwanzig Jahren verheiratet ist, ein Gasthaus & Restaurant auf der Insel Martha's Vineyard zu kaufen.

Er begann Geschichten zu schreiben, sobald er lesen konnte, aber erst in den letzten acht Jahren sind sie zur Veröffentlichung bestimmt. Wenn er sich nicht im Restaurant aufhält, findet man ihn auf dem Bug seines Bootes, wo er mit seinem Shetland Sheepdog Mavis an seiner Seite Liebesromane schreibt. Da er aus den Südstaaten kommt und ein Verfechter von festen Bindungen und Treue ist, finden die meisten seiner Charaktere ihren Weg zu einer langen und gesunden Beziehung, egal, wie lange es dauert. Er glaubt, dass der Junge am Ende immer den Jungen bekommen sollte.

Scott und Kell sind begeisterte Segler und verbringen die Sommer auf Martha's Vineyard und die Winter in Greenville, South Carolina.

Website: www.scottycade.com
Facebook: www.facebook.com/scotty.cade
Twitter: @ScottyCade
E-mail: scotty@scottycade.com

SCOTTY CADE

DER EINBRUCH
IN DER ROYAL STREET

Buch 1 in der Serie – Die Spürnasen

Als wertvolle Kunstwerke aus einer beliebten Galerie in New Orleans gestohlen werden, wollen der NOPD Lead Detective Montgomery „Beau" Bissonet und sein Partner den Fall lösen. Als Tollison Cruz von der Versicherungsgesellschaft der Galerie zum Big Easy geschickt wird, um unabhängige Ermittlungen durchzuführen, prallen Persönlichkeiten aufeinander und Fronten tun sich auf.

Der Einbruch wird schnell zu einem politisch hochkarätigen Fall und Detective Bissonet rast vor Wut, als ihm befohlen wird, mit Ermittler Cruz zusammenzuarbeiten, um eine zügige Verhaftung zu erreichen. Die Temperatur zwischen ihnen erreicht neue Höhen, als die beiden erkennen, dass sie mehr gemeinsam haben, als ursprünglich angenommen.

Nachdem die Spannung zwischen ihnen für den Moment gelöst ist, können Bissonet und Cruz endlich zusammenarbeiten, auf mehr als nur einem professionellen Level. Aber alles kommt zum Stillstand, als Beau herausfindet, dass sein zeitweiliger Partner Informationen zurückhält, die den Fall betreffen, und eine sehr zweifelhafte Vergangenheit verschwiegen hat. Was als Nächstes passiert, stellt selbst die sengende Sommerhitze in den Schatten.

www.dreamspinner-de.com

VERSCHLEIERTE LOYALITÄTEN

DIE SPÜRNASEN

SCOTTY CADE

Fortsetzung zu *Der Einbruch in der Royal Street*
Buch 2 in der Serie – Die Spürnasen

Halloween ist Beau Bissonets Lieblingsfeiertag, dazu gehört das Aushöhlen von Kürbissen ebenso wie die Dekorationen in seinem Vorgarten und er liebt es, sich in ein Kostüm zu werfen und die Nachbarskinder zu erschrecken. Aber in diesem Jahr nimmt sein Halloween eine andere Wendung; eine, die seine Fähigkeiten als Detektiv und seine Hingabe zu seinem Partner bei der Arbeit und in der Liebe herausfordern wird.

Seit Beau und Tollison vor einem Jahr den Einbruch in der Royal Street gelöst, Liebe gefunden und Bissonet & Cruz gegründet haben, läuft es privat und beruflich gut. Bis Tollisons Ex-Freund, Bastien Andros, aus heiterem Himmel auftaucht. Natürlich ist Beau misstrauisch, aber zwei Tage nach Bastiens Ankunft verschwindet dieser spurlos und Tollison sorgt sich, dass seine Vergangenheit ihn einholen könnte.

Ein mysteriöses Paket zeigt deutlich, wer Bastien entführt hat und was auf dem Spiel steht. Sowohl Bastiens als auch Beaus Leben sind in Gefahr und Tollison hat nur eine Möglichkeit: Er muss nach Zürich in die Schweiz reisen, um das Lösegeld zu beschaffen und abzuliefern, beide Männer außer Gefahr zu bringen und gleichzeitig sich selbst treu zu bleiben.

www.dreamspinner-de.com

Von SCOTTY CADE

Jack gesucht, König gefunden

DIE SPÜRNASEN
Der Einbruch in der Royal Street
Verschleierte Loyalitäten

Veröffentlicht von DREAMSPINNER PRESS
www.dreamspinner-de.com